Katja Brandis
Woodwalkers
Carags Verwandlung

Bücher von Katja Brandis im Arena Verlag
Woodwalkers. Carags Verwandlung (Band 1)
Woodwalkers. Gefährliche Freundschaft (Band 2)
Woodwalkers. Hollys Geheimnis (Band 3)
Woodwalkers. Fremde Wildnis (Band 4)
Woodwalkers. Feindliche Spuren (Band 5)
Woodwalkers. Tag der Rache (Band 6)
Seawalkers. Gefährliche Gestalten (Band 1)
Khyona – Im Bann des Silberfalken
Khyona – Die Macht der Eisdrachen

Katja Brandis, Jahrgang 1970, hat Amerikanistik, Anglistik
und Germanistik studiert und als Journalistin gearbeitet. Schon
in der Schule liehen sich viele Mitschüler ihre Manuskripte
aus, wenn sie neuen Lesestoff brauchten. Inzwischen hat sie
zahlreiche Romane für Jugendliche veröffentlicht, zum Beispiel
Gepardensommer, Floaters – Im Sog des Meeres oder *Ruf der
Tiefe.* Bei der Recherche für *Woodwalkers* im Yellowstone-
Nationalpark lernte sie eine Menge Bisons persönlich kennen,
stolperte beinahe über einen schlafenden Elch und durfte
einen jungen Schwarzbären mit der Flasche füttern. Sie
lebt mit Mann, Sohn und drei Katzen, von denen eine ein
bisschen wie ein Puma aussieht, in der Nähe von München.
www.katja-brandis.de

Katja Brandis

Woodwalkers

Carags Verwandlung

Zeichnungen von Claudia Carls

Arena

Für Robin

Sonderausgabe 2019
© 2016 Arena-Verlag GmbH, Würzburg
Alle Rechte vorbehalten
Dieses Werk wurde vermittelt durch die Autoren- und
Projektagentur Gerd F. Rumler (München).
Cover und Illustrationen: Claudia Carls
Gesamtherstellung: Westermann Druck Zwickau GmbH

Besuche uns unter:
www.arena-verlag.de
www.twitter.com/arenaverlag
www.facebook.com/arenaverlagfans

»Mystery Boy« haben sie mich getauft. Zeitungen
und TV-Sender berichten über mich. Ich bin der
geheimnisvolle Junge, der eines Tages aus dem Wald
aufgetaucht ist: »Niemand weiß, wer er ist. Auch er
selbst nicht, denn er hat sein Gedächtnis verloren.«
In Wirklichkeit ist mein Gedächtnis prima in Ordnung
und ich erinnere mich an alles. Natürlich auch an diesen
ziemlich heftigen, aber auch ganz besonderen Tag,
als ich zum ersten Mal zu den Menschen durfte ...

Menschenwunder

Auf weichen Pfoten liefen wir durch den Kiefernwald, meine Mutter, meine ältere Schwester Mia und ich. Ich war so aufgeregt, als hätte ich Ameisen unter dem Fell.

Und wir machen das wirklich?, fragte ich meine Mutter zum x-ten Mal lautlos, von Kopf zu Kopf. *Wir gehen in die Stadt?* Meine Mutter schnaubte. *Wenn du das noch mal fragst, drehen wir um!*

Klar, dass sie genervt war. Wir hatten in den letzten Wochen ständig gebettelt, dass sie uns wenigstens ein Mal mitnahm. Nur Geschichten über die Menschen zu hören, reichte uns nicht mehr.

Kurz darauf hielt sie an und begann, mit ausgefahrenen Krallen im Boden herumzuscharren, als sei sie auf der Jagd nach Erdhörnchen. *Hier muss unser Versteck mit den Menschensachen sein,* teilte sie uns mit und schon glänzte es silbern unter ihren Pfoten.

Zufrieden nickte sie und begann, sich zu verwandeln. Ihr Körper richtete sich auf, ihre Hinterläufe wurden zu Füßen, ihre Vorderpranken streckten sich zu Fingern, das sandfarbene Fell verschwand von ihrem Körper. Jetzt hatte sie langes sonnenhelles Haar, das ihr bis weit über den Rücken reichte. Als sie uns anlächelte, sahen wir ihre lächerlich winzigen Menschenzähne.

»So, jetzt seid ihr dran«, sagte sie mit ihrer hohen Menschenstimme. »Ihr wisst noch, wie es geht, oder? Konzentriert euch.
Denkt daran, wie eure andere Gestalt aussieht. Spürt sie in
euch. Fühlt ihr schon das Kribbeln?«

Mia schüttelte verbissen den Kopf, was ziemlich blöd aussah
in ihrer Pumagestalt.

Doch bei mir klappte es gut, Momente später stand ich dort
auf dem Waldboden und fühlte, wie die Kiefernnadeln unter
meinen nackten Füßen piksten. Ich sprang auf und ab und
lachte dabei, einfach um mal wieder zu probieren, wie es
klang. Es war toll, Hände zu haben, mit denen konnte man so
unglaublich viel anfangen. Fast hatte ich vergessen, wie das
war, wir verwandelten uns nicht sehr oft.

»Los, Mia! Du schaffst es!«, feuerte ich meine Schwester an.
»Sonst kannst du nicht mit!«

»Hör auf, sie zu drängen«, sagte meine Mutter. »Du machst
es ihr noch schwerer.«

Ungeduldig wartete ich und begann schon einmal, mit meinen unheimlich praktischen Menschenhänden weiter nach dem
Versteck zu graben. Es bestand aus einer verbeulten Blechkiste,
tief eingebuddelt im Waldboden.

Endlich hatte sich auch meine Schwester verwandelt. Ihr
braunes Haar war so verwuschelt, dass sie aussah, als hätte sie
ein Stachelschwein auf dem Kopf. Da half es auch nicht viel,
dass sie es sich mit den Fingern durchkämmte.

Mia warf sich neben mir auf die Knie und gemeinsam zerr-
ten wir den Deckel von der Kiste. Feierlich holte meine Mutter ein paar Sachen heraus und reichte sie uns – längliche
Stoffstücke, eckige Stoffstücke, längliche hohle Dinger aus
Leder. Ich hatte ganz vergessen, was man mit diesem Krem-
pel machte.

Meine Mutter lächelte wieder. »Carag, das zieht man nicht auf den Kopf, das ist eine *Hose,* da müssen die Beine rein!«

»Sag's doch gleich«, murmelte ich und startete einen neuen Versuch.

Als wir es alle geschafft hatten, uns anzuziehen, warf ich noch einen neugierigen Blick in die Kiste. Darin waren alle möglichen Dosen und Fläschchen – Menschenmedizin. Und ein paar zerknitterte grünliche Papierstücke.

»Was ist das noch mal?«, fragte ich.

»Geld«, erklärte meine Mutter. »Dollars. Damit können wir etwas kaufen in der Stadt.« Behutsam holte sie eins der Papierstücke, auf dem eine Fünf stand, aus der Blechkiste und verstaute es in ihrer Kleidung. Dann blickte sie uns ernst an.

»So, gehen wir. Wir sind nur ein einziges Mal in der Stadt, also schaut euch gut um. Aber ihr dürft euch da nicht verwandeln, das ist wichtig! Sie dürfen nicht merken, wer wir sind. Ist das klar?«

Mein Mund war trocken geworden. »Was ist, wenn ... sie es doch merken?«, fragte ich.

»Dann töten sie uns«, erwiderte meine Mutter knapp.

Oh. Mia und ich sahen uns an. Waren meine Augen auch so groß und verschreckt wie ihre?

Endlich machten wir uns auf den Weg. Wahrscheinlich haben wir furchtbar ausgesehen. Unsere Klamotten hatten mit Mode so viel zu tun wie ein Fisch mit einer Fichte. Meine lange Hose endete in der Mitte der Schienbeine und mein T-Shirt war ausgeblichen, von den Flecken darauf gar nicht zu reden. Garantiert hatten wir alle Kiefernnadeln in den Haaren und Erde an den Händen.

Egal. Wenn uns die Leute angestarrt haben, dann war ich sowieso viel zu aufgeregt, um es zu merken. So viele Menschen!

Und all diese glänzenden bunten Autos, die aus der Nähe so unglaublich stanken! Aber noch interessanter waren die Geschäfte. Kaum waren wir auf der Hauptstraße, klebte ich an der nächstbesten Scheibe. Es gab Hüte zu kaufen, Steine – wer in aller Welt kaufte Steine?! –, Kleidung, Tassen mit Bildern darauf, noch mehr Kleidung und Essen, das unglaublich lecker roch.

»Softeis«, las ich das Schild neben dem Laden. »Vanille, Erdbeer und Schoko.«

Lesen hatte meine Mutter mir beigebracht, aber sie hatte mir nie erzählt, was Softeis war. Der süße, sahnige Geruch füllte meine Nase und irgendwo in der Gegend meines Bauchnabels begann es, leise zu knurren und zu rumpeln. He, Moment mal, was machte mein Bauch da? Aber das Geräusch war nicht mal das Schlimmste. Entsetzt spürte ich, wie unter meinem T-Shirt kitzelnd Fell zu wachsen begann. Oh nein, stopp, nicht jetzt!

Schnell schloss ich die Augen. Ich bin ein Mensch, ich bin ein Mensch, wiederholte ich immer wieder, bis das Fell zu kurzen Stoppeln geworden und dann ganz verschwunden war. Uff. Meine Knie fühlten sich weich und zittrig an vor Schreck.

»So, ich kaufe euch jetzt ein Eis«, sagte meine Mutter. Sie holte feierlich den zerknitterten Schein mit der Fünf darauf hervor und reichte ihn einer fremden Frau. »Einmal Schoko, einmal Vanille.«

Sie bekam von der Frau klimpernde Metallstücke und ich etwas, das aussah wie eine Portion Bärenkacke. Egal, du probierst das jetzt, dachte ich und berührte das kalte braune Zeug mit der Zunge. Ein wunderbarer süßer Geschmack breitete sich in meinem Mund aus. Wenn Bärenkacke so geschmeckt hätte, hätte ich jeden Bär belauert, bis er mal musste.

Mia hatte Vanille bekommen und seufzte vor Glück. Doch

gleichzeitig wirkte sie unruhig und schaute sich immer wieder um. Kein Wunder, es waren so viele Menschen um uns herum und dazu kamen all die ungewohnten Gerüche und Geräusche. Wir kamen an einem Laden vorbei, an dem *Supermarkt* stand und dessen Inhalt durch die Glastüren sehr interessant aussah. »Da will ich mal rein!«, drängelte Mia, aufgeregt bettelte ich mit und schließlich nickte meine Mutter widerstrebend. »Na gut, aber nur kurz.«

Die Glastüren wichen vor uns zurück und fassungslos blickten Mia und ich uns um. Essen, überall Essen! Berge von Essen!

»Da beiß mich doch 'n Wildschwein«, entfuhr es mir. »Und all das können sich die Menschen einfach so holen, auch im Winter?«

»Auch im Winter«, bestätigte meine Mutter und Mia und ich stöhnten vor Neid. Im Winter hungerten wir oft, denn es war dann viel schwerer als sonst, einen Wapiti oder ein Dickhornschaf zu reißen.

Erschrocken sah ich, dass meine Schwester sich vor lauter Aufregung teilverwandelt hatte. Ihre Lippen passten kaum noch über ihre Fangzähne und sie merkte es nicht mal. Sie war gerade dabei, eine Dose mit dem Bild einer Katze darauf aus dem Regal zu nehmen, vielleicht weil die Katze uns ein bisschen ähnlich sah. Mit einem Fangzahn biss Mia ein Loch in die Dose und schnupperte am Inhalt. »Hey, hier gibt es überfahrene Tiere in Dosen zu kaufen!«, verkündete sie, während wir weitergingen.

Ich zupfte meine Mutter am Ärmel, doch sie war gerade damit beschäftigt, ein paar Geld-Metallstücke aufzuheben, die ihr aus der Tasche gefallen waren.

Meine Schwester hielt noch immer die kaputte Dose in der

Hand. »Krieg dich wieder ein und leg das Ding weg«, zischte ich Mia zu und sie fauchte mich leise an. Dann hob sie den Kopf, um zu wittern.

»Findest du nicht, dass hier irgendwas *sehr gut* riecht?«

Ein Supermarktmann half meiner Mutter, das Geld aufzuheben. Er trug ein Gestell mit zwei glänzenden Kreisen darin mitten auf der Nase und in seinen Ohren steckten Metallstücke. Einen Moment lang vergaß ich das Problem mit meiner Schwester und starrte den Mann fasziniert an. Er lächelte.

»Hi, Kid. Wie heißt du?«

»Carag«, sagte ich und blickte zu ihm hoch.

»Gefällt es dir in Jackson Hole?«

»Richtig verdammt gut«, sagte ich und der Mann lachte und schenkte mir einen runden Gegenstand, der in meiner Hand knisterte. Das Ding roch gut und ich steckte es in den Mund. Nun lachte der Mann noch mehr.

»Du musst den Bonbon erst auspacken«, erklärte er und half mir dabei. Dann winkte er mir zu und ging wieder an seine Arbeit.

Wie nett diese Menschen waren! Und wie mächtig sie sein mussten, um so etwas zu bauen, diese Stadt voller Wunder. Wie es wohl wäre, so zu sein wie sie? So zu leben?

Der Bonbon schmeckte leider nach vergammelten Früchten. Ich spuckte ihn auf den Boden, als keiner hinsah.

»Mia!«

Als ich den angsterfüllten Ruf meiner Mutter hörte, vergaß ich alle Gedanken an die Menschen und wirbelte herum.

Mias Gesicht war von einem feinen hellbraunen Haarflaum überzogen. Ein eisiges Gefühl durchrieselte mich. Sie verwandelte sich zurück! Konnte sie das noch stoppen, so wie ich vorhin?

Meine Mutter zerrte sie in einen Gang, in dem gerade niemand war, schnappte sich eine Packung Essen, auf der eine lächelnde Frau abgebildet war, und hielt sie meiner Schwester vor die Nase. »Mia, Süße, konzentrier dich. *So* siehst du aus. *So* bleibst du. Stell dir vor, so zu sein. Stell es dir ganz stark vor, ja?«

Gehorsam nickte Mia und erleichtert sah ich, wie ihre Eckzähne wieder schrumpften. Ein bisschen jedenfalls.

Aber dann witterte sie wieder und richtete den Blick auf irgendwas am Ende des Ganges.

»Oh nein, die Fleischtheke«, murmelte meine Mutter. Und schon hechtete Mia los, auf einmal wieder in ihrer Pumagestalt – ihr geschmeidiger hellbrauner Körper schien kaum den Boden zu berühren. In zwei Sätzen hatte sie die Fleischtheke erreicht und angelte mit der Pfote darüber hinweg, schon hatte sie an jeder Kralle ein Steak hängen.

Kunden rannten in alle Richtungen, schrien und richteten flache eckige Dinger, die sie in der Hand hielten, auf Mia. Sie versuchten, sie zu töten! Irgendwie schaffte ich es, in meiner Menschengestalt zu bleiben, und rempelte so vielen Leuten, wie ich konnte, diese Dinger aus der Hand. Es krachte und klirrte.

»Nein, Carag, nicht!«, rief meine Mutter und rannte hinter Mia her, die gerade versuchte, auf ein Regal mit der Aufschrift *Frühstücksflocken* zu klettern und oben in Ruhe ihre Beute zu verspeisen. Doch meine Schwester fand auf dem glatten Regal keinen Halt, und als es unter ihrem Gewicht zu schwanken begann, rutschte sie ab und stürzte in einem Schauer von Pappschachteln zu Boden. Einen Moment lang war sie unter dem Haufen kaum zu sehen, nur noch ihr hin und her peitschender Schwanz schaute heraus. Noch mehr Leute rannten schreiend Richtung Ausgang.

Irgendwie war es toll, wie viel Angst sie vor uns hatten. Wieso hatten *wir* eigentlich so viel Angst vor *ihnen?*

»Wir müssen ganz schnell hier verschwinden!«, zischte meine Mutter, während ich Mias Klamotten aufhob. »Noch ein paar Minuten, dann kommen sie mit Gewehren!«

»Gewehren?«, fragte ich besorgt. Genau wusste ich damals nicht, was das war, aber es klang irgendwie ungut.

Mia war gerade dabei, sich aus den Pappschachteln herauszukrallen. Sie kaute an einem Stück Rind und sah gut gelaunt aus, obwohl sie von oben bis unten mit bunten Frühstücksflocken bedeckt war. Meine Mutter packte sie am Nackenfell und schüttelte sie durch.

»Schnell jetzt, wir müssen hier raus«, kommandierte sie und zu dritt rannten wir los.

Doch es war zu spät. Der Ausgang wurde schon von kräftigen Männern in schwarzen Uniformhemden bewacht, die nicht so aussahen, als würden sie irgendwas Vierbeiniges durchlassen. Während meine Mutter uns Deckung gab, schlitterten Mia und ich hinter ein Regal.

»Du musst dich noch mal verwandeln«, flüsterte ich verzweifelt in ihr pelziges Ohr. »Los, versuch es! Bitte!«

Ein paar Atemzüge später saß ein Menschenmädchen neben mir und kämmte sich mit Fingern, die noch nadelspitze Krallen trugen, die Haare durch. »Tut mir echt leid«, sagte sie und sah ein bisschen geknickt aus.

»Du hättest mir wenigstens was übrig lassen können«, beschwerte ich mich, während ich Mia ihre Kleider zuschob, die bei der Verwandlung von ihr abgefallen waren.

»Schnell, wir müssen schreien und nach draußen laufen, so wie alle anderen«, sagte meine Mutter, sobald Mia wieder angezogen war.

Das klappte prima, die Leute in Uniform schenkten uns keinen zweiten Blick. Obwohl Mia vergessen hatte, ihre Krallenhände in die Hosentaschen zu stecken.

Völlig erschöpft und mit wunden Füßen von diesen schrecklichen Schuhen hinkten wir in den Wald zurück.

Mein Vater war nicht gerade begeistert, als wir erzählten, was wir erlebt hatten.

»Wenigstens haben die Menschen uns nichts getan«, versuchte ich, ihn zu beruhigen, als er mich in seiner Pumagestalt missmutig anblickte. »Im Gegenteil, sie waren nett zu uns! Na ja, jedenfalls bis Mia angefangen hat, in der Kühltruhe Beute zu machen.«

Er fauchte mich an. *Nett? Sie sind hinterlistig und gefährlich!*, schnitt seine Stimme durch meinen Kopf. *Wir müssen uns von ihnen fernhalten!* Missmutig wandte er sich an meine Mutter. *War das wirklich nötig, diese ganze Sache mit der Stadt?*

Wenn wir es ihnen verboten hätten, dorthin zu gehen, wären sie heimlich gegangen, gab meine Mutter ebenso gereizt zurück.

Leider merkte ich, dass ich mich schon jetzt zurücksehnte an diesen Ort der Wunder, an dem es so viel zu entdecken gab. *Wieso können wir Wandler nicht als beides leben, als Mensch und als Puma?*, wagte ich zu fragen. *Mal das eine, mal das andere?*

Du brauchst ganz viel Papier, wenn du als Mensch leben willst, versuchte meine Mutter, mir zu erklären. *Papier, auf dem draufsteht, wer du bist. So was haben wir nicht.*

Mein Vater blickte mich mit seinen goldenen Katzenaugen an, sein Blick ging mir durch und durch. *Du musst dich für eins entscheiden, Carag*, sagte er. *Beides geht nicht.*

Natürlich hatte meine Mutter nicht vor, uns noch mal mitzunehmen. Enttäuscht verbrachte ich halbe Nächte damit, von hoch oben in den Bergen die glitzernden Lichter der Stadt zu beobachten, die so viel heller waren als die Sterne. Ich konnte nicht anders, ein halbes Jahr später schlich ich mich zum ersten Mal alleine dorthin, als meine Eltern auf der Jagd waren. Ich wanderte durch die Straßen, witterte tausend neue, spannende Gerüche und wünschte mir, ich könnte mal in einem dieser Dinger mitfahren, die meine Mutter Auto genannt hatte. Kaum war ich zurück, wäre ich am liebsten wieder losgezogen.

Zwei Jahre später, mit elf, entschied ich mich. Aber nicht so, wie meine Familie das gerne gehabt hätte.

Ich will zu den Menschen und so leben wie sie, verkündete ich eines Morgens, nachdem wir uns den Tau aus dem Fell geschleckt hatten.

Carag hat es in den Kopf geregnet, zog Mia mich auf und verpasste mir einen Hieb mit eingezogenen Krallen.

Ich atmete tief, konzentrierte mich und verwandelte mich. Sofort vermisste ich mein Fell, der feuchtkalte Wind war nicht sehr angenehm auf der bloßen Haut. »Das war kein Witz.«

Mein Vater war zusammengezuckt, als ich mich plötzlich verwandelt hatte, irritiert starrte er mich in meiner Menschengestalt an. Auch meine Mutter wirkte beunruhigt. *Aber ... das geht nicht! Wie willst du denn ...?*

»Ich weiß schon genau, wie ich es mache«, sagte ich. Wochenlang hatte ich an meinem Plan getüftelt. »Ich nehme mir die Sachen aus dem Versteck und ...«

Vergiss es, du gehörst hierher, knurrte die Stimme meines Vaters in meinem Kopf. Seine pelzigen Ohren zuckten nervös. *Jetzt hör auf mit dem Blödsinn, wir gehen auf die Jagd, ich bringe dir bei, wie man einen Wapiti reißt.*

Xamber, ich glaube, er meint es ernst. Meine Mutter betrachtete mich besorgt. Fand sie, dass ich zu jung war, um wegzugehen? Aber ich war schon elf und sie hatte mir selbst erzählt, dass Wandler schneller selbstständig waren als Menschen! Als echter Puma wäre ich schon vor Jahren eigene Wege gegangen.

Ich besuche euch ab und zu, sagte ich aufgeregt und niedergeschlagen zugleich. *Sooft ich kann.*

Geh und mach das, wenn du willst, fauchte mein Vater mich an. *Aber ich sag dir gleich, mit Menschen wollen wir nichts zu tun haben!*

Diesmal war ich es, der schockiert blickte. »Aber selbst wenn ich als Mensch lebe ... ich bin doch keiner, ich werde nur so tun, als ob! Ich werde immer noch ich sein, auch wenn ich ein bisschen anders aussehe.«

Carag, du willst wirklich ganz alleine dorthin gehen? Meine Mutter klang hilflos. *Wenn du dich für deine zweite Gestalt*

entscheidest, dann können wir nicht in deiner Nähe bleiben, vielleicht werden wir uns lange nicht sehen können. Du weißt, dass Menschen dort, wo sie wohnen, Raubtiere nicht dulden.

»Ihr könnt euch doch auch verwandeln, nur ab und zu«, schlug ich verzweifelt vor ... und war noch verzweifelter, als ich keine Antwort bekam. Sogar meine Mutter wandte den Kopf ab. Auch sie traute den Menschen nicht besonders und verwandelte sich ungern.

Wirklich, das ist eine ganz blöde Idee! Mia schmiegte sich an mich und rieb ihren weichen Kopf an meinen nackten Beinen. Sie wirkte verwirrt und unglücklich. *Gefällt es dir denn gar nicht hier in den Bergen?*

»Doch, schon, aber ...« Meine Menschenaugen flossen über. Es reichte mir nicht, nur ein Puma zu sein. Aber das war so schwer zu erklären.

Wir werden nicht da sein können, wenn du uns brauchst, wiederholte meine Mutter traurig. Halb rechnete ich damit, dass sie sich verwandeln würde, um zu zeigen, dass auch sie zum Teil Mensch war und irgendwie verstand, was in mir vorging. Aber sie blieb in ihrer Pumagestalt.

»Ich muss jetzt gehen«, sagte ich, schlang erst Mia und dann meinem Vater die Arme um den pelzigen Hals und drückte sie an mich, dann tat ich das Gleiche bei meiner Mutter. Sie schickte mir ein trauriges *Pass auf dich auf* in den Kopf. Mein Vater rührte sich nicht, als ich ihn umarmte, und blickte mich nicht an.

Würde er mich wirklich aufgeben? Nein, bestimmt nicht, er war eben wütend, er würde sich wieder beruhigen, ganz sicher!

Völlig fertig und zitternd vor Kummer, aber sehr entschlossen, holte ich mir Kleidung aus unserem Versteck. In Menschengestalt, aber barfuß, lief ich talwärts und durchquerte

Wälder und Lichtungen, bis ich die ersten Gebäude sah. Ich klopfte einfach an der Polizeistation von Jackson Hole an und behauptete, nicht mehr zu wissen, wer ich sei und wo ich herkäme. Mein Plan ging auf. Sie hielten mich für einen Menschen und gaben mir all das Papier, das ich brauchte.

Inzwischen bin ich dreizehn Jahre alt, werde Jay genannt und gehe seit ein paar Wochen in die siebte Klasse der Junior High School von Jackson Hole. Seit so kurzer Zeit erst, weil ich erst jede Menge über die Menschenwelt lernen musste und deswegen daheim in meiner Pflegefamilie unterrichtet worden bin.

Mit meinen kurzen sandfarbenen Haaren und den grüngoldenen Augen falle ich in der Junior High nicht weiter auf. Ich trage Jeans, Sneakers und Rucksack wie ein ganz gewöhnlicher Schüler. Fast alle Leute hier haben sich mittlerweile an mich gewöhnt.

Fast alle.

Und leider sind nicht, wie ich mal dachte, alle Menschen nett. Einige Leute in der Schule flüstern blöde Bemerkungen über mich, wenn sie denken, dass ich sie nicht hören kann (kann ich leider doch, ihr Flüstern klingt für Wandler-Ohren ziemlich laut). Und die noch schlimmeren Leute sind ungefähr so sympathisch wie ein tollwütiger Pfeifhase. Zum Beispiel Sean, Kevin und seine Freundin Beverly, die an diesem Septembertag, an dem sich alles ändern sollte, vor dem Ausgang der Highschool auf mich warteten. Mit einem eigenartigen Grinsen im Gesicht.

Ärger

Kevin war einer der stärksten Jungs an der Schule und er hatte jede Menge Spaß daran, andere zu quälen. Seine Freundin Beverly wäre furchtbar gerne Cheerleaderin für das Football-Team geworden, aber sie hatte ein Gesicht wie eine Kartoffel. Keine Chance. Vielleicht war es deshalb ihre Lieblingsbeschäftigung, andere niederzumachen. Und Sean machte mit, weil er nichts Besseres zu tun hatte.

Alle drei schauten mich an, als wäre ich Beute. Ich fühlte mich auch ein bisschen wie Beute und das gefiel mir nicht besonders. In meinen ersten zwei Wochen in der Junior High hatten mich die drei in Ruhe gelassen, weil mich zu viele Leute beobachteten. Aber inzwischen war die Schonzeit vorbei. Schon ein paarmal hatten sie mich geschubst, versucht, mir ein Bein zu stellen, oder meine Jacke mit Farbe beschmiert. Mir blöde Bemerkungen hinterherzurufen, fanden sie unglaublich lustig, obwohl ich jedes Mal so tat, als hätte ich Ohren aus Stein. Nie half mir jemand, wenn sie auf mich losgingen, und jedes Mal machte mich das ein bisschen trauriger.

Während ich mich nach einem Ausweg umschaute, machten die drei sich daran, mich in die Zange zu nehmen. Von den anderen Schülern achtete keiner auf uns, die gestylten Mädels und lässigen Typen waren schon alle auf dem Weg zu ihren Autos und Schulbussen.

»Na, Jay?«, fragte Kevin und näherte sich mir von vorne, während Sean von hinten herankam.

»Lasst mich einfach in Ruhe«, empfahl ich ihnen.

»Ach, komm schon, *Mystery Boy*«, meinte Kevin und hob die Faust, als Sean meine Arme packte. »Wir wollen doch nur spielen.«

»Ich kenn kein Spiel, bei dem man sich die Faust in den Magen rammt.« Und bis Kevins Faust ankam, war ich auch schon ganz woanders. Sean glotzte blöd, als der Schlag in *seinem* Bauch landete, und gab ein schwaches »Uff« von sich.

Kevin ließ sich davon nicht irritieren, mit zwei Schritten war er bei mir und versuchte, mich in den Schwitzkasten zu nehmen. Lustig war das nicht.

»Lass das, so bekomme ich keine Luft mehr«, beschwerte ich mich.

»Das ist der Sinn der Sache«, sagte Kevin und Sean kicherte wie irre.

Okay, das reichte jetzt. Blitzschnell glitt ich nach unten weg, packte Kevin von hinten und beförderte ihn mit Schwung zu Boden. Einen Atemzug später riss ich Sean von den Füßen. Damit er nicht allzu hart fiel, legte ich ihn quer über Kevin ab.

Dann konnte ich endlich weitergehen. Dachte ich zumindest. Doch dann machte es *Platsch!* Ein Eimer voll eiskaltem Wasser landete auf meinem Kopf, lief an mir herunter und überschwemmte meine Schuhe.

Ich hatte Beverly vergessen.

Ausgerechnet Wasser! Sie konnten es nicht wissen, aber ich hasste das Zeug. Gedemütigt, völlig durchnässt und eine nasse Spur hinter mir herziehend, ging ich davon, während das Gelächter der anderen mir hinterherschallte. In meinen Augen brannte es und mein Herz hatte sich zusammengekrampft. Am liebsten hätte ich mich irgendwo versteckt, um in Ruhe traurig sein zu können. Wieso konnten diese Leute mich nicht einfach akzeptieren, wie ich war? Warum machte es ihnen so viel Spaß, mich zu quälen?

Ein Rabe hüpfte auf einem Gitterzaun neben mir herum, krächzte und breitete die Flügel aus. Ich schaute nur kurz zu ihm hinüber und lief dann weiter. Dabei wäre ich fast über einen zweiten Raben gestolpert, der vor mir herumstolzierte, den Kopf schief legte und mich mit blanken schwarzen Augen ansah.

Ich machte einen Bogen um ihn und versank wieder in düsteren Gedanken. Auf einer Schule zu sein, hatte ich mir ganz anders vorgestellt. Irgendwie lustiger. Mit den Fächern kam ich ganz gut klar, den meisten Lehrern gefiel, dass ich so neugierig war und mich wirklich anstrengte, den Stoff aufzuholen. Aber manchmal fragte ich mich, wieso genau ich Algebra lernen sollte oder Musiktheorie. Und Freunde hatte ich bisher keine gefunden. Lag es daran, dass Pumas Einzelgänger waren? Oder hatte ich mich zu oft blöd angestellt? Während ich nachdachte, wurde ich immer trauriger. Und diese beiden Raben nervten. Was wollten die nur von mir? Einer von ihnen versuchte, sich auf meiner Schulter niederzulassen.

»Hau ab, ich bin kein Sitzplatz«, brummte ich und schlurfte zu dem alten Mountainbike, das meine Pflegefamilie mir geschenkt hatte. Na also, die Raben flogen endlich davon.

Vielleicht sollte ich versuchen, ins Football-Team reinzukommen. Alle Leute mochten gute Football-Spieler. Und Filmstars. Sie mochten auch Filmstars. Aber ich war nur zwei- oder dreimal im Fernsehen gewesen, das reichte nicht.

So richtig berühmt und beliebt waren andere Leute: Am Schulzaun hing ein Veranstaltungsplakat mit dem lächelnden Gesicht eines furchtbar wichtigen Mannes darauf. Andrew

Milling, dem Namen begegnete man ständig, auch in den Nachrichten hatte ich ihn schon mal gehört. Wahrscheinlich wollten mit *dem* alle befreundet sein.

Tropfend kletterte ich auf mein Rad und fuhr »nach Hause« – zum Haus der Ralstons, meiner Pflegefamilie. Im Vorgarten tummelte sich gerade ihr schwarzer Labrador Bingo. Als ich das Rad abstellte, bellte er mich mit gesträubtem Fell an, so wie jedes Mal. Vermutlich mochte er keine Raubkatzen.

Wie üblich ignorierte ich ihn, durchquerte die Küche und wollte die Treppe hoch in mein Zimmer im zweiten Stock. Aber ich war leider nicht schnell genug.

Donald, mein Pflegevater, hatte seine psychologische Praxis im gleichen Haus, durch eine Zwischentür konnte er sich schnell mal einen Kaffee holen. Das machte er gerade, als ich hereinkam.

»Hi«, sagte ich niedergeschlagen.

»Na, wie läuft's, mein Junge?«, fragte Donald mit einem väterlichen Lächeln und legte mir den Arm um die Schultern. Aber nur einen Moment lang, dann riss er ihn weg. »Verdammt, Jay! Wieso bist du so nass? Mein Pullover! Jetzt muss ich mich umziehen und meine nächste Patientin kommt in fünf Minuten ... Los, du ziehst dich jetzt auch um, aber dalli! Und duschen!« Weg war er.

Meine kleine Pflegeschwester Melody spielte auf der mit beigefarbenem Teppich bezogenen Treppe mit ihren Spielzeugpferden. »Pass auf, dass du nicht auf die drauftrittst!«, sagte sie, als sie mich sah.

Aus dem Zimmer meines Pflegebruders dröhnte ausnahmsweise kein Heavy Metal. Glück gehabt! Ich ging an Marlons Zimmer vorbei ... und genau in diesem Moment wurde die Tür aufgerissen. Eine brutale Schallwelle krachte mir entgegen. Ich sprang vor Schreck bis zur Decke und Marlon – mit einer Fernbedienung in der Hand – krümmte sich vor Lachen.

»Yeah, das war gut, mach das noch mal«, grunzte er.

Ich warf ihm einen Killerblick zu, ging in mein Zimmer, knallte die Tür zu, zog mir trockene Sachen an und warf mich aufs Bett. Wahrscheinlich war es keine gute Idee gewesen, ein Mensch sein zu wollen. Es war eine miese *Scheißidee* gewesen! In den Bergen gab es keine Lehrer, die versuchten, mir überflüssiges Menschenwissen in den Kopf zu stopfen. Und keine Idioten, die dich fertigmachen wollten. Als Puma war es mir gut gegangen, wieso hatte ich das alles aufgegeben?

Jedes Mal, wenn ich an meine Familie dachte, fühlte es sich an, als würde irgendein kleines Tier mein Herz annagen. Schon vor eineinhalb Jahren hatte ich versucht, sie alle wiederzusehen. Aber sie waren nicht mehr da. Hatten einfach ihr Revier verlassen. Wegen mir? Oder war irgendetwas passiert? Sie konnten sonst wo sein, irgendwo in den Bergen, Hunderte von Kilometern von hier! Ich hatte keine Ahnung, wie ich sie wiederfinden sollte und ob sie mir verzeihen würden.

Außerdem war jetzt schon Herbst, bald würde es Winter sein, er kam früh hier in den Rocky Mountains. Klar, ein ausgewachsener Puma kann auch alleine einen Winter in den Bergen überleben. Nur war ich eben noch nicht ausgewachsen. Und darüber hinaus gab es da ein klitzekleines Problem ...

Bevor ich weiter überlegen konnte, hörte ich die leichten Schritte im Flur und das Klopfen an meiner Zimmertür.

Ich wusste längst, wer das war, und musste lächeln, ob ich wollte oder nicht.

Meine Pflegemutter Anna kam herein und setzte sich neben mich auf die Kante meines Betts. Sie lächelte mich an, auf diese Art, durch die mir immer ganz warm ums Herz wurde.

»Hey«, sagte sie und strich mir eine Haarsträhne aus der Stirn. »Blöden Tag gehabt, was?«

Ich nickte. Eigentlich wollte ich auch was sagen, aber es ging nicht.

»Probleme mit den Lehrern? Hast du was nicht verstanden?«

Ich schüttelte den Kopf und Anna sah aus, als wäre sie stolz auf mich. Sie arbeitete im Jugendamt und hatte ihrer Familie schon vorgeschlagen, mich aufzunehmen, als ich noch zerlumpt und eingeschüchtert auf der Polizeistation hockte. Mit unglaublich viel Geduld hatte sie mir alles beigebracht, was Menschen in meinem Alter wissen sollten – wessen Kopf das auf den Vierteldollarmünzen ist (George Washington), was das Internet ist (das, wo man sich ganz viele Katzenvideos anschauen kann), wie man einen Aufsatz schreibt (mit einem Stift und saumäßig vielen Worten) und wofür man Handys braucht (zum Zusammenhalten der Herde).

Zu Anfang war Melody neugierig auf mich gewesen, doch dann fand sie es blöd, dass ihre Mutter so viel Zeit mit mir verbrachte. Seither behandelte sie mich, als wäre ich eine Zecke in ihrem Fell. Dabei hatte sie nicht mal eins.

»Haben sie dich geärgert?« Anna ließ nicht locker. »Ärgere sie einfach zurück.«

»Mache ich ja«, sagte ich und starrte an ihr vorbei auf mein Poster der Grand Tetons – schroffe weiße Gipfel, schimmernde Bergseen, dunkelgrüne Wälder. »Aber ich bin einfach zu anders, kein Mensch will mit mir befreundet sein.«

»Das stimmt, du bist anders. Und?« Kämpferisch blickte Anna mich an.

Ich vergrub mein Gesicht im Kissen. Sie wusste ja nicht mal, *wie* anders ich war. Gab es noch andere Gestalt-Wandler außer mir und meiner Familie? Bisher hatte ich keinen getroffen.

Vielleicht waren meine Eltern, meine Schwester und ich die einzigen in der ganzen Welt.

Anna streichelte noch eine Weile meine Schulter, dann seufzte sie und ließ mich allein.

Ich blieb liegen – so lange, bis ich ein Geräusch hörte und aufblickte.

Am Fenster klebte ein kleines Tier. Ein Hörnchen. Es hockte auf dem Fenstersims, hatte sich auf die Hinterbeine gestellt und die Vorderpfoten platt an die Scheibe gedrückt. Jetzt starrte es zu mir ins Zimmer. Ich starrte zurück, worauf das Hörnchen anfing, auf dem Fensterbrett herumzutanzen. Was war eigentlich mit den Tieren los in letzter Zeit?

Ich verdrehte die Augen, verschränkte die Arme hinter dem Kopf und fing wieder an, über mein Leben nachzudenken. Und über das Problem, das mich daran hinderte, einfach in die Berge zurückzukehren: Meine Eltern hatten mir einiges beigebracht, was ein Raubtier wissen muss, bevor ich sie verlassen hatte. Nur eins leider nicht, das Wichtigste.

Ich wusste nicht, wie man tötet.

Ach, das kann man lernen, versuchte ich, mich aufzumuntern. Auf den Hirsch draufspringen, Biss in den Nacken und fertig. Reine Übungssache.

Schon beim Gedanken daran wurde mir schlecht. Inzwischen war ich gewohnt, Steaks aus der Plastikverpackung zu holen, in die Pfanne gleiten zu lassen und mit Messer und Gabel zu zerlegen. Natürlich mit Kräuterbutter.

Meine Schwester Mia hätte sich über mich totgelacht.

Egal. Töten war Übungssache – und gleich heute würde ich damit anfangen. Heute Nacht würde ich zeigen, was in mir steckte!

Ganz schön gefährlich

Ungeduldig wartete ich darauf, dass es dunkel wurde. Als alle im Haus schliefen, auch der nervige Familienhund, verwandelte ich mich in meinem Zimmer. Es war ein herrliches Gefühl, wieder ein Puma zu sein. Ein Berglöwe, König des Waldes. Meine Muskeln fühlten sich an wie Sprungfedern aus Stahl, als ich auf den Fenstersims hüpfte und darauf balancierte, bis ich sicher war, dass niemand in der Nähe war. Dann sprang ich aus dem zweiten Stock auf den Rasen und huschte durch den Garten, hinter dem der Wald begann. Es war eine mondlose Nacht, doch meine Katzenaugen fingen das Sternenlicht auf. Die Nachtluft roch nach Freiheit und aus der Ferne vernahm ich ein schrilles, quietschendes Röhren. Dass es in der Gegend jede Menge Wapitihirsche gab, an denen ich üben konnte, war nicht zu überhören.

Schon nach kurzer Zeit hatte ich drei von ihnen gefunden – zwei Weibchen und einen Hirsch –, die sehr appetitlich aussahen und auf einer Lichtung grasten. Etwas näher am Campingplatz, als mir recht war, aber wenn die Camper nett fragten, konnte ich ihnen später ein Stück Fleisch abgeben.

Jetzt kam das Anpirschen, so wie mein Vater es mit mir geübt hatte. Sorgfältig setzte ich eine Pfote – nein, Pranke, ich war ein gefährliches Raubtier! – vor die andere, ohne den Blick von den Wapitis zu lassen. In perfekter Haltung, tief geduckt, Schultern locker, Ohren nach vorne.

Einer der Wapitis hob den Kopf. Hatte ich etwa einen Fehler gemacht? Hatte ich vergessen, auf die Windrichtung zu achten? Nein, auf keinen Fall.

Nur noch zwanzig Meter ... jetzt losstürmen, jetzt, jetzt!

Ich stürmte. Ein bisschen. Dann schlug ich einen Salto, weil irgendwas Fieses, Dünnes meinen Vorderpfoten im Weg gewesen war. Ich prallte mit dem Rücken aufs Gras und kollerte noch ein Stück weiter. Missmutig rappelte ich mich auf und schaute nach, was das gewesen war. Beim hüpfenden Wildschwein, ich war über eine dämliche Zeltschnur gestolpert!

Die Wapitis blickten verdutzt zu mir hinüber. Dann schnaubten sie, galoppierten ganz langsam los, schlugen noch ein paarmal extra aus und zeigten mir das weiße Hinterteil. Die lachten mich aus! Wahrscheinlich fanden die das irre lustig, wie ich eben den Salto geschlagen hatte!

Beleidigt wollte ich ihnen nachjagen, um ihnen zu zeigen, was mit Tieren passiert, die einem Puma dumm kommen. Aber dann hörte ich ein Rascheln und mir fiel schlagartig ein, dass an einer Zeltschnur meist auch etwas *dranhängt*. Sonst würde sie ja irgendwie anders heißen. Einfach-so-Schnur, zum Beispiel.

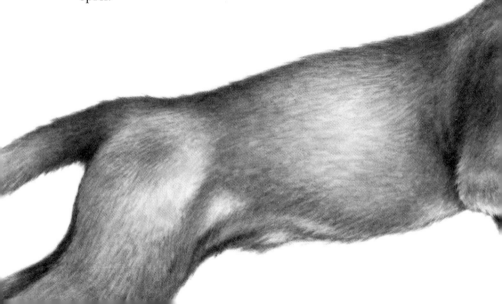

Jemand ganz in meiner Nähe kroch aus dem eckigen dunklen Etwas, zu dem die Schnur gehörte. Er roch so sehr nach Angst, dass man es wahrscheinlich noch einen Kilometer weiter wittern konnte, und kramte hektisch nach etwas. Wahrscheinlich seiner Taschenlampe, ohne die sahen diese armen Beherrscher der Welt in der Nacht ja nichts.

Aber das war nicht das Schlimmste. Das Schlimmste war, dass es jetzt auch hinter mir, in einem weiteren Zelt, raschelte.

»Hugo, was machst du da? Was ist das für ein Radau?«, fragte eine Stimme, die nach Mutter-schimpft-Sohn klang.

Schritte näherten sich aus der anderen Richtung. Vor Schreck stand ich wie ausgestopft da und wusste nicht, in welche Richtung ich fliehen sollte.

»Äh«, sagte eine Stimme, die sehr jung und sehr ängstlich klang. »Mama ...«

»Bei dem Lärm kann ja kein Mensch schlafen!«

»Mama ...«

»Ja, was ist?«

»Das war ich nicht. Das mit dem Lärm.«

»Hugo, du weißt genau, dass du mich nicht anschwindeln sollst!«

Weiteres Geraschel ertönte, jemand war aus dem Zelt gekommen. Dann dröhnte es über die Lichtung: »Aaaaaaah! Ein Bär!«

Ich war zwar kein Bär, aber eindeutig war ich gemeint. In Panik rannte ich los, leider in die falsche Richtung. Beinahe wäre ich voll mit der Hugomutter zusammengestoßen. Im letzten Moment schlug ich einen Haken, aber mein Schwanz prallte gegen ihre Beine. Das warf die Frau leider der Länge nach um und sofort kreischte sie los. Gleich würden meine Trommelfelle platzen! Die Lichtkegel von Taschenlampen strichen über das Unterholz und mein Fell. Falls die Leute in Biologie aufgepasst hatten, wussten sie jetzt, dass sie mit dem »Bär« danebengelegen hatten.

Nichts wie weg hier! Das mit den Hirschen würde heute nichts mehr werden, weil jetzt vom Streifenhörnchen bis zum Bison die ganze Gegend wusste, dass ich hier war.

Ich rannte in großen Sprüngen davon, während rings um mich her Menschen aufgeregt aus ihren Zelten hervorkrochen und panisch versuchten, auf Bäume zu klettern. Mit jämmerlich wenig Erfolg.

Ein Kerl begann, mit Steinen auf mich zu werfen, und traf mich voll auf die Schnauze. Und plötzlich erleuchteten zwei Sonnen die Dunkelheit und blendeten mich, der Motor eines großen Autos röhrte auf. Auch das noch! Was hatten die vor, wollten die mich überfahren? *Hilfe!* In welcher Richtung ging es hier raus? Ich wusste nicht mehr weiter, aber ich musste es schaffen, hier wegzukommen! Weg, weg, weg! Nichts wie weg!

Mit einem Satz hechtete ich hoch auf ein Waschhäuschen und auf der anderen Seite wieder herunter. Kaum zu glauben, dort war der Weg frei. Einen Moment später war ich allein im nachtdunklen Wald und rannte, bis der Autolärm und die Schreie hinter mir verklungen waren. Und bis mir die Zunge auf der Brust hing – so fühlte es sich jedenfalls an.

Ich war heilfroh, als ich zurück war beim Haus der Ralstons

und mich durch einen Sprung in den zweiten Stock in mein Zimmer retten konnte.

Am nächsten Tag stand das, was ich erlebt hatte, bereits in der Zeitung. Ich sah die Schlagzeile sofort:

Puma greift auf Campingplatz Menschen an!

Hugo S. (11) und seine Mutter Michelle S. (41) aus Chicago entkommen nur knapp der gereizten Raubkatze. »Ich hatte Todesangst«, berichtet Michelle S.

Eulendreck, das hatte ich ja schön verkatzt. Der Campingplatz war noch in der gleichen Nacht evakuiert worden, denn die Ranger vermuteten, dass das gefährliche Tier sich noch in der Nähe aufhielt. Das entlockte mir ein müdes Lächeln. Gut geraten. Es waren ungefähr fünf Kilometer Luftlinie.

»Hast du einen Artikel entdeckt, der Erinnerungen wachruft?«, fragte Donald, mein Pflegevater, gespannt. Er hoffte immer noch, dass mein Gedächtnis sich irgendwann öffnen würde wie eine Wundertüte. Zu seiner Enttäuschung hatten bisher all seine tiefenpsychologischen Tricks nichts gebracht, was natürlich daran lag, dass ich eisern an meiner »Ich-erinnere-mich-an-nichts«-Geschichte festhielt. Nicht mal seine Hypnose, vor der ich mich ein bisschen gefürchtet hatte, hatte mich entlarvt – im Gegenteil. Anscheinend hatten ihn meine Katzenaugen glatt zurückhypnotisiert, denn er hatte einen glasigen Blick bekommen und etwas von einem Autounfall, der seine Schuld war, gefaselt.

»Ach, ich fand die Geschichte nur interessant.« Ich legte die Zeitung auf den Tisch zurück, an dem gerade Marlon wortlos seine Cornflakes in sich hineinschlang und Melody in einer

Portion Rührei herumpickte. Kein Wunder, dass sie so dünn war wie eine Libelle. Zwischendurch fummelte sie an den Blümchenspangen in ihren langen blonden Haaren herum und fütterte Bingo unter dem Tisch mit Frühstücksspeck.

»Noch ein bisschen Rührei, Jay?«, fragte Anna und lächelte mich an.

Nein danke. Ich fühlte mich selbst ein bisschen wie Rührei. Nach dieser Aktion gestern Nacht war ich eindeutig in Schwierigkeiten. Wie lange würde es wohl dauern, bis ich wieder in meiner Pumagestalt in den Wald gehen konnte, ohne dass jemand versuchen würde, mich als »Problemtier« abzuknallen?

Noch niedergeschlagener als vor meinem nächtlichen Ausflug machte ich mich auf den Weg zur Highschool.

Doch ich kam nicht dort an.

Ein seltsames Angebot

Ich fuhr gerade mit dem Rad am Rand des Highways entlang, als mir eine große, schlanke Frau in einem blassblauen Kleid auffiel. Sie stand da, beobachtete mich aufmerksam und hob die Hand in meine Richtung. Hä, wie bitte? Wollte sie was von mir? Mit dem Fahrrad kann man ja wohl keine Anhalterinnen mitnehmen. Oder war sie in Schwierigkeiten? Aber so sah sie nicht aus.

Bevor ich mir überlegt hatte, ob ich stoppen sollte oder nicht, war ich schon an ihr vorbei. Nach ein paar Sekunden hatte ich sie wieder vergessen und überlegte, ob ich genug gelernt hatte für den Test in Geschichte, den wir heute schreiben würden. Ich war furchtbar neugierig auf Menschengeschichte gewesen, als ich noch im Wald gelebt hatte. Doch anscheinend bestanden die großen Ereignisse dieser Geschichte daraus, dass sich jede Menge Leute die Köpfe eingeschlagen hatten.

Moment mal, da stand dieselbe Frau schon wieder neben der Straße! Und zwar *vor* mir!

Verblüfft radelte ich langsamer und sah sie mir genau an. Sie schaute mit einem forschenden, durchdringenden Blick zurück, bei dem sich mir normalerweise das Fell gesträubt hatte. Die lächerlichen Härchen auf meinen Armen taten ihr Bestes.

Diese Frau war irgendwie unheimlich – war sie ein Geist? Ihre kurz geschnittenen Haare waren geisterhaft weiß und es war auch seltsam, dass sie barfuß an der Straße herumstand. Bei den Menschen ging keiner barfuß und alle gaben ein Höllengeld dafür aus, sich die Haut von irgendwelchen Tieren an die Füße ziehen zu können.

Ich radelte weiter. Irgendwie wollte ich sehen, was sie tun würde. Ob sie ihren kleinen Trick auch ein zweites Mal bringen konnte.

Sie konnte.

Diesmal stoppte ich mein Rad und stieg ab, ohne die fremde Frau aus den Augen zu lassen. Ihr strenges, herbes Gesicht mit der leicht gebogenen Nase hatte eine wilde Schönheit. Einen Moment lang musterten wir einander, ohne ein Wort zu sagen.

»Wer sind Sie?«, brachte ich schließlich hervor.

Ein Lächeln formte sich um ihren schmalen Mund und plötzlich sah sie nicht mehr so bedrohlich aus. »Stell das Rad ab und komm«, sagte sie.

Irgendetwas war besonders an dieser Frau, das konnte ich spüren. Deshalb zögerte ich nicht und folgte stumm ihren Anweisungen, als sie mir winkte, ihr zu folgen. Wir ließen die Straße hinter uns und gingen hinein ins offene, mit Wüsten-Beifuß bewachsene Grasland des Tales, bis wir zu ein paar Felsen und Büschen kamen. In dieser Deckung ließ die Frau sich nieder und bedeutete mir, mich zu setzen.

»Und, wie gefällt es dir bei den Menschen?«, fragte sie.

Überwältigt starrte ich sie an. *Bei den Menschen?* Das hieß doch ...! »Sie sind auch eine Wandlerin?«

Lächelnd nickte die Frau. »Wenn du etwas mehr Erfahrung hast, spürst du es auch. Versuch es mal. Es hilft, wenn man nah dran ist.«

Ich lauschte in mich hinein. Ja, ich spürte es. Es war ein neues Gefühl, für das ich noch keinen Namen kannte. Eins, das ich noch nie zuvor gehabt hatte. Wie Freude oder Angst, nur dass es weder gut noch schlecht war.

Als ich diese fremde Frau anblickte, merkte ich, wie mir plötzlich die Augen feucht wurden. Ich war nicht allein! Es gab noch andere Gestalt-Wandler außer mir!

»Wissen Sie, was für ein Tier ich bin?«, fragte ich, nachdem ich mich ein bisschen beruhigt hatte. »Können Sie das auch merken?«

Sie schüttelte den Kopf. »Aber ich glaube, du bist ein Raubtier. Die Art, wie du dich bewegst ... du hast Kraft und du bist schnell.«

Meine Wangen wurden heiß. »Äh, ja. Ich bin ein Puma. Sie können auch Berglöwe sagen. Oder Cougar. Ist mir egal. Und Sie?«

»Rat mal«, sagte sie.

Es war nicht allzu schwer. Ihre weißen Haare, dieses stolze Gesicht mit der gebogenen Nase, ihre große, aber feinknochige Gestalt ...

»Weißkopf-Seeadler?«

»Richtig.« Ein anerkennendes Nicken. »Ich heiße Lissa Clearwater.«

»Ich bin Carag«, sagte ich und ein Schauer überlief mich dabei. Es war das erste Mal seit zwei Jahren, dass ich diesen Namen aussprach.

Lissa Clearwater lächelte, aber sie schüttelte mir nicht die Hand. Gut. Das war eine Menschensitte, die ich nie gemocht hatte. »Schön, dich kennenzulernen«, sagte sie. »Ich habe dich vor einer Woche in deiner Schule entdeckt, als ich dort einen Vortrag gehalten habe. Über Adler natürlich. Die erforsche ich als Biologin.« Ihr Lächeln wurde breiter.

Eine Adler-Wandlerin ... so also hatte sie es geschafft, mich zweimal zu überholen, obwohl ich mit dem Mountainbike nicht gerade langsam fuhr! Aber wie hatte sie das mit dem Kleid gemacht?

»Du hast meine Frage noch nicht beantwortet«, sagte Lissa Clearwater. »Also?«

Ich wusste natürlich, welche Frage sie meinte. Die, wie es mir bei den Menschen gefiel. »Geht so«, meinte ich mit einem Achselzucken. »Es ist praktisch, dass man zum Jagen in den Supermarkt gehen kann.«

Keine Ahnung, warum ich ihr nicht die Wahrheit sagte. Dass es mir beschissen ging und ich zurückwollte in die Berge, aber nicht wusste, wie. Wahrscheinlich lag es daran, dass wir uns erst seit fünf Minuten kannten.

Sie versuchte nicht, mich auszuquetschen.

»Vor drei Jahren habe ich eine Schule gegründet – eine besondere Schule«, erzählte sie mir stattdessen. »Für Jugendliche wie dich, die lernen wollen, ohne Schwierigkeiten in beiden Welten zu leben. Die Clearwater High ist ein Internat, gar nicht mal weit von hier. Wäre das was für dich? Wir haben viele verschiedene Wandler, wenn auch bisher keinen Berglöwen.«

»Es gibt noch mehr Wandler-Arten? Es gibt sogar eine *Schule?*« Mir schwirrte der Kopf.

Lissa Clearwater lächelte über meine Verwirrung. »Wandler – oder Woodwalker, wie wir sagen – sind selten, aber ja, es gibt viele verschiedene Arten. Übrigens gibt es nicht nur eine Schule, sondern zwei. Mein erwachsener Sohn Jack leitet die zweite unten in Florida, in die gehen alle Wandler, die das Wasser brauchen. Delfine, Alligatoren, Haie und so weiter.«

»Wow«, war das Einzige, was mir dazu einfiel.

»Einige unserer Abgesandten haben schon versucht, dich zu

kontaktieren, aber du hast nicht reagiert, deswegen dachte ich mir, ich komme mal persönlich vorbei«, sagte Lissa Clearwater und stand auf. »Neue Schüler werden jederzeit an der Clearwater High aufgenommen, du könntest also sofort zu uns wechseln. Bei uns würdest du zum Beispiel lernen, dich leichter zu verwandeln. Wir üben mit unseren Schülern auch, wie man mit schwierigen Menschen umgeht ...«

Ich fragte mich, wie viel sie mitbekommen hatte von dem, was auf dem Schulhof in letzter Zeit so abgegangen war.

»... und wir würden dir dabei helfen, als Mensch und als Puma besser zurechtzukommen. Überleg es dir gut und sag mir Bescheid, ja? Wir hätten dich gerne bei uns. Auch, damit so was wie letzte Nacht auf dem Campingplatz nicht noch mal passiert.«

Ich wurde knallrot. Aber Lissa Clearwater achtete nicht darauf. Ihr Kleid fiel zu Boden, als sie sich verwandelte, und vor mir breitete ein Adler die gewaltigen braunen Schwingen aus. Seine wilden gelben Augen beobachteten die Umgebung. Er hüpfte ein paar Schritte auf dem Boden und schob das Kleid mit dem Schnabel zu einem Stoffhaufen zusammen. Dann schloss sich eine seiner Klauen darum.

Ein letzter Blick in meine Richtung, ein fast unmerkliches Nicken des weiß gefiederten Kopfes, dann griffen die Flügel des Adlers in die Luft.

»Wie soll ich Ihnen denn Bescheid sagen?«, rief ich Lissa Clearwater ratlos nach.

Sag es dem Raben!

Die Stimme war plötzlich in meinem Kopf, so plötzlich, dass ich zusammenzuckte und mir an die Stirn griff. Natürlich. Nicht nur meine Pumafamilie wusste, wie man in Tiergestalt von Kopf zu Kopf redete.

Momente später war der Adler, der eigentlich eine Schulleiterin war, außer Sicht.

Völlig durcheinander blieb ich hinter den Felsen sitzen. Ich war nicht allein, ich war einer von vielen! Es gab noch andere Wandler – Woodwalker – außer mir! Und anscheinend war ich nicht der einzige junge Wandler, der Probleme hatte! Das war eine Riesen-Erleichterung, ich fühlte mich gleich ein bisschen weniger einsam. Aber sosehr ich mich auch bemühte, ich konnte mir diese Schule nicht vorstellen – sie konnte unmöglich so sein wie die Jackson Hole High School, die einzige andere Schule, die ich kannte.

Außerdem würden mich die Ralstons anschauen, als hätte ich Tollwut, wenn ich ihnen eröffnete, dass ich in Zukunft irgendeine komische Schule besuchen wollte. Eine, von der sie noch nie gehört hatten und auf die megaseltsame Schüler gingen. Wahrscheinlich hätten sogar meine richtigen Eltern Nein gesagt.

Schule. Ups. Dem Sonnenstand nach hatte ich inzwischen den Geschichts-Test verpasst.

Egal. Die musste heute ohne mich stattfinden. Hier ging es um mein weiteres Leben.

Mein ganzes, verdammtes Leben!

Noch ein Angebot

Als ich am späten Nachmittag wieder bei den Ralstons ankam, hatte ich erwartet, dass sie mir einen Riesenärger machen und tausend Fragen stellen würden. Schließlich hatte ich noch nie zuvor die Schule geschwänzt.

Doch stattdessen herrschte Hektik. Eine Hektik, die anscheinend nichts mit mir zu tun hatte, denn Anna rannte in Küchenschürze und mit einem nackten Truthahn in den Händen an mir vorbei.

»Äh, was ist denn hier los?«, erkundigte ich mich.

Erschöpft wischte sich meine Pflegemutter über die Stirn. »Stell dir vor, wir haben heute einen unerwarteten Gast zum Abendessen!«

»Ja, und?« Das klang noch nicht sehr spannend. Ich musterte den Truthahn. Er sah aus, als wäre ihm kalt ohne seine Federn.

»Es ist *Andrew Milling!* Und er kommt wegen dir!«

Ich kapierte gar nichts mehr. Andrew Milling, der berühmte Typ, den ich schon auf Plakaten gesehen hatte? Was hatte der mit mir zu tun? Bedeutete das Ärger?

»Du hättest uns ruhig sagen können, dass du diesen Talentwettbewerb gewonnen hast!« Anna strahlte mich an. »Ich bin richtig stolz auf dich. Dabei ist dir das Aufsatzschreiben immer so schwergefallen.«

Was für einen Talentwettbewerb? Hätte ich nicht irgendwie

merken müssen, wenn ich bei so was mitgemacht hätte? Ratlos beobachtete ich eine Spinne, die dabei war, sich an der Esszimmerdecke ein gemütliches Netz anzufertigen.

»Andrew Milling, Jay, ist einer der wichtigsten Männer im ganzen amerikanischen Westen«, belehrte mich mein Pflegevater Donald, sortierte hektisch seine Whiskey- und Schnapsflaschen und entkorkte eine davon, um am Inhalt zu riechen. »Ihm gehören eine Ölgesellschaft, eine Filmproduktionsfirma, ein paar Silicon-Valley-Firmen und ganz nebenbei auch eins der Ski-Resorts hier in Jackson Hole, die Sierra Lodge.«

Musste ich das gut finden? Ich war ein bisschen verwirrt. Ski fahren konnte ich sowieso nicht und Öl brauchte ich auch gerade keins.

Ich beschloss, alles auf mich zukommen zu lassen, und beobachtete hungrig die Fortschritte des Truthahns. Bei 220 Grad im Ofen war ihm inzwischen sicher nicht mehr kalt.

Lange konnte ich ihm nicht zuschauen, denn Marlon und ich waren dazu verdonnert worden, den Esstisch vorzubereiten. Mit gewohnt mürrischer Miene schleppte mein Pflegebruder einen Stapel Teller an. Ich holte währenddessen ein paar bunte Ahornblätter als Dekoration, doch Marlon verzog nur den Mund.

»Was ist denn das für 'n Mist?« Mit einem Griff beförderte er die Handvoll Blätter in den Kaminofen, wo sie zusammenschnurrten und schwarz wurden.

»Hey, das hätte schön ausgesehen!«, beschwerte ich mich.

»Pech«, sagte Marlon und grinste. Es war kein sonderlich nettes Grinsen. Garantiert stank es ihm, dass nicht er gewonnen hatte und der wichtige Typ wegen mir zu Besuch kam. Nie im Leben hätte er mir geglaubt, dass auch ich keinen Wettbewerb gewonnen hatte.

»Los, Jungs! Worauf wartet ihr? Er kann jeden Moment klingeln!« Anna wuchtete einen Topf voll Süßkartoffelbrei auf den Tisch und hastete zurück in die Küche. »Melody, hast du dich umgezogen?«

»Ja, klar!« Melody trug ihr neues Kleid und rannte aufgedreht wie ein Streifenhörnchen, nur eben kariert, durchs Wohnzimmer. Inmitten all der Aufregung lag Bingo, der Labrador, seelenruhig auf dem Boden, kaute an einem Knochen und warf mir ab und zu einen misstrauischen Blick zu. Ich streckte ihm die Zunge raus.

Kurz vor sieben Uhr klingelte es. Vor der Tür stand ein sportlich muskulöser, braun gebrannter Mann mit graublonden Haaren. Gekleidet war er im lockeren Freizeit-Look des Westens – Jeans, weißes Hemd und an den Füßen aufwendig gefertigte Cowboystiefel. Als Milling lächelte, sah ich seine strahlend weißen, regelmäßigen Zähne. Er strahlte Kraft aus und die Selbstsicherheit, wie sie nur dominante Männchen haben, die ein großes Revier verteidigen.

Aber das war es nicht, was mir an ihm auffiel. Als er mir die Hand reichte, traf mich dieses Gefühl, das ich erst heute kennengelernt hatte, bei Lissa Clearwater. Dieses namenlose Gefühl, das man bekommt, wenn ein anderer Wandler in der Nähe ist. Es fühlte sich an wie ein warmer Luftzug über der Haut.

Mechanisch erwiderte ich Andrew Millings Händedruck und war so durcheinander, dass ich verlegen auf meine Schuhe starrte. Einer der mächtigsten Männer des amerikanischen Westens war ein *Woodwalker?!*

Und nicht nur das. Als ich den Kopf wieder hob und ihn ansah, wusste ich auch, dass er eine Raubkatze war, so wie ich. Ein Puma-Wandler. Aber wieso hatte er so dunkle Augen? Das passte nicht, unsere Augen waren golden oder hellgrün.

»Freut mich sehr, dich kennenzulernen, *Jay*«, sagte Andrew Milling. »Ich bin Andrew.«

Die Art, wie er meinen Menschennamen betont hatte, sagte alles. Er wusste Bescheid über mich.

»Hi, Andrew«, brachte ich irgendwie heraus.

»Kommen Sie nur herein, wir freuen uns wirklich sehr über Ihren Besuch«, plapperte Donald. Wie klein und harmlos er plötzlich wirkte mit seiner rundlichen Figur und den langen grauen Haaren, die er im Pferdeschwanz trug. »Nehmen Sie doch Platz, Andrew, es ist uns eine Ehre.«

Milling brauchte nur fünf Minuten dafür, meine Pflegefamilie im Sturm zu erobern. Er lobte Donalds Whiskeys, bemerkte Melodys neues Kleid und zeigte sich beeindruckt von dem Foto über dem Kamin, das Anna mit dem Präsidenten zeigte. Ihr war nämlich mal eine Medaille verliehen worden für ihr Engagement gegen Armut. Süßkartoffelbrei nahm er sich keinen, dafür hatte der Truthahn keine Chance gegen ihn. »Schmeckt hervorragend«, meinte er kauend und Annas Wangen glühten vor Freude.

Ich saß dabei, aß ein Stück Truthahn, sagte kaum etwas und fragte mich, was dieser fremde Wandler von mir wollte. Mich warnen, dass dieses Revier ihm gehörte?

»So, jetzt zu dir, Jay«, sagte Milling schließlich. »Eine schöne Leistung, die du im Talentwettbewerb abgeliefert hast. Ich war wirklich beeindruckt. Du hast alles richtig gemacht.«

Ich fragte nicht, was das für ein Talentwettbewerb gewesen sein sollte. Es war besser, das unter vier Augen zu klären. Was genau meinte er damit, ich hätte alles richtig gemacht? So viel hatte ich in letzter Zeit nicht getan, außer mich mit kaltem Wasser übergießen zu lassen und mich bei einem Jagdversuch zu blamieren. Das konnte er ja unmöglich meinen, oder?

»Danke, Sir«, sagte ich höflich.

»Dadurch bin ich darauf aufmerksam geworden, dass du ein vielversprechender junger Mann bist«, fuhr Milling fort.

Mit etwas Mühe verzog ich die Lippen. Mit diesem Lob konnte ich ungefähr so viel anfangen wie ein Kojote mit einem Smartphone. Verdient hatte ich es jedenfalls nicht.

»Deshalb wollte ich dir deinen Gewinn gerne persönlich überreichen«, fuhr Milling fort und zog zwei Dinge aus der Brusttasche seines Hemdes. Das eine war ein Taschenmesser mit einem Griff aus edlem poliertem Holz. Wow, das war bestimmt teuer gewesen. Das zweite war seine Visitenkarte mit goldener Schrift darauf. Beides reichte er mir. »Ich würde dich in Zukunft gerne im Auge behalten und fördern, Jay. Das auf der Karte ist meine Privatnummer.«

Ich sagte nichts und nickte nur, weil es mir die Sprache verschlagen hatte. Dann nahm ich Taschenmesser und Visitenkarte und steckte beides ein.

»Was sagt man da?«, flüsterte Donald mir peinlich berührt zu.

»Äh – danke«, sagte ich zu Milling.

»Ist es okay, wenn wir kurz ein paar Worte unter vier Augen wechseln?«, fragte Andrew Milling meine Pflegeeltern. Die versicherten natürlich, dass das gar kein Problem sei, und wir sollten uns nur Zeit nehmen.

Der mächtigste Mann des amerikanischen Westens und ich schlenderten hinaus auf die große, aus Holzbalken gezimmerte Terrasse, von der aus man einen Blick über die Berge der Umgebung hatte. Ich brach schließlich das Schweigen. »Das ist nicht Ihre normale Augenfarbe, oder?«

Milling lachte leise. »Nein, ich trage gefärbte Kontaktlinsen. Gelbe Augen irritieren nur die Geschäftspartner.«

»Ach so«, sagte ich und atmete tief durch. Unglaublich,

ich war dabei, mit einem fremden Puma-Wandler zu reden! Konnte ich jetzt endlich all die Fragen stellen, die sich in mir angesammelt hatten? Bei Lissa Clearwater war ich noch zu geschockt gewesen davon, dass es überhaupt fremde Wandler gab, um ihr viel zu erzählen. Doch mit Milling, das war anders. Er war ein Puma wie ich und er war mir nicht feindlich gesinnt. Er war viel stärker als ich, in einem Revierkampf hätte er mich getötet. Und dieser Mann wollte mich *unterstützen*!

»Ist es einfach für Sie, als Mensch zu leben?«

»Ich bin es gewohnt.« Milling zuckte die Schultern und betrachtete mich von der Seite. »Du schlägst dich auch ganz gut, scheint mir. Oder? Nein, du hast es schwer, das spüre ich.«

Bevor ich es mir versah, hatte ich ihm alles erzählt. Dass ich bisher keine Freunde gefunden hatte, mit Marlon, Melody und Donald nicht klarkam und keine Ahnung hatte, wo meine Eltern waren. Nachdem ich geendet hatte, fühlte ich mich leicht, so leicht wie Luft. Als hätte ich bisher eine Ladung Steine mit mir herumgeschleppt, die nun verschwunden war.

»Das ist schlimm«, sagte Andrew Milling.

Er lehnte sich an die Brüstung des Balkons, verschränkte die Arme und blickte mich an. Nein, er fixierte mich. Im Halbdunkel auf der Terrasse sah ich, dass er lächelte – doch es war kein echtes Lächeln, er verzog nur die Mundwinkel.

Plötzlich war mir unwohl zumute. Der Typ wollte mich fördern ... aber wobei und was brachte ihm das? Auf einmal wünschte ich mir, dass er bald ging.

Doch Milling machte keinerlei Anstalten, ins Haus zurückzukehren und sich zu verabschieden. »Kennst du eigentlich die Clearwater High?«, fragte er, während er einen Schokoriegel aus der Tasche zog. Innerhalb von Sekunden hatte er das Ding verschlungen.

Ich lachte verlegen, es hörte sich furchtbar künstlich an. »Ja, ähm, ich bin gerade heute dorthin eingeladen worden, Andrew.« Es kam mir falsch vor, seinen Vornamen zu benutzen, aber ich musste es ja wohl tun, wenn er mir das angeboten hatte.

»Gut«, sagte Milling. »Geh auf diese Schule.« Es klang nach einem Befehl. In Pumagestalt hätte ich spätestens jetzt die Ohren angelegt und die Zähne gezeigt.

»Ja, ich glaube, ich werde das machen«, sagte ich und schob ein bisschen rebellisch nach: »Oder auch nicht.«

Milling schnaubte. »Sei nicht dumm. Du bist ein *Raubtier* mit Grips im Kopf und kein dämlicher Schneeschuhhase. Wenn du diese Chance vorübergehen lässt, bist du wohl doch nicht so begabt, wie ich dachte.« Er stieß sich von der Brüstung ab und bedeutete mir, ihm nach drinnen zu folgen.

Inzwischen war Bingo auf die Terrasse getappt, und als er den Gast witterte, fing er an zu knurren. Wahrscheinlich konnte er nicht fassen, dass jetzt *zwei* dieser grässlichen Katzenwesen im Haus waren.

Andrew Milling blickte verächtlich auf ihn hinab und verpasste ihm einen Tritt mit der Stiefelspitze. Erschrocken jaulend verzog sich der Labrador.

Obwohl ich Bingo nicht sonderlich mochte, tat er mir in diesem Moment leid. Er hatte sich eindeutig den falschen Gegner gesucht.

Anna und Donald gegenüber war Milling sehr charmant. Nach tausend Höflichkeiten verabschiedete er sich endlich und die Ralstons entspannten sich wieder.

»Marlon, Jay, ihr wascht ab«, kommandierte Anna. »Und Melody muss schnellstens ins Bett, morgen ist schließlich Schule.«

Alle zusammen trugen wir die dreckigen Teller in die Küche. Dann verzog sich Donald, um seine Whiskeys wieder in den Schrank einzuschließen – wahrscheinlich, damit Marlon nicht drankam –, und Anna ging mit Melody hoch ins Bad im ersten Stock.

Marlon ließ heißes Wasser in die Spüle laufen ... und drehte sich zu mir um. »Her mit dem Ding«, sagte er knapp.

»Was für einem Ding?« Ich hatte keine Ahnung, wovon er redete.

»Das Taschenmesser, du Depp. Gib mir das verdammte Taschenmesser.«

Ach so, das. Ich vergrub die Hände in den Taschen und schloss die Finger um das kleine, aber schwere Messer. Durch den polierten Griff fühlte es sich so glatt an wie ein Kieselstein. »Warum?«

Marlon feixte. »Weil ich sonst sage, du hättest versucht, mich damit zu schneiden.«

Dieser Mistkerl! Als Puma hätte ich ihm furchtbar gerne meine Fangzähne in den Oberschenkel oder sonst wohin geschlagen. Nur leider ging das nicht, er war Annas Sohn und ich wollte ihr keinen Kummer machen. Außerdem würde Anna ihrem Sohn womöglich glauben, wenn er solchen Blödsinn behauptete, und auf keinen Fall durfte sie schlecht von mir denken!

»Du bekommst von mir gar nichts«, sagte ich wütend – und Marlon schlug einfach zu. Versuchte, mir voll eine reinzuhauen. Instinktiv schlug ich zurück und erwischte Marlon an der Nase. Er schrie auf und Sekunden später taumelten wir ineinander verkrallt durch die ganze Küche. Zwei oder drei nasse Teller rutschten auf den Boden und gingen dort klirrend zu Bruch.

»Seid ihr irre?« Donald zerrte uns auseinander und rutschte dabei auf dem seifigen Küchenboden aus. Jetzt wälzten wir uns zu dritt auf den Fliesen.

»Was in aller Welt ...?« Entsetzt stand Anna in der Küchentür. »Was soll das?«

Als wir alle drei wieder in der Senkrechten waren, fuhr Anna Marlon und mich an: »Geht euch waschen, dann reden wir darüber, was da gerade passiert ist ... und wer mit diesem Mist angefangen hat!«

Aus Marlons Nase strömte das Blut, aber er grinste mich an. Ich wusste genau, was er mir damit sagen wollte. Als wir im Bad alleine waren, händigte ich ihm wortlos meinen »Wettbewerbsgewinn« aus. Besonders traurig war ich nicht darüber, das Ding los zu sein. Als Mensch brauchte ich eigentlich kein Messer und als Puma erst recht nicht.

Außerdem ahnte ich, dass Millings Visitenkarte sehr viel wertvoller war.

Zähne

In dieser Nacht lag ich lange wach. Ich dachte über Lissa Clearwater nach, über ihre Schule, über Andrew Milling, über meine Pflegefamilie und mein Leben in dieser Stadt. Als die Sonne über den Horizont stieg, hatte ich mich entschieden. Ja, ich hatte Zweifel, ja, es stank mir, dass Milling mich dazu gedrängt hatte, dorthin zu gehen. Aber diese Schule war meine große Chance, ich musste einfach versuchen, dort aufgenommen zu werden!

Doch wie sollte ich meine Pflegefamilie überzeugen? Hatte die Clearwater High wenigstens eine Internetseite?

Als ich die Zeitung reinholte, hockte ein Rabe auf dem Treppengeländer vor dem Haus. Wahrscheinlich derselbe Rabe, der mich neulich auf der High School genervt hatte. Ich zwinkerte ihm zu und er zwinkerte zurück. Dann deutete er mit dem Schnabel auf etwas, das auf der Zeitung lag.

Ich musste lachen, als ich es aufhob. Es war ein vierfarbiger Prospekt der Clearwater High.

»Danke, das wird helfen«, sagte ich und blätterte den Prospekt neugierig durch. Ein großes Foto des Eingangsbereichs, Bilder von gemütlichen Klassenzimmern und kleinen Klassen, sympathische Lehrer in der Diskussion mit ihren Schützlingen, fröhliche Jugendliche vor gefüllten Tellern in der Cafeteria, geräumige Zweibettzimmer. Eine Liste der Fächer, ein Grußwort der Direktorin, eine Anfahrtsskizze. Das sah alles deprimierend normal aus. Der Prospekt ist für nichts ahnende Menschen gedacht, beruhigte ich mich, setzte mich wieder an den Frühstückstisch, holte tief Luft und schob meinen Teller von mir.

»Neulich war jemand an der Schule, der hat was von einem privaten Internat hier in der Nähe erzählt ... äh ... das soll richtig gut sein«, fing ich an. »Und die würden mich nehmen.«

Vier Augenpaare glotzten mich erstaunt an.

»Wie kommst du denn plötzlich auf die Idee? Du hast dich so gut eingewöhnt in der normalen Schule!« Annas Toast mit Erdbeermarmelade blieb auf halbem Weg zum Mund in der Schwebe. »Ein Internat? Na, ich weiß nicht ...«

»Wie heißt das Internat?«, fragte Donald mit gerunzelter Stirn und tupfte sich mit der Serviette Ahornsirup von der Lippe.

»Clearwater High«, sagte ich und streckte Donald den Prospekt hin. Er nahm ihn, als würde ich versuchen, ihm ein totes Opossum zu geben.

»Clearwater High? Nie gehört«, brummte er und blätterte die Broschüre durch. Kaum war er fertig, schnappte ihn sich Melody mit einem »Oh, darf ich auch mal?«. Doch Marlon grabschte ihr den Prospekt so heftig aus der Hand, dass ich Papier reißen hörte. Eulendreck! Ich versuchte, den Prospekt zu retten, doch dabei fiel er auf die Pancakes mit Ahornsirup. Na toll. Jetzt klebte er auch noch.

»Stopp, stopp, stopp, das geht nun wirklich nicht!«, schimpfte Anna und rettete die Broschüre. Es war nicht mehr ganz leicht, sie durchzublättern. »Also ich finde, diese Schule sieht gut aus. Was meinst du, Donald?«

Die beiden tauschten einen vielsagenden Blick. Ich konnte mir denken, was ihnen gerade durch den Kopf ging. Es war kein Geheimnis, dass Marlon und ich uns nicht gut verstanden. Vielleicht hielten sie es nach der Prügelei gestern für besser, uns eine Weile zu trennen. Aber Donald sah noch immer skeptisch aus.

»Was kostet der Spaß?«, fragte er und schnitt ein Stück von seinem vierten Pfannkuchen ab.

»Keine Ahnung«, musste ich zugeben und fummelte die Visitenkarte aus meiner Hosentasche. »Aber Andrew Milling findet es gut, dass ich dorthin will.«

Schon toll, wie schnell man so eine Diskussion abschließen kann. Donald griff sofort zum Telefon, um bei der Clearwater High anzurufen, und erfuhr, dass ich dort tatsächlich herzlich willkommen wäre und ein Stipendium bekommen konnte. Es würde die Familie keinen Cent kosten, wenn ich auf diese neue Schule ging.

Und dann ging alles ganz schnell. Schon am nächsten Nachmittag wusste ich, dass a) gegen ein Internat rein gar nichts einzuwenden war, b) ich schon nächste Woche an der Clearwater High anfangen konnte und c) Anna und Donald mich persönlich dorthin fahren würden.

Doch das war, wie sich herausstellte, gar nicht nötig. Als Anna noch einmal mit Lissa Clearwater telefonierte, erklärte meine neue Schulleiterin, dass Montag früh ein Fahrer kommen und mich abholen würde.

So hatte ich noch Zeit, mich von ein paar Leuten an meiner alten Schule, die ganz nett gewesen waren, zu verabschieden. Den Sonntagnachmittag verbrachte ich dann damit, mit klopfendem Herzen meine Reisetasche und den Rucksack zu packen. Vorsichtig brachte ich die Kette aus geschnitztem Horn, die meine Mutter mir gemacht hatte, in meinem Rucksack unter. Trotz ihrer Angst vor den Menschen hatte sie solchen Schmuck zweimal im Jahr auf dem Marktplatz von Jackson

Hole verkauft, damit wir ein bisschen Geld in unserem Versteck hatten. Ob ich meine Eltern und Mia irgendwann wiedersehen würde?

Als Nächstes holte ich meinen Geldbeutel mit genau 276 Dollar darin – nein, verdammt, es waren nur noch 230 und ich roch Marlons Witterung daran! Dieser Dreckskerl! An jedem dieser Dollars klebte der Schweiß, den ich während langer Ferienjob-Stunden in einem Souvenirshop vergossen hatte! Ich hatte riesige Lust, Marlons Sammlung von Mineralien und Fossilien aus dem Fenster zu schleudern, damit er ein paar Tage mit der Suche danach zu tun hatte. Vor lauter Wut wuchsen meine Eckzähne, bis sie mir in die Unterlippe piksten.

Genau in diesem Moment klopfte Anna an meiner Tür.

»Moment, ich ...«, rief ich erschrocken, aber da war sie schon hereingekommen. Hastig drehte ich den Kopf weg und stopfte noch ein paar T-Shirts in meine Reisetasche.

»Jay?«, meinte sie. »Na, bist du fertig mit Packen?«

»Gleich!«

»Okay. Ach, ich werde dich vermissen, das weißt du, oder? Es ist gut, dass du an jedem zweiten Wochenende heimkommst, da sehen wir uns.«

»Ja«, nuschelte ich, beugte mich noch tiefer nach unten und wühlte in meiner Tasche herum. Wieso gingen diese verdammten Zähne nicht weg? Ich schnappte mir das Foto, das ich für den Notfall auf meinem Nachttisch deponiert hatte. Es zeigte den ganz normalen Jungen Jay im Sporttrikot beim Basketballspielen.

Ganz normal, ganz normal ... ich bin ganz normal ...

Die Zähne begannen zu schrumpfen, dem Himmel sei Dank.

»Hast du jetzt schon Heimweh?« Anna legte mir eine Hand auf die Schulter.

Heimweh? Meinte sie das ernst? Sie und Donald waren es gewesen, die darauf bestanden hatten, dass ich an den Wochenenden »nach Hause« kam! Diese zwei Tage würden wahrscheinlich so angenehm werden wie eine Pfote in einer Wildererfalle.

»Jay, alles in Ordnung? Ich weiß, dass Marlon nicht besonders nett zu dir ist. Tut mir leid, dass er deinen Prospekt kaputt gemacht hat. Er hat es nicht leicht in der Schule, weißt du, und Donald macht ihm ziemlich viel Druck wegen seiner schlechten Noten.«

»Schon okay, das mit dem Prospekt«, murmelte ich. Was genau hatten Marlons schlechte Noten eigentlich mit mir zu tun? Mist, ich hätte nicht an Marlon denken dürfen, schon wuchsen die verdammten Zähne wieder! Wenn Anna das sah, würde sie ganz bestimmt an einem Herzinfarkt sterben!

»Hier ist noch dein Waschzeug«, meinte sie und legte es mir auf die Reisetasche. Die Zahnpasta lugte daraus hervor. Passt ja prima, dachte ich gequält und hielt mir die Hand vor den Mund.

Dann ging Anna endlich.

Ich fiel vor Erleichterung fast in mich zusammen. Mit einem langen Satz hechtete ich zur Tür. Abschließen ging nicht, ich hatte keinen Schlüssel, aber ich schob die Kommode ein Stück davor. Gerade noch rechtzeitig, denn Anna kam noch einmal zurück. Die Türkante prallte gegen die Kommode. »Ach ja, Jay – könntest du mal durchlüften?«, rief sie durch den Spalt. »Bei dir im Zimmer riecht es irgendwie nach ... ich weiß nicht ... nach Katze?«

Am nächsten Morgen war es so weit. Ein verbeulter blauer Kombi mit offener Ladefläche und dem Logo der Clearwater

High hielt vor dem Haus. Beim hüpfenden Wildschwein, was waren das für Kratzer an der Seite der Karre? Die waren nicht von Gebüsch, sondern von riesigen Krallen!

Ich klammerte mich an meine Reisetasche und beobachtete, wie ein schon etwas älterer, aber sehr muskulöser Mann mit borstigen braunen Haaren und Tätowierungen auf den Armen ausstieg. Mit seinen schwarzen Lederhosen und der Jeansjacke, die er auf der bloßen Haut trug, sah er aus wie einer dieser *Hell's Angels*-Motorradrocker aus dem Fernsehbericht neulich.

»Mr Soderberg, Hausmeister der Clearwater High«, stellte er sich den Ralstons vor und schüttelte ihnen kurz die Hand. »Ich komme Ihren Sohn abholen.« Mit einem Blick checkte er mich von Kopf bis Fuß ab, dann verzog sich sein verwittertes Gesicht zu einem Lächeln. »Na, dann los«, sagte er zu mir.

Die Ralstons blickten verstört drein. Vielleicht hatten sie sich den Abholer eines Elite-Internats irgendwie anders vorgestellt.

Donald begann: »Vielleicht ist es doch etwas ...«

Breitbeinig, mit zusammengekniffenen Augen und verschränkten Armen, stellte sich Mr Soderberg vor den Ralstons auf.

»... zu früh für ein Internat?«, beendete Donald matt seinen Satz.

Wortlos schenkte der Fahrer ihm noch einen letzten Blick, dann brummte er in meine Richtung: »Kommst du?«

Ein wenig verlegen umarmten mich Anna, Donald und sogar Melody zum Abschied. Marlon schlug mir auf den Rücken, aber so hart, als wollte er mir das Schulterblatt brechen. Der tätowierte Fahrer hatte es mitbekommen. Er ging auf Marlon zu und streckte ihm die Hand hin. Marlon nahm sie. Großer Fehler! Denn jetzt drückte der Fahrer zu. Ich sah, wie Marlons

Gesicht himbeerrot anlief. Gespannt wartete ich, ob noch eine andere Farbe kommen würde. Oh ja. Ein paar Momente später wurde Marlon blass wie Milch. Und zwar *saure* Milch.

»So«, meinte der Fahrer mit einem Blick in meine Richtung. »Abmarsch.«

Nach einem letzten Blick auf Marlon, der mit verzogenem Gesicht seine gequetschte Hand hielt, packte ich meine Tasche ins Führerhaus des Wagens und kletterte hinterher. Mein Abholer trat heftig aufs Gas und wir düsten über den Highway, der aus Jackson Hole herausführte.

»Danke«, sagte ich.

»Keine Ursache«, brummte der Fahrer. »Ich bin übrigens Theo.«

Aus dem Augenwinkel beobachtete ich ihn und versuchte zu raten, ob Theo ein Mensch war oder nicht. Schwer zu spüren diesmal. Konnten Woodwalker überhaupt Tätowierungen haben? Oder tauchten sie dann auf ihrer Tiergestalt auf und verrieten sie?

»Wie weit ist die Schule denn von hier entfernt?«, wagte ich zu fragen.

»Ach, nur zwanzig Minuten«, brummte er. »Aber wir müssen vorher noch am Tierheim vorbei.«

»Am Tierheim?« Wahrscheinlich guckte ich ziemlich blöd.

»Ja. Wir müssen 'ne Schülerin abholen, die sich am Wochenende nicht so toll benommen hat.« Er grinste. »Hat 'ne Weile gedauert, bis wir rausgefunden hatten, wo sie ist.«

»Oh«, sagte ich und versuchte, mir vorzustellen, was für eine Art Wandler man im Tierheim abgeben würde, wenn er Ärger machte.

Aber das würde ich bestimmt gleich herausfinden.

Die Clearwater High

Beim Tierheim begrüßte uns das Bellen und Jaulen unzähliger Hunde. Sofort begann mein Herz zu rasen. Mein Vater war mal gejagt worden – eine Hundemeute hatte ihn gehetzt, bis er sich auf einen Baum flüchten musste. Nur mit viel Glück war er entkommen.

Theo merkte, wie ich mich fühlte. »Nicht deine Freunde, was?«, meinte er.

Stumm schüttelte ich den Kopf.

Als wir klingelten, öffnete uns eine Frau im rosa Jogginganzug. Sie blickte hoffnungsvoll drein. »Ja, bitte? Katze, Hund, Kaninchen?«

»Rothörnchen«, sagte Theo.

»Ach das! Verrücktes Vieh.« Sie lachte und schüttelte gleichzeitig den Kopf, dass ihre grauen Löckchen wippten. »Hat doch tatsächlich auf dem Rastplatz Leute beklaut. Ich dachte mir gleich, dass das kein wildes Tier sein kann!« Ihr Blick wurde ein bisschen strenger. »Sie haben ihm das nicht beigebracht, oder? Das mit dem Klauen?«

»Ich versuche, es ihm abzugewöhnen«, erklärte Theo.

»Ach so. Na, dann viel Spaß. Ehrlich gesagt, ich bin froh, es los zu sein. Es hat am Gitter gerüttelt wie blöde und sogar versucht, den Riegel zu öffnen.«

»Tut mir leid.« Theo versuchte, entschuldigend dreinzublicken. Dadurch sah er aus wie ein kranker Elefant, der er hoffentlich nicht war.

Die Tierheimleiterin führte uns in einen vergitterten Zwinger, in dem ein Kletterbaum aus abgewetztem braunem Plüsch aufgebaut war. Auf halber Höhe standen Schälchen mit Körnerfutter und Wasser. Auf den zweiten Blick sah ich das Rothörnchen, das ganz oben hockte, schlecht gelaunt aussah und dabei war, mit beiden Pfoten Plüschfetzen vom Kletterbaum abzureißen. Soso, das war also meine Mitschülerin.

»He!«, rief die Tierheimfrau. »Lass das, du Mistvieh!«

Sie bekam einen einwandfreien Du-kannst-mich-mal-Blick. Dann machte das Rothörnchen einfach weiter.

»Das reicht jetzt«, sagte Theo entschieden und öffnete den kleinen Transportkorb, den er trug. »Los, auf geht's.«

In Windeseile sprang, balancierte und rannte das Hörnchen über den Kletterbaum. Dann tauchte es mit einem kühnen Sprung in den Transportkorb.

»Na, das ist ja gut trainiert«, staunte die Tierheimfrau. »Wie heißt es?«

»Holly«, erklärte Theo, hakte das Türchen des Transportkorbs ein und nickte der Frau freundlich zu. »Vielen Dank. Kommt hoffentlich nicht wieder vor.«

Wir trugen den Käfig zum Auto und fuhren los. Aber nicht weit. Hinter der nächsten Ecke bogen wir von der Straße ab, Theo öffnete den Transportkorb und holte ein paar Mädchensachen – neongrünes Top, Shorts – aus einem Rucksack mit bunten Klimperanhängern, der bestimmt nicht ihm gehörte. Dann winkte er mir auszusteigen und wir lehnten uns gegen die Ladefläche.

Drinnen scharrte und rumpelte es, dann sagte eine Mädchenstimme: »Boah, es war echt unerträglich da! Wieso habt ihr mich nicht früher rausgeholt? Das Futter war total ranzig ... man müsste die blöde Tussi mal zwingen, das selber zu essen!«

Neugierig spähte ich ins Führerhaus. Dort saß jetzt ein nicht sehr großes Mädchen mit dunklen blitzenden Augen und schulterlangem rotbraunem Haar. Sie war etwa so alt wie ich.

»Was glotzt du so?«, fragte sie und funkelte mich an, als wir wieder einstiegen.

»Einfach so«, sagte ich, ohne mich aus der Ruhe bringen zu lassen. Dafür war ich viel zu neugierig. »Wirst du oft gefangen?«

»Nee, hab mich halt blöd angestellt. Und die Touristen hatten einen verdammten *Kescher* dabei, wer rechnet denn mit so was?« Holly verdrehte die Augen und fing an, mit ihren zierlichen kleinen Händen an der Lehne des Vordersitzes herumzuknibbeln. Dann schaute sie mich neugierig von der Seite an. »Was bist du? Du bist doch einer von uns, oder?«

»Ja«, sagte ich und war auf einmal stolz darauf, ein Woodwalker zu sein und kein gewöhnlicher Mensch. Das fühlte sich gut an. »Ich bin ein Puma.«

»Ein Puma? Ach, du große Sch...! Wenn du mich annagst, reiße ich dir jedes dreckige Tasthaar einzeln aus, ist das klar?«

»Klar«, sagte ich und musste lachen. Wenn ich nicht gewusst hätte, dass sie ein Rothörnchen war, hätte ich auf Kanalratte getippt. »Keine Sorge, hab grade keinen Hunger. Was ist eigentlich mit den Sachen, die du geklaut hast, musstest du die alle dalassen?«

»Klauen? Wer macht denn so was? Das ist doch verboten.« Sie versuchte einen unschuldigen Blick, der voll in die Hose ging, weil ihre Augen gleichzeitig verschmitzt dreinschauten.

»Bist du schon lange an der Schule? Wie ist es da so?«, versuchte ich, sie auszuhorchen.

»Wild und bunt!«, sagte Holly.

Dann schwiegen wir, bis wir ein paar Minuten später das Schulgelände erreichten.

Theo parkte den Wagen auf einem Rasen-Parkplatz vor dem Eingang der Schule, den ich schon aus dem Prospekt kannte: moderne unverputzte Ziegelmauern und viel Glas, darauf der Name *Clearwater High* in edlen Metallbuchstaben.

»Was genau ist daran wild?«, fragte ich Holly enttäuscht, doch sie lachte nur und lief los, ein Stück um das Gebäude herum. Ich nahm meinen Rucksack, folgte ihr ... und kapierte schnell, dass der Eingang nur für Besucher da war und der Rest der Schule ganz anders aussah. Weiter hinten ähnelte sie immer weniger einem normalen Haus und mehr einem Teil der Landschaft. Behände kletterte Holly auf einen Hügel aus Granitblöcken, die jemand wild übereinandergetürmt hatte. Gras und ein paar junge Bäume wuchsen darauf.

»In diesem Teil – dem Westflügel – sind unsere Zimmer. Nicht übel, was?« Holly klopfte an eine runde Glasscheibe, die mitten in einem der Blöcke prangte. »Mein Fenster!«

»Wow.« Mehr fiel mir dazu nicht ein.

Wenn man genauer hinschaute, entdeckte man noch mehr Fenster und jedes hatte eine andere Form. Es gab runde, eckige, große, kleine und ganz oben sogar eine Kuppel, die ich besonders gut fand. Dort hatte man nachts den Sternhimmel über sich.

Holly kletterte in unglaublicher Geschwindigkeit zurück nach unten und ich folgte ihr zum Wagen.

Auf geht's, ich zeige dir dein Zimmer, hörte ich eine Stimme in meinem Kopf, drehte mich um und sprang vor Schreck ein Stück in die Höhe. Hinter mir stand ein massiger Elchbulle, eine halbe Tonne Muskeln und stahlharte Hufe. Ein Tier, an

58

das sich nicht mal meine Eltern herangetraut hätten. An der einen Seite seines Geweihs hingen Hollys bunter Rucksack und meine Jacke, an der anderen Seite meine Reisetasche.

»Alles klar«, sagte ich, als ich mich wieder erholt hatte, und folgte Theo durch die Eingangstüren in meine neue Schule. Holly machte noch einen schnellen Handstand auf den Steinblöcken, dann sprang sie wieder auf die Füße und lief uns nach.

Neugierig schaute ich mich um, während wir durch die breiten, hohen Gänge wanderten. Ein paar echt scheußliche Ölbilder hingen dort: Gerade kamen wir an einem Sonnenuntergang mit Wolfssilhouette vorbei, danach an einem röhrenden Hirsch vor dem Hintergrund der Berge und an einem Mops in Filmstarpose vor einer vollen Futterschüssel.

Noch hatte ich außer Holly keinen anderen Schüler gesichtet – klar, es war ein ganz normaler Montagvormittag, die hatten bestimmt alle Unterricht und hockten in den Klassenzimmern. Oder vielleicht doch nicht. Gerade waren zwei Mädchen und ein Junge aus der Richtung des Eingangs aufgetaucht und drängten sich an uns vorbei.

»Na, das war knapp«, keuchte der Junge. »Glaubst du, der Typ hat uns bemerkt?«

»*Never ever*«, meinte das eine Mädchen, das ebenso lange schwarze Haare hatte wie der Junge.

»Das gibt mindestens 'ne Zwei!«, freute sich das andere Mädchen.

Während die drei an uns vorbeidrängten, lächelte das schwarzhaarige Mädchen mir zu und ich wusste plötzlich, dass sie der Rabe gewesen war, der mir den Prospekt gebracht hatte. Ich lächelte zurück.

»Die sind gerade zurück von 'ner Lernexpedition«, brummte Theo.

»Einer was?«, fragte ich verwirrt.

»Vergiss es einfach wieder«, sagte Holly und zog eine Grimasse. »So was dürfen wir eh noch nicht. Erst nach der Zwischenprüfung. Die beiden Raben dürfen nur mit, weil sie die schon mal fast geschafft hätten. Sie sind nur in Menschenkunde durchgefallen.«

»Ach so«, meinte ich, als hätte ich irgendwas kapiert.

Noch zwei andere Gruppen kamen an uns vorbei, dann bogen wir ab und stiegen eine Treppe hoch, bis wir im ersten Stock angekommen waren. Hier reihte sich eine Zimmertür an die nächste, alle riesig, mindestens doppelt so groß wie normale Türen. Auf jede waren zwei Namen gepinselt.

»Bis später!«, sagte Holly, pflückte Theo den Rucksack vom Geweih und bog in einen anderen Trakt ab, wahrscheinlich den der Mädchen.

Mich geleitete der Elch in einen anderen Flur. Dort warteten schon Lissa Clearwater und ein Junge, der mit seinem Seitenscheitel und seinem gestreiften Pullover ziemlich brav wirkte. Als wir näher kamen, merkte ich, dass sie vor einer Tür standen, auf der noch niemand seinen Namen verewigt hatte. War das mein Zimmer? Freundlich nickte Lissa Clearwater mir zu, dann wandte sie sich wieder an den anderen Jungen, der vielleicht mein zukünftiger Mitbewohner war.

Gespannt blickte ich ihn an, doch er streifte mich nur kurz mit einem Blick. Eins seiner Augenlider zuckte nervös, während er auf Lissa Clearwater einredete.

»Hier muss eine Verwechslung vorliegen, warum muss ich als Kaninchen zu einem Puma ins Zimmer? Bitte, Sie müssen doch noch irgendwas anderes frei haben!«

Meine gute Laune versickerte. Er wollte nicht mit mir zusammenwohnen! Ich musste gestehen, dass er sehr appetitlich roch, doch natürlich hätte ich ihm nie etwas getan. Ganz bestimmt war es verboten, Mitschüler zu fressen.

Lissa Clearwater seufzte. »Na gut, Nimble. Ich will nicht, dass du Albträume hast. Du bekommst das Einzelzimmer 22 B.«

»Oh, danke, danke!«, sprudelte Nimble hervor, nahm seinen Koffer und zog ihn hinter sich her. Er hatte es so eilig wegzukommen, dass er sogar vergaß, sich zu verabschieden.

Theo ließ meine Reisetasche auf den Boden plumpsen und kickte sie mit einem Huf in Richtung Tür.

»Danke«, sagte nun auch ich. »Auch fürs Abholen und so.«

»Carag wird wohl mit Brandon zusammenwohnen müssen«, wandte Lissa Clearwater sich an Theo und warf mir einen Blick zu. »Ich sage ihm gleich Bescheid.«

»Mit Brandon?« Aus dem Nichts war Holly wieder aufgetaucht und steckte den Kopf zwischen uns, um möglichst alles mitzukriegen. »Aber ...«

»Die beiden werden sich *sehr gut* verstehen«, betonte die Schulleiterin und Holly kassierte einen Blick aus scharfen gelbbraunen Adleraugen. »Und jetzt ab in deine Klasse, Holly, du hast sowieso schon genug Unterricht versäumt! Wir sprechen uns am Nachmittag in meinem Büro.«

Holly warf mir einen Blick zu, machte irgendwelche Gesten, die ich nicht kapierte, und düste ab.

Nun wandte sich Lissa Clearwater an mich. »Erst mal herzlich willkommen, Carag. Es freut mich sehr, dass du jetzt bei uns bist. Tut mir leid, diese Sache mit Nimble und dem Zimmer.«

»Macht nichts«, sagte ich schweren Herzens.

Sie lächelte mir beruhigend zu und reichte mir ein paar Blätter Papier und eine Stofftasche voller Bücher. »Ich würde sagen, pack erst mal aus, richte dich ein und lies dir die Schulregeln durch. Hier sind auch deine Schulbücher. Bald ist

Mittagspause, dann schicke ich dir Brandon vorbei, damit er dich zum Essen mitnimmt und dir ein bisschen was von der Schule zeigt. So, und nun darfst du dein Revier kennzeichnen.«

Sie nahm mir die Stofftüte mit den Büchern noch mal ab und reichte mir feierlich eine Dose mit gelber Farbe sowie einen Pinsel. Ich musste grinsen. Wenige Atemzüge später prangte in großen sonnigen Buchstaben ein CARAG auf der Tür. Sehr katzig! Auszupacken dauerte nur so lange, wie einen Baumstamm mit den Krallen zu markieren. Viel Zeug hatte ich ja nicht.

Dann setzte ich mich aufs Bett, blätterte durch meine neuen Schulbücher – *Verwandlung für Anfänger, Kulturgeschichte der Wandler, Dein Leben als Woodwalker* sowie andere dicke Bände – und wartete darauf, dass mein eigenartiger Mitbewohner auftauchte.

Bunt und wild

Während ich wartete, sah ich mir das Zimmer gründlich an. Damit war ich schnell fertig, denn es war zwar richtig groß – so groß wie das Wohnzimmer der Ralstons –, enthielt aber nur wenige Möbel: zwei Betten, zwei Schränke, zwei Schreibtische mit Stuhl, alles aus hellem Holz. Ein bunter Flickenteppich lag auf dem Boden, das machte es ein wenig gemütlicher. Am besten gefiel mir das große runde Fenster, durch das ich einen glitzernden, von Espen und Weidenbüschen gesäumten Fluss sehen konnte.

Das Fenster war so gebaut, dass man sich gemütlich in die Nische setzen und nach draußen schauen konnte. Aber noch viel besser war, dass es sich weit öffnen ließ. Natürlich probierte ich gleich, ob ich über die Steinblöcke nach draußen klettern konnte – kein Problem, jedenfalls wenn man schwindelfrei war ... und ein Berglöwe, der mit der Höhe Probleme hat, ist noch nicht geboren worden!

Ich balancierte gerade draußen herum, als ich hörte, wie die Zimmertür aufging. Ah, mein neuer Mitbewohner, endlich! Mit einem großen Satz sprang ich zurück nach drinnen. Dort drängte sich ein breitschultriger Junge mit einem Rucksack und einer Reisetasche durch die Tür. Die Tasche war so prallvoll, als hätte er zwei oder drei Hirsche als Proviant dadrin. Aber sicher waren es nur Berge von Klamotten.

»Hi, du bist der Pumajunge, oder? Ich bin Brandon ... Mist!«
Der Tragegurt seiner Reisetasche war am Türgriff hängen geblieben. Verlegen zerrte er daran, doch dadurch riss der Gurt
ab. *Buff*. Brandon hatte das Gleichgewicht verloren und war
mit dem Hintern auf dem Boden gelandet.

»Sorry, ich ...«, stammelte er, während er sich hochrappelte.

In diesem Moment gab die Tasche auf. Der Reißverschluss
öffnete sich und ein gewaltiger Strom irgendwelcher gelber
Dinger verteilte sich auf dem Fußboden. Was war das, ein
Zehnjahresvorrat Zitronenkaugummis?

»Moment, ich hab's gleich!« Brandon versuchte, die Dinger
mit vollen Händen wieder in die Tasche zurückzustopfen.

Ich platzte vor Lachen heraus, es ging nicht anders.

Die gelben Dinger waren stinknormale getrocknete Maiskörner. Als ich einen Blick in Brandons Reisetasche warf, war ich
ehrlich verblüfft. Nein, da war keine Riesenmenge Klamotten
drin. Es waren *gar keine* drin. Nur Mais.

Wir fegten die verstreuten Körner mit den Händen zusammen, jagten sie unter dem Bett hervor und schüttelten sie aus
dem Teppich.

»Sie passen nicht mehr alle in meine Tasche«, keuchte Brandon. »Wir nehmen meinen Kopfkissenbezug!« Gesagt, getan.

»Hast du gar nichts zum Anziehen dabei?«, fragte ich, als das
Zimmer wieder bewohnbar aussah.

»Doch klar, was denkst du denn!«, sagte Brandon. Er öffnete seinen winzigen Rucksack und zog drei schwarze T-Shirts
wie das, das er gerade anhatte, eine Khakihose wie die, die
er trug, und ein bisschen Unterwäsche hervor. Er stopfte alles zusammengeknüllt in seinen Schrank, setzte sich auf sein
neues Bett, wischte sich den Schweiß von der Stirn und blickte mich mit einem schüchternen Lächeln an. »Total nett, dass

du mit mir zusammenwohnen willst«, sagte er, warf sich ein Maiskorn in den Mund und zerkaute es mit seligem Gesichtsausdruck.

Na ja, gefragt hatte mich niemand, ob ich das wollte. Aber das zu sagen, hätte ihn bestimmt verletzt, und das, nachdem ich sowieso schon über ihn gelacht hatte.

»Hi, erst mal«, sagte ich. Besser, ich fand gleich raus, was auf mich zukam. »Was für ein Tier bist du genau?«

Überrascht sah ich, wie er verlegen zu Boden blickte. »Ein Bison«, sagte er. »Ich kann wirklich nichts dafür!«

Jetzt, da er es sagte, sah ich es selbst. Er war breit gebaut und sah sehr stark aus, das hätte mir den ersten Hinweis geben können. Seine kurzen braunen Haare waren so lockig wie das Fell eines Bisons.

»Natürlich kannst du nichts dafür«, sagte ich erstaunt. »Man wird doch so geboren, oder? Mich hat jedenfalls niemand gefragt, ob ich mir eine Tiergestalt aussuchen will.«

»Ja, klar.« Brandon seufzte tief. »So, wir gehen jetzt besser – Lissa Clearwater hat gesagt, ich soll dir die Schule zeigen. Ich bin selber erst seit drei Wochen da, aber ich weiß schon, wo alles ist. Kommst du?«

War es irgendwie schlimm, mit einem Bison zusammenzuwohnen? Vielleicht rammte er seine Hörner in den Kleiderschrank, wenn er wütend wurde?

Brandon erklärte mir, dass das Schulgebäude ungefähr wie ein innen offenes Quadrat gebaut war mit einem großen Garten in der Mitte. Im ersten Stock waren die Schlafräume der Schüler und die Privaträume der Lehrer, im Erdgeschoss alle Unterrichtsräume, die Aula und die Lehrerbüros. Im Keller befanden sich verschiedene Lager und eine Werkstatt, aber in die durften Schüler nur mit Erlaubnis eines Lehrers.

»Jetzt kommt das Beste – die Cafeteria und der Aufenthalts-raum!«, sagte Brandon stolz. »Du wirst staunen!«

Das tat ich wirklich. Die Cafeteria lag direkt unter der Glas-kuppel, die ich schon von außen bewundert hatte. Wegen des sonnigen Wetters war sie jetzt auseinandergeklappt wie die beiden Hälften einer Muschel. Auf der einen Seite des Rau-mes saßen schon drei Dutzend Schüler – alle in Menschen-gestalt, wahrscheinlich war das vorgeschrieben – beim Essen. Im Aufenthaltsbereich auf der anderen Seite waren Sofas, gepolsterte Körbe und weiche Kissen um kleine Ti-sche herum verteilt. Ein paar aufgeklappte Laptops standen herum, es gab einen Tischkicker und ei-nen Schrank mit Spielen.

Inzwischen hatte ich ein bisschen Übung und spürte sehr stark, dass jede Menge Woodwal-ker in der Nähe waren. Und die vielen Witte-rungen! Für jemanden mit meiner feinen Nase roch es wie in einem Zoo, obwohl kein einziges Tier zu sehen war. Mir schwirrte der Kopf, ich schaffte es kaum, die einzelnen Gerüche zu unterscheiden.

Brandon warf mir einen Blick zu und ki-cherte. »Alles klar? Du siehst gerade aus, als hätte man dir das halbe Gehirn raus-genommen!«

Noch während ich über-legte, ob ich ernsthaft beleidigt sein sollte, füg-te Brandon hinzu: »So, jetzt essen wir erst mal, ich hab Hunger.« Er warf sich noch ein Maiskorn in den Mund. Für meine empfindlichen Ohren klang es, als würde er Steine zerkauen.

An der Essenstheke gab es ein Gericht für Vegetarier – Gemüseauflauf, würg – und eins mit Fleisch: Cheeseburger, yeah!

Mit seinem Tablett steuerte Brandon auf eine Gruppe von Schülern zu, in der ich auch Holly, die Rothörnchen-Wandlerin, erkannte. Fröhlich winkte sie mir zu. Neben ihr fläzte sich ein großer, schlaksiger Junge mit dunklen Haaren und grünen Augen lässig-elegant in seinem Stuhl.

»Hi, ich bin Dorian«, sagte er und ich stellte mich ebenfalls vor.

Holly gegenüber saß ein dunkelhäutiges Mädchen, deren Haar zu vielen kleinen Zöpfchen geflochten war. Selbstsicher und ein bisschen herausfordernd blickte sie mich an, als ich und Brandon uns niederließen. »Soso, der Neue!«, sagte sie mit New Yorker Akzent. »Lass dir den Burger schmecken, Pumajunge.«

»Danke«, sagte ich. Sie hatte ebenfalls einen Burger auf dem Teller, von dem allerdings nicht mehr viel übrig war. »Du bist auch ein Raubtier, oder?«

Die anderen gackerten los. Holly lachte so sehr, dass ihr ein Stück Gemüseauflauf aus dem Mund fiel, Brandon prustete und trampelte mit den Füßen auf den Boden und Dorian musste sich eine Lachträne aus dem Auge wischen.

Das dunkelhäutige Mädchen grinste breit. »Nicht ganz«, sagte sie. »Maus.«

»Du bist eine *Maus?*«, fragte ich verblüfft.

»Lass dich davon nicht täuschen, Nell ist härter drauf als Berta, unser Grizzly-Girl«, mischte Dorian sich ein. »Das kommt wahrscheinlich daher, dass sie schon fünfzehnmal fast getötet worden wäre. Damit ist sie Nummer eins auf unserer Das-war-knapp-Rangliste.«

»Wow«, brachte ich nur heraus. Ja klar, vom Wiesel bis zum Bussard gab es jede Menge Tiere, bei denen Maus ganz oben auf der Speisekarte stand, egal ob roh, gebraten oder eingelegt. Aber meistens wohl eher roh.

»Nett, dass ausgerechnet du das erzählst!« Nells Zeigefinger stieß in Dorians Richtung. Dann wandte sie sich an mich. »Der da ist nämlich ein Kater!«

Charmant lächelte Dorian in die Runde, strich sich das Haar aus der Stirn und schnitt mit Messer und Gabel ein Stück von seinem Burger ab. »Kater? Das klingt so gewöhnlich. Ich bin eine Russisch Blau, das ist eine sehr edle Rasse, hast du das schon gewusst?«

»Nicht wirklich«, musste ich zugeben. Bisher hatte ich nicht mal gewusst, dass es verschiedene Katzenrassen gab.

»Er hat bei Menschen gelebt, der faule Sack!«, johlte Holly. »Als *Haus*katze!«

»Stellt euch nicht so an, das hättet ihr bestimmt auch getan, wenn ihr gekonnt hättet.« Dorian tat so, als wäre er beleidigt. »Es war einfach paradiesisch. Jeden Tag ausschlafen im superweichen Plüschkörbchen, leichter Klettersport im Garten, erstklassiges Essen und jede Menge Streicheleinheiten ... die haben mich *geliebt,* ich sag's euch. Es war tausendmal besser als das Waisenhaus vorher.«

»Aber schmeckt denn dieses Katzenfutter?«, fragte ich zweifelnd. Schon das Zeug in Dosen, das dieser Blödhund Bingo bekam, stank ja wie Hölle.

Dorian seufzte. »Geht so. Deshalb habe ich mich nachts oder wenn meine Leute weg waren, ein bisschen im Vorratskeller bedient.«

»So ist er auch aufgeflogen«, erzählte Nell grinsend. »Weil er sich selber Dosen geöffnet hat. Und zwar nicht die mit dem

Katzenfutter, sondern die mit der Gänseleberpastete und dem Kaviar!«

»Ich muss zugeben, der war lecker.« Dorian seufzte genüsslich. »Geld war kein Problem in diesem Haushalt.«

»Mann, ich würde mich lieber erschießen lassen, bevor ich als verdammtes Haustier lebe!« Gut gelaunt stopfte sich Holly eine Riesenportion Gemüseauflauf in den Mund und kaute auf beiden Backen.

»Habt ihr eure Verwandlungen schon im Griff?«, fragte ich neugierig in die Runde.

»Alles easy«, sagte Dorian und legte sein Besteck säuberlich auf den Teller.

»Logisch«, sagte Holly und zuckte die Schultern, als kapiere sie nicht, wo das Problem liege.

»Geht so«, sagte Brandon und verzog das Gesicht.

»Nicht so gut«, gab Nell zu.

Das fand ich sehr beruhigend. Ich war nicht der Einzige, der damit kämpfte, sich zur richtigen Zeit zu verwandeln oder eben nicht!

»Die größten Probleme hat damit Berta, die Grizzly-Wandlerin«, erzählte Nell. »Sie hat sich neulich mal in einem Wandschrank versteckt, ich weiß nicht mehr, warum. Das Problem war nur, sie ist da in Menschengestalt rein und hat sich versehentlich dort drin verwandelt – der Schrank ist einfach geplatzt!«

»Wir haben noch Tage später überall Splitter gefunden«, berichtete Brandon.

Holly nickte heftig. »Es war voll krass, den Krach hat man in der ganzen Schule gehört!«

»Da vorne ist sie«, meinte Brandon und deutete auf ein Mädchen an einem anderen Tisch, das ganz normal und nett aussah, allerdings so, als würde sie sich nur von Pizza und Bonbons ernähren. Niemals wäre ich darauf gekommen, dass sie ein Grizzly war.

Während ich mich umblickte, sah ich, dass ein schmales Mädchen mit langen dunklen Haaren gerade an eine runde Schiefertafel schrieb, auf die die Schüler anscheinend Bemerkungen, Sprüche und das Motto für den Tag kritzeln durften. Doch dieses Mädchen kritzelte nicht, sie schrieb sorgfältig, in einer schönen geschwungenen Handschrift. Sie achtete auf niemanden dabei und ich spürte die Einsamkeit, die sie umgab. Auch als sie sich wieder zu ihren Freunden an den Tisch setzte. Eine Einsamkeit, die mindestens so groß war wie meine.

Ich las, was sie geschrieben hatte:

Solange du träumst, lebst du.

»Wer ist denn das da?«, fragte ich, so beiläufig es ging, und mein Herz klopfte ganz seltsam dabei.

»Das ist Lou«, erklärte Holly ohne viel Interesse und stand auf, weil sie fertig gegessen hatte. »Halt dich bloß fern von der. Lehrerstochter!«

»Oh«, meinte ich und beobachtete das Mädchen aus den Augenwinkeln. Jetzt redete und lachte sie mit den anderen, warm und herzlich wirkte sie nun, ihr Lächeln erinnerte mich ein bisschen an das von Anna.

Lou. Mein Kopf wiederholte immer wieder ihren Namen. Wahrscheinlich hatte ich zu ihr rübergestarrt wie ein Idiot, denn plötzlich trafen sich unsere Blicke. Doch kaum sah sie mich an, verschwand die Wärme aus ihrem Blick, auf einmal wirkte sie vorsichtig und auf der Hut. Was hatte ich getan? Erschrocken schaute ich weg.

Zwei Tische weiter saßen einige Lehrer. Etwas durcheinander musterte ich sie – wer von ihnen war wohl Lous Vater? Man sah auch ihnen nicht an, dass sie Woodwalker waren. Sie waren vor uns fertig geworden und gingen bereits, wahrscheinlich, um die Klassenräume für die nächste Stunde vorzubereiten.

Nun fingen auch Nell, Brandon und Dorian an, unseren Tisch abzuräumen, und ich beeilte mich mitzuhelfen. Wir brachten unsere Teller zurück – oder versuchten es jedenfalls. Nur leider machten sich direkt vor der Geschirrstation drei Jungs und ein Mädchen breit, die lautstark miteinander redeten und sich neckten. Dabei blieben sie genau dort stehen, wo sie waren, obwohl ein halbes Dutzend Schüler ungeduldig darauf wartete, seine Tabletts abladen zu können.

»Hey, Jeffrey, mach mal Platz«, sagte Nell zu einem der Jungs, anscheinend dem Anführer, obwohl er etwas kleiner war als zwei seiner Freunde. Er trug angesagte Klamotten und einen Ich-hab-hier-das-Kommando-Blick. Sicher war er stolz auf sein kantiges Kinn und seine welligen braunen Haare, die er mit Gel gestylt hatte.

Mit einem fiesen Grinsen wandte er sich an seine Freunde: »Ich glaub, ich hab gerade 'ne Maus piepsen hören, Leute.«

Nell verdrehte die Augen und verschränkte die Arme. »Stell die Coolness mal kurz ab und rück ein Stück beiseite mit deinem Rudel, das ist nicht zu viel verlangt!«

Jemand aus dem hinteren Teil der Schlange meckerte: »Wenn wir unser Zeug nicht zurückgeben können, kommen wir zu spät zum Unterricht!« Ich erkannte Nimble, den Kaninchen-Wandler.

»Halt die Klappe, Beutetier«, sagte Jeffrey verächtlich.

»Das ist gegen die Schulregeln«, keifte Nimble. »Regel Nummer drei: *Beutegreifer sehen nicht auf Beutetiere herab und verletzen sie niemals!*«

Jeffrey wandte sich ihm zu und lächelte mit offenem Mund, sodass man seine Zähne sehen konnte. Er hatte sich mit voller Absicht teilverwandelt, und nein, sein Gebiss war nicht von Pappe. Nimble stellte sein Tablett auf irgendeinen Tisch und machte, dass er wegkam.

Spätestens jetzt wusste ich, was Jeffrey und seine Jungs waren. Wölfe! Solche Zähne hatte ich schon ein paarmal aus der Nähe gesehen: Immer dann, wenn ein Wolfsrudel mich und meine Eltern von unserem Riss vertrieben hatte, weil es Lust auf eine Mahlzeit hatte und es so schön einfach war, sie uns abzujagen. Plötzlich überfiel mich die gleiche Wut, die in mir hochschoss, wenn Marlon mich mal wieder tyrannisierte.

»Das reicht jetzt«, sagte ich.

Natürlich hatte Jeffrey, der Alphawolf, mich gesehen und gehört hatte er mich auch. Aber er tat so, als wäre da, wo ich stand, nur Luft oder höchstens eine Zimmerpflanze.

»Lass uns durch.« Ich versuchte, selbstsicher zu wirken und überhaupt nicht beeindruckt von diesem Rudel. Schließlich war *ich* kein Beutetier.

Ganz langsam drehte sich Jeffrey mir zu.

Zoff im Grand Canyon

Ich musterte ihn und sein Rudel. Das kräftige, indianisch aussehende Mädchen mit den schmalen dunklen Augen, das neben Jeffrey stand wie ein Leibwächter, war sicher ein Betawolf. Und der Junge auf seiner anderen Seite, ein großer Blonder, war wohl ein zweiter Betawolf. Er war gebaut wie eine Planierraupe und wahrscheinlich enorm stark, obwohl er ein bisschen verpennt wirkte. Der dritte Kerl war garantiert der Omegawolf – der mit dem niedrigsten Rang, sein Fresschen bekommt er immer als Letzter. Er war ziemlich mickrig geraten und seine bräunlichen Haare sahen aus, als hätte sich ein besoffener Friseur daran ausgetobt. Seine Augen funkelten schlau, aber bösartig.

»Das Kätzchen hat Schiss, das sieht doch jeder«, stichelte er.

Instinktiv fauchte ich ihn an. Ups. Das hatte ich gar nicht vorgehabt. Ich hatte vorgehabt, ruhig und gelassen zu bleiben.

Jeffrey brach in Lachen aus. »Ganz schön böse, der Kleine, wie süß!«

Jemand zupfte mich am Ärmel – meine neue Freundin Holly. »Lieber keine Beißerei, Carag«, flüsterte sie besorgt. »Sonst bekommst du 'nen beknackten Verweis, das wollen die doch nur ...«

Die Wölfe lachten noch mehr. »Hey, schaut mal, der lässt sich von 'nem *Hörnchen* beraten!«, jaulte Jeffrey. »Habt ihr das gesehen, ist das nicht irre witzig?«

Wütend spannte ich alle Muskeln an, bereit, in meiner anderen Gestalt loszuspringen. Die würden schon sehen, wie witzig es ist, von einem Berglöwen angegriffen zu werden!

Doch plötzlich legte sich eine Hand auf meine Schulter, hielt mich mit eisenhartem Griff zurück. »Schluss jetzt, sofort!«, dröhnte es mir in den Ohren. »Ab in den Klassenraum, ihr alle. Aber dalli!«

Ich drehte mich halb um und blickte hoch zu einem drahtigen Erwachsenen, der garantiert ein Lehrer war. Er hatte kluge Augen, einen Schnurrbart in der Farbe von Biberfell und schlecht rasierte Wangen, auf denen man noch die Stoppeln sah. Sein Hemd-und-Cowboystiefel-Outfit erinnerte mich an Andrew Milling, doch der hatte ein blütenweißes Hemd angehabt, kein rot-weiß-braun kariertes.

»Jeffrey, Tikaani, Cliff und Bo – auch ihr seid gemeint«, sagte der Lehrer in scharfem Ton, denn meine Feinde standen immer noch da und feixten.

»Ja, Mr Bridger«, erwiderte Jeffrey und schaffte es irgendwie, das frech klingen zu lassen. Dann trollte er sich mit seinem Rudel. Auch die anderen Schüler hatten es auf einmal eilig. Nur ich blieb, wo ich war. Das ging gar nicht anders, so dermaßen fest wurde ich an der Schulter festgehalten.

»Du hattest hoffentlich nicht vor, dich zu verwandeln?«, fragte mich Bridger streng, als die anderen weg waren. »Hast du nicht in der Schulordnung gelesen, dass Schüler sich während der Schulzeit nur mit Erlaubnis eines Lehrers verwandeln dürfen?«

Ups. Die Schulordnung war wohl in dem Papierstapel gewesen, den mir Lissa Clearwater in die Hand gedrückt hatte. »Äh, nein, noch nicht«, sagte ich kleinlaut. »Ich bin heute erst angekommen und ...«

»Und ich glaube, du warst auch drauf und dran, Regel fünf zu verletzen«, fuhr Bridger fort. »Sie lautet: *Kämpfe zwischen Schülern sind nur im Kampfunterricht erlaubt.*«

»Oh«, war das Einzige, was mir dazu einfiel.

Natürlich hätte ich jetzt petzen können, dass auch die Wölfe die eine oder andere Regel verletzt hatten, aber das wäre mir irgendwie billig vorgekommen. In der Wildnis gab es auch niemanden, bei dem man sich beschweren konnte, dass irgendetwas unfair war. Außer Gott vielleicht, von dem mir Anna Ralston hin und wieder erzählt hatte. Aber den konnte man, wenn ich es richtig verstanden hatte, erst zur Rede stellen, wenn man schon gefressen worden war. Und dann war es ein bisschen zu spät.

»Du wirst dir die Schulregeln heute noch durchlesen.« Bridger blickte mich an wie mein Vater früher, wenn ich ihm nach meinem ersten Besuch in der Stadt mal wieder von den Menschen vorgeschwärmt hatte.

»Ja, Sir«, sagte ich und endlich ließ er mich los. Was für ein Tier war er eigentlich? Jedenfalls ein starkes!

»Und jetzt ab ins Klassenzimmer, Carag. Verhalten in besonderen Fällen ist dran, das ist mein Fach – neben Physik, Chemie und Mathe.«

»Ja, Sir«, sagte ich noch mal, damit konnte man nichts falsch machen.

Wir hatten also den gleichen Weg, deshalb gingen wir praktischerweise zusammen.

»Was hättest du gemacht, wenn sie gemeinsam über dich hergefallen wären?«, fragte Bridger plötzlich. »Vier gegen einen, das hättest du unmöglich gewinnen können.«

Er hatte recht, es wäre in die Hose gegangen. Glück gehabt, dass er gerade in diesem Moment vorbeigekommen war!

»Ich glaube, ich hätte erst versucht, mir den Alphawolf vorzunehmen«, sagte ich. »Der ist fürs Denken zuständig. Wenn der aus dem Spiel ist, dann machen die anderen bestimmt Fehler.«

Bridger nickte anerkennend. »Guter Plan«, sagte er. »Merk dir den, ich fürchte, den könntest du noch mal brauchen. Jeffrey ist schlau. Wir haben ihn noch nie auf frischer Tat ertappt, er lässt immer nur seine Betas ins Messer laufen. Zum Beispiel Tikaani, obwohl die es eigentlich besser wissen sollte. Sie ist übrigens Abgesandte eines Inuit-Stamms aus Kanada.«

Überrascht und dankbar blickte ich ihn an. Er wusste also, dass nicht ich mit dem Streit angefangen hatte! Ein warmes Gefühl breitete sich in mir aus.

»So, und jetzt such dir einen Platz«, brummte Bridger und schob mich ins gemütlich eingerichtete Klassenzimmer. Durch große Fenster konnte man in den schattigen, mit Gras und Bäumen bewachsenen Innenhof sehen; eine Tür führte nach draußen.

Knapp zwanzig andere Schüler und Schülerinnen saßen schon da. Holly und Brandon schauten mich besorgt an, aber ich lächelte ihnen beruhigend zu.

Auch Lou war da, das Mädchen mit den langen dunklen Haaren, das dieses Zitat an die Schiefertafel geschrieben hatte! Ein Stromschlag schoss durch mein Herz.

Es waren noch genau zwei Stühle frei. Natürlich keiner neben Lou. Ein freier Platz war neben einem Mädchen im bunten Sommerkleid. Ich hatte keine Probleme mit Mädchen, außer sie hießen Melody und behandelten mich, als wäre ich ein Hamster mit Tollwut. Doch dieses Mädchen da lächelte mich an, deshalb ging ich in ihre Richtung. Jedenfalls so lange, bis mich ihre Witterung traf. *Ziege!* Ganz viel Ziege! Und als dicke, süßliche Schicht darüber ungefähr drei Eimer Deo und Parfüm, die rein gar nichts halfen.

Ich hielt die Luft an, drehte um und wankte zum anderen freien Platz. Erleichtert ließ ich mich neben meinen neuen Sitznachbarn fallen, einen Jungen, der dichte verwuschelte schwarze Haare hatte und ebenfalls sehr freundlich wirkte. Aber wieso schauten Holly und Brandon jetzt so alarmiert drein und machten mir Zeichen?

»Was bist du?«, flüsterte ich dem Jungen zu.

Er seufzte, kritzelte etwas auf einen Zettel und schob ihn mir zu.

Ein Skunk, stand da. *Und übrigens heiße ich Leroy.*

Oh nein, ein Stinktier! Was war, wenn der Junge sich aufregte, wegen irgendwas, was auch immer? Sollte ich aufspringen und mich stattdessen der Ziege ausliefern? Nein, das schaffte ich nicht, außerdem war es höllenpeinlich, wenn ich im Klassenzimmer ständig von einem Platz zum anderen lief!

Schon jetzt warf mir Mr Bridger einen ungehaltenen Blick zu. »Viola, kannst du uns bitte Schulregel eins nennen?«, fragte er die Ziege.

»Jeder respektiert die Besonderheit der anderen«, sagte Viola. Sie klang enttäuscht.

Plötzlich tat es mir leid, dass ich so unhöflich umgedreht war, als ich sie gerochen hatte. Aber ich konnte doch nicht den ganzen Unterricht über eine Wäscheklammer auf der Nase tragen!

Zum Glück war das Thema nun erledigt und anscheinend ging der Unterricht los. Alle wirkten gespannt, das war ein gutes Zeichen – in meiner alten Schule waren viele in dieser Phase schon eingeschlafen oder damit beschäftigt, Comics in ihre Hefte zu kritzeln.

Bridger machte es sich hinter seinem Tisch bequem, verschränkte die Hände hinter dem Kopf und legte die Füße hoch, sodass wir die abgeschabten Sohlen seiner Stiefel bewundern durften. »Wer von euch war schon mal am Grand Canyon?«, fragte er in die Runde.

Ein paar Hände gingen in die Höhe.

»Ich bin mit Mitte zwanzig mal dort gewesen, um ihn mir anzuschauen«, erzählte Bridger. »Aber bei Tag war es furchtbar voll, Touristen überall, und außerdem war es so heiß, dass auf den Straßen der Asphalt schmolz. Also bin ich nachts hin, als Kojote. Das hatte den netten Nebeneffekt, dass ich mir die dreißig Dollar Eintritt in den Nationalpark gespart habe – damals war ich noch Student und die wenige Kohle, die ich hatte, musste ich mir beim Rodeo verdienen.«

Verdutzt schaute ich mich nach den anderen Schülern um. Sie schienen nichts Seltsames daran zu finden, dass dieser Lehrer anscheinend nichts tat, außer uns eine Geschichte aus seiner Jugend zu erzählen.

»Der Canyon sah toll aus, ich war begeistert und beschloss, hinunterzulaufen zum Boden dieser Riesenschlucht, um mir das Ganze auch von unten anzusehen«, fuhr Bridger fort. »Doch während ich auf halbem Weg war, hörte ich schon fremde Kojoten jaulen. Es klang, als seien es ziemlich viele, und sie waren in Jagdstimmung.«

Inzwischen hörte ich genauso aufmerksam zu wie die anderen.

»Sie kamen näher und näher. Und mir war klar, dass es keine Woodwalker sein konnten, dafür waren es einfach zu viele. In ein paar Momenten würden sie mich erreichen.«

Ich wartete gespannt auf die Fortsetzung – aber es kam keine. Stattdessen schaute Bridger in die Runde. »Also, Leute. Was hättet ihr an meiner Stelle getan?«

Lou meldete sich. »Ich wäre ausgewichen«, sagte sie, zum ersten Mal hörte ich ihre Stimme. Sofort schlug mein Herz schneller. »Tieren der eigenen Art zu begegnen, kann riskant sein, oder? Bei mir ist das ja nicht so, aber bei vielen anderen von euch.«

Ich hätte zu gerne mehr über Lou gewusst. Warum hatte sie vorhin so einsam gewirkt? War es vielleicht schwierig für sie, als Tochter eines Lehrers hier zu sein? Aber es wirkte nicht so, als würden die anderen sie meiden oder so was.

Jetzt meldete sich Dorian. »Aber die anderen hätten bestimmt nicht gemerkt, dass Sie ein Wandler sind, oder? Ein bisschen beschnuppern und jeder geht seiner Wege.«

»Riskant, aber möglich.« Bridger blickte wieder in die Runde. »Was meinen die anderen?«

»Ich hätte mich in einen Menschen verwandelt, dann hätten sich die Kojoten erschrocken und wären abgehauen«, meinte Tikaani, die Betawölfin. Jetzt im Unterricht wirkte sie gar nicht mehr so fies wie vorhin. »So was machen die Leute meines Stammes oft, wenn es nötig ist.«

»Das habe ich damals lieber sein lassen«, meinte Bridger. »Wie ich schon sagte, es waren ziemlich viele. Ein einzelner Kojote ist für Menschen nicht gefährlich, aber bei einem Rudel ist das eine andere Sache. Und so, wie ihre Stimmen klangen, waren sie gerade auf der Jagd. Ich versuchte also, in eine andere Richtung zu rennen und ihnen auszuweichen. Leider war es zu spät, plötzlich waren sie da.«

Leroy neben mir fiepte vor Spannung auf und ich zuckte zusammen.

Bridger grinste und erzählte weiter. »Die Stimmung war sehr angespannt, aber ich verhielt mich friedlich und die anderen waren zum Glück auch nicht heiß darauf, über mich herzufallen, weil sie gerade hinter einem Reh her waren. Ich hatte also Glück. Dachte ich jedenfalls. Aber dann bemerkte ich den Menschen.«

In der Klasse hätte man ein Blatt fallen hören können.

»Er kauerte einfach da, bewegungslos in der Dunkelheit. Ein Schatten unter Schatten. Aber ich hatte ihn natürlich gewittert und fragte mich, was er da machte und was er vorhatte. Was meint ihr?«

»Konnten Sie sehen, ob er ein Gewehr trug?«, fragte Nimble. Seine Nase zuckte nervös.

»Leider nein.« Bridger blickte in die Runde. »Wie kann man nachts feststellen, ob jemand bewaffnet ist?«

»Waffenöl-Geruch«, sagte Tikaani. »Aber nur, wenn die Windrichtung stimmt.«

»Wenn er Sie hätte erschießen wollen, hätte er es aus dieser Entfernung schon getan«, meinte das Rabenmädchen, von dem ich noch nicht wusste, wie es hieß.

»Es war bestimmt ein Tourist«, meldete sich ein schüchtern wirkendes Mädchen zaghaft zu Wort.

»Ey, Trudy, bist du blöd? Touristen laufen nicht nachts durch den Wald!« Der schmächtige Omegawolf zeigte ihr den Vogel – was sie womöglich auch war.

Bridger kniff drohend die Augen zusammen.

»Entschuldigen, Bo. Sofort.«

Der Wolfsjunge verdrehte die Augen. »Na gut. Tut mir voll leid, Trudy.«

Jeffrey erkundigte sich interessiert: »War er tot oder verletzt? Einen Verletzten hätten Sie erledigen können.«

Bridger zog die Augenbrauen hoch. »Warum in aller Welt hätte ich den Menschen erledigen sollen? Und wenn er tot gewesen wäre, hätte ich am nächsten Tag *richtig* viel erklären müssen. Zum Glück lebte er und war nicht verletzt. Wie sich herausstellte, hatte er auch kein Gewehr dabei. Sondern ein Nachtsichtgerät.«

»Wie öde«, sagte Jeffrey, holte einen Taschenspiegel hervor und prüfte wohl, ob seine welligen braunen Haare immer noch lässig aussahen.

»Es war so 'n dämlicher Forscher, stimmt's?«, riet Holly und Bridger nickte lächelnd.

»Genau. Er machte eine Studie dieses Rudels, dem ich in die Quere gekommen war. Aber ich fand, er war ein bisschen zu nah dran, als das Rudel jagte. Deshalb bin ich in seiner Nähe geblieben, um ihn wenn nötig zu verteidigen. Was meint ihr, war das klug oder dumm von mir?«

So ging der Unterricht weiter. Wir sprachen noch ein bisschen über Forscher und was wir tun sollten, wenn uns mal einer beobachtete: nämlich schauspielern, was das Zeug hielt! Dann hielt er uns für ein grunznormales Tier.

Schon war die Lektion vorbei und, wie sich herausstellte, auch der Unterricht für mich an diesem Tag, weil ich mich eingewöhnen sollte. Jetzt schnell die Schulregeln lesen, bevor ich noch ein halbes Dutzend mit Pfoten trat!

Wichtig war zum Beispiel die Nummer zwei: *Jedes Mitglied der Schule achtet darauf, dass kein Außenstehender von Woodwalkern erfährt! Verwandlungen zu filmen, ist verboten.*

Und die Nummer vier erst recht: *Wer ein Beutetier reißen will, muss sich erst vergewissern, dass er es nicht mit einem anderen Gestalt-Wandler zu tun hat.*

Bei der Regel Nummer sieben musste ich grinsen. *Die Schule ist ein Revier, das allen gehört. Innerhalb des Schulgebäudes und an den Außenmauern darf niemand ein Revier markieren, außer seine Zimmertür.* Nein, ich wollte auch nicht, dass andere Schüler in die Ecken Duftsignale setzten. Oder wie man unter Menschen sagte: dorthin ihr kleines und großes Geschäft machten.

Das erledigte ich dann etwas später draußen, während ich in Pumagestalt die Umgebung erkundete, den Fluss, den See mit der Insel darin, den dichten, nach Harz duftenden Kiefernwald. Es gab sogar – der Hit! – ein Baumhaus. Und nirgendwo ein Mensch, ich musste nicht ständig auf der Hut sein. Wie gut das tat. Ich war zwar immer noch ein Menschen-Fan, aber selbst der größte Fan konnte mal eine Pause gebrauchen.

Auf einer Waldlichtung, an deren Rändern noch einzelne Weidenröschen und Anemonen blühten, legte ich mich in die Sonne und gratulierte mir zu dieser neuen Schule. Wenn die anderen Lehrer auch nur halb so nett waren wie Mr Bridger, dann würde es Spaß machen, auf die Clearwater High zu gehen, trotz der Wölfe. Von denen würde ich mir meine Zeit hier nicht versauen lassen!

Abends nach dem Zähneputzen fiel ich erschöpft in mein ungewohntes Bett. Brandon hatte die Decke bis fast an die Nase hochgezogen, sodass man seinen blau-weiß gestreiften Flanell-Schlafanzug nicht mehr sah, und las noch in einem Buch namens *Harry Potter*. Darin ging es anscheinend irgendwie um Eulen, denn auf dem Titelbild war eine.

»Gute Nacht«, wünschte er mir höflich, bevor er seine Leselampe ausknipste.

Ich war gar nicht mehr dazu gekommen, Holly zu fragen, warum es so schlimm sein sollte, mit ihm zusammenzuwohnen.

Mitten in der Nacht erfuhr ich es dann ...

Mit Bisonkraft

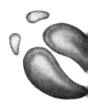

Ein schrecklicher Krach weckte mich. Ein Splittern, Krachen und Schnauben. Hilfe! Wie der Blitz war ich aus dem Bett und dann darunter. Da war eine riesige dunkle Gestalt ganz in meiner Nähe – und zwar eine Gestalt mit Hörnern! Wieder ein Splittern, das Geräusch von trampelnden Hufen, ein lautes Schnauben. Ein stickiger, warmer Geruch hing in der Luft ... Bisongeruch!

»Brandon?«, fragte ich vorsichtig und die riesige Gestalt blinzelte.

Äh, ja?, hörte ich es in meinem Kopf. Es klang verschlafen. *Was ist los?*

Ein Bisonbulle stand in dem, was mal sein Bett gewesen und nun eine Menge kaputter Bretter war. Eine blau-weiße Schlafanzughose hing an seinem rechten Horn und eine Fliege summte um seine Schnauze. Beschämt blickte der Bison mich an. *Oh nein, schon wieder! Ich habe geträumt, dass ich über die Prärie galoppiere, und dann habe ich mich einfach verwandelt!*

»Halb so wild«, sagte ich, was nicht wirklich passte. Dann kroch ich verlegen unter dem Bett hervor. »Passiert dir das öfter?«

Wirklich nur ein- oder zweimal die Woche, gab Brandon zurück – und dann ließ er einen gewaltigen Bisonfurz fahren.

Das tut mir so leid!, jammerte mein Zimmernachbar und ich hechtete zum Fenster, um es aufzureißen, bevor die Stinkwolke mich erreichte. Zu spät! Ich dachte darüber nach, aus Sauerstoffmangel in Ohnmacht zu fallen.

»Macht nichts«, murmelte ich schwach und lehnte mich halb aus dem Fenster. »War es wenigstens ein schöner Traum?«

Oh ja, sehr!, sagte Brandon, senkte den schweren wolligen Schädel und schnupperte an den Resten seines Betts herum. Sein Laken hatte sich um seinen linken Vorderhuf geschlungen und hielt ihn fest. Leicht panisch zerrte er daran. Doch dadurch schlang sich das Laken nur noch fester um seine Hufe. Brandon schnaubte nervös, bockte und drehte sich im Kreis, um das Ding loszuwerden. Ich drückte mich in eine Ecke, denn mein Zimmernachbar hatte in seiner Zweitgestalt mindestens fünfhundert Kilo Lebendgewicht. Wenn die auf dich drauftreten, siehst du danach aus wie ein altes Puzzle – ziemlich flach und ein paar Teile fehlen.

»Brandon, magst du nicht ein bisschen frische Luft schnappen?«, japste ich. »Das hilft dir vielleicht, dich zu beruhigen.«

Ein Huf krachte direkt neben mir ins Parkett und hinterließ einen tiefen Abdruck.

»Frische Luft ist toll, wirklich, die hilft gegen fast alles!« Vielleicht sollte ich lieber wieder unters Bett kriechen.

Okay, ich probier's mal, sagte Brandon gehorsam, trampelte zum Fenster und streckte seine feuchte braune Bisonnase nach draußen.

Großer Fehler! Denn in diesem Moment bewegte sich irgendwas zwischen den Felsen vor unserem Zimmerfenster. Etwas ... oder jemand!

Vor Schreck sprang Brandon zurück und stolperte mit den Hinterbeinen über meinen Schreibtischstuhl. *Krach!* Gereizt fuhr der riesige Bison herum und versuchte, einen der Kleiderschränke auf die Hörner zu nehmen.

Wenige Sekunden später murmelte ich: »Ich glaube, ich sage besser mal dem Hausmeister Bescheid.«

Ja, gute Idee, meinte Brandon verlegen. Es klang ein bisschen dumpf, denn seine Hörner steckten immer noch im Kleiderschrank fest.

Ich rannte los, um Theo zu holen. Es wunderte mich ein bisschen, dass keiner der anderen Schüler gekommen war, um zu schauen, was das für ein Lärm war. Wahrscheinlich hatten sie das alles schon öfter gesehen. Wie groß war eigentlich die Chance, ein anderes Zimmer zu bekommen?

Als ich ihn weckte, knurrte Theo etwas Unverständliches, ging voraus in seine Werkstatt und fragte: »Was brauchen wir alles?«

Ich deutete auf ein frisch gezimmertes Bett.

Theo packte es sich einfach auf den Rücken. »Was noch?«

Ich zeigte auf einen Stuhl sowie einen Kleiderschrank. »Und hast du eine Stichsäge oder so was?«

Um drei Uhr in der Frühe hatte Theo Brandon aus dem Schrank freigesägt und gegen vier Uhr sah das Zimmer wieder bewohnbar aus. Zum Glück hatte sich Brandon wieder zurückverwandelt, sodass er in sein neues Bett passte.

Es dauerte noch eine Weile, bis ich einschlafen konnte. Was war das eigentlich vor unserem Fenster gewesen? Es hatte sich halb hinter einem Stein versteckt, deshalb hatte ich es nicht richtig erkennen können, und gewittert hatte ich nichts.

Etwas später in der Cafeteria hing ich müde über meinem Frühstücksspeck und Brandon hatte tiefe Ringe unter den Augen. Niedergeschlagen starrte er in sein Spinatomelette.

»Heute haben wir wieder Verwandlung bei Mr Ellwood«, sagte er, holte ein Maiskorn aus seiner Hosentasche und warf es sich in den Mund. »Vielleicht mache ich da Fortschritte.«

»Bestimmt«, sagte ich und musste gähnen. Eine Fliege umschwirrte uns und ich machte den Mund schnell wieder zu, bevor sie mir reinflog.

Aus dem Augenwinkel beobachtete ich die Wölfe, die zwei Tische weiter saßen – natürlich wie immer zusammen. Jeffrey warf mir einen bösen Blick zu. Ich ignorierte ihn. »Du hast dich als Kind nur selten verwandelt, oder?«, fragte ich Brandon.

Er nickte. »Meinen Eltern war es immer furchtbar peinlich, dass sie Woodwalker sind. Das war so etwas wie das dunkle Familiengeheimnis. Ich hab noch nie erlebt, dass sie sich verwandeln, kannst du dir das vorstellen?«

Der Arme! Er hatte so ungefähr das Gegenteil meiner Kindheit erlebt. »Wahrscheinlich kamen sie nicht so gut mit dir klar, oder?«, fragte ich.

Brandon ließ den Kopf hängen. »Ich bekam ständig Ärger, weil ich als Bison den Rasen zertrampelt oder die Blumen der Nachbarn abgefressen habe.«

Mit einem Teller in der Hand setzte sich Holly neben uns, wenigstens sie wirkte fröhlich und ausgeschlafen. »Gib's zu, die Blumen waren lecker!«, sagte sie und Brandon grinste.

»Na klar, sonst hätte ich sie ja nicht gefressen. Die Margeriten waren am besten.«

Gut, dass sie ihn ein bisschen aufmunterte. Doch schon sah er wieder niedergeschlagen aus.

»Ich wäre lieber ein kleines, harmloses Tier«, sagte er.

»Zum Beispiel?« Holly vertilgte mit kleinen, schnellen Bissen ein Brot mit Nusscreme.

»Na ja, ein Streifenhörnchen zum Beispiel.« Brandon schaute sehnsüchtig drein. »Das ist flink und kann Bäume hochlaufen und muss nicht so einen Riesenkörper mit sich rumschleppen, der sowieso nur stört.«

Holly und ich blickten uns an. Das war gar nicht gut! Wir Woodwalker mussten unsere Zweitgestalt akzeptieren, so wie sie war, sonst machten wir uns nur das Leben schwer.

»Also ich finde es richtig cool, dass du gerne ein Hörnchen wärst, so wie ich«, begann Holly mit unschuldiger Miene. »Du würdest dich bestimmt schnell daran gewöhnen, dass du dann nie einen Moment freihast, weil du ständig Kiefernzapfen sammeln musst. Wegen dem Winter und so.«

»Ja, gute Idee«, sagte auch ich. »Es wird dir auch sicher nicht viel ausmachen, dass du als kleines Tier vielleicht schnell gefressen wirst, auch wenn du als Wandler eigentlich so lange leben könntest wie ein Mensch. Besser ein kurzes, schönes Leben als ein langes, vielleicht total langweiliges!«

»Und falls dich jemand einfängt – was soll's, Haustier sein kann Spaß machen«, ergänzte Holly munter. »Als Streifenhörnchen kostest du immerhin fünf Dollar in der Zoohandlung. Und, noch viel wichtiger, du kannst zu einem echt schicken Pelzmantel werden!«

Unser Freund hatte die Farbe gewechselt. »Ähm«, sagte er.

Der Gong ertönte und wir rafften hastig unsere Sachen zusammen, denn jetzt war Verwandlung dran.

Wapitis Rache

Der Unterricht in Verwandlung fand nicht in einem der Klassenräume statt, sondern draußen im Innenhof. Ich folgte einfach den anderen, die sich draußen in einem großen Kreis auf den Boden setzten. Eine Ecke des Innenhofs war mit Tüchern verhängt, das war wohl der Rückverwandlungsbereich – so was wie die Umkleide in einer normalen Schule.

Der Lehrer, Isidore Ellwood, sah sehr schick aus in seinem gebügelten braunen Anzug, aber längst nicht so nett wie James Bridger. Eher so, als würde er junge Pumas zum Frühstück fressen. Als ich seinen Siegelring mit dem Hirschkopf sah, war mir klar, warum. Er war ein Wapiti! Ausgerechnet!

»Du bist also der Neuzugang«, sagte er kühl, als ich mich ihm vorstellte. »Du wirst viel nachzuholen haben. Ab in die erste Reihe.«

Mit einem mulmigen Gefühl in der Magengrube ging ich ganz nach vorne und setzte mich dort ins Herbstgras. Der Boden war warm von der Sonne, es roch nach Harz und trockener Erde.

Die anderen quatschten leise, jemand lachte.

»Ruhe«, sagte Mr Ellwood mit durchdringender Stimme.

Jetzt war es sehr, sehr still. Und in dieser Stille hörten wir alle sehr, sehr deutlich, wie Brandon krachend ein Maiskorn zerkaute.

Ellwoods Kopf bewegte sich wie eine Radarantenne. Ein scharfer Blick ging über mich hinweg.

Das Geräusch verstummte abrupt. Jetzt war nur noch der Wind in den Bäumen zu hören.

»Neunzehn Schüler«, fuhr Mr Ellwood etwas milder fort und kratzte sich die lange Nase. Verblüfft schaute ich mich zu den anderen um, denn ich hatte nur achtzehn Leute gezählt, die so wie ich im ersten Jahr waren. Gab es hier Lehrer, die richtig schlecht in Mathe waren, oder hatte ich was verpasst?

Mr Ellwood schaute in Richtung der offenen Tür, die zum Klassenzimmer führte. »Ich finde, Juanita, es ist Zeit, dass du dich traust«, sagte er erstaunlich sanft. »Erst mal nur kurz. Los, komm.«

Ich will aber nicht, hörte ich eine zarte Mädchenstimme in meinem Kopf und schaute mich erstaunt um. Dann sah ich die kleine schwarze Spinne, die ihr Netz in einer Ecke nahe der Tür gesponnen hatte.

»Wir schauen auch gar nicht hin«, versicherte Mr Ellwood. »Und ich habe ein tolles Kleid für dich holen lassen.«

Welche Farbe?

»Gelb«, sagte Mr Ellwood.

Na gut.

»Alle bitte die Augen zu«, kommandierte unser Lehrer, es raschelte ein paar Minuten lang und dann durften wir wieder hinschauen. Zwischen den Schülern mir gegenüber saß ein Mädchen, das ich noch nie zuvor gesehen hatte. Ich konnte irgendwie verstehen, warum sie keine Lust hatte, als Mensch zu leben. Ihr Körper im gelben Kleid sah aus wie ein Kloß und ihre Arme und Beine wirkten viel zu dünn im Vergleich dazu. Sie hatte beide Hände vors Gesicht geschlagen und lugte scheu durch ihre Finger.

»Toll, Juanita«, sagte Mr Ellwood. »Note eins, das hast du sehr gut gemacht! Du kannst dich wieder zurückverwandeln, wenn du magst. Wir machen das jeden Tag ein bisschen länger, ja?«

Juanita nickte. Schon fiel ein leeres gelbes Kleid zu Boden und eine Spinne kletterte hastig zurück in ihr Netz.

»Nun schauen wir mal, was die anderen Neuen so können«, sagte Mr Ellwood. Und diesmal richtete er seinen stahlharten Blick nicht über mich hinweg.

»Carag, trittst du bitte mal vor?«

Auch das noch. Mit weichen Knien stand ich auf und ging ein paar Schritte nach vorne. Furchtbar viele Augenpaare glotzten mich an – manche neugierig (alle Wandler, die mich noch nicht kannten), andere mitfühlend (Holly, Brandon, Dorian und Nell), ein paar hämisch (sämtliche Wölfe) oder vorsichtig-skeptisch (Lou). Nur Viola, die Ziegen-Wandlerin, schaute überhaupt nicht hin, weil sie gerade dabei war, heimlich ein paar Stängel Gras zu zerkauen.

»Na dann, zeig uns mal deine zweite Gestalt.«

Gar kein Problem, redete ich mir gut zu. Dich verwandeln kannst du. Das hast du doch schon oft gemacht. Du warst so lange mehr Puma als Mensch. Total easy. Damit hätte nicht mal ein neugeborenes Kätzchen Probleme ...

Doch ein neugeborenes Kätzchen hätte sich nicht verwandeln müssen, während ein strenger Lehrer keine Armlänge entfernt vor ihm stand und ihm ins Gesicht starrte.

Ich fühlte, wie mir der Schweiß ausbrach. Kein schönes Gefühl, wenn man den größten Teil seines Lebens überhaupt nicht geschwitzt hat.

Das macht er absichtlich, dachte ich bitter. Er weiß genau, wie schwer es ist, sich zu verwandeln, wenn man unter Druck steht!

Ich schloss die Augen und stellte mir vor, wie mein Vater, meine Mutter, Mia und ich durch den Wald streiften. Ich versuchte, ihre weichen, gleitenden Bewegungen vor mir zu sehen, die Art, wie sich ihre Schultern unter dem zimtfarbenen Pelz bewegten. Ich versuchte zu spüren, wie ich meine weichen Pranken auf den Boden setzte. Ja, ich war nah dran, da war schon das Kribbeln ...

Irgendetwas traf mich in den Rücken, ein kleines, hartes Ding und ich zuckte zusammen. Der Schreck riss mich raus. Das Verwandlungskribbeln verschwand und schon war ich wieder hier. Nur irgendein blonder Junge, mehr nicht.

»Also, Carag?«, sagte Ellwood. »Wir warten.«

»Es geht gerade nicht«, sagte ich tonlos und setzte mich zurück an meinen Platz. Jeffrey und seine Leute grinsten so breit, dass sie sich fast den Kiefer ausrenkten. Cliff, der blonde Betawolf, wog ein paar Steinchen in der Hand und blickte mich schadenfroh an. Aha, diese Dinger hatten sie also auf mich geworfen – so geschickt, dass Ellwood es nicht gesehen hatte.

Als Nächstes übten immer zwei Schüler zusammen, sich zu verwandeln, obwohl sie sich gegenseitig unter Druck setzten. Mit ein paar Schülern, die noch Probleme hatten, übte Mr Ellwood einzeln. Sogar Berta, die Grizzly-Wandlerin, schaffte es, sich in ihre Tiergestalt zu versetzen, die sie gerade erst kennenlernte.

Wow, schaut mal, habt ihr die gesehen?, meinte sie und betrachtete beeindruckt ihre fingerlangen Krallen. *Meint ihr, die sehen mit Nagellack noch besser aus?*

Ich bekam ausgerechnet Bo, den Omegawolf mit dem fiesen Grinsen und der scharfen Zunge, als Partner, wandelte mich zum Puma und musste dann so zur Mathestunde, weil ich es nicht mehr zurückschaffte.

»Das war so gemein von Ellwood!«, regte sich Holly in der Pause auf. »Dieses räudige Huftier wollte dich nur fertigmachen, das hat doch jeder gemerkt! Und das mit den Steinchen war mies von den Wölfen, das zahlen wir ihnen heim!«

»Ach, nicht so schlimm, und ich freue mich auf den Kampfunterricht morgen«, plapperte ich erleichtert und fand es toll, dass sie *wir* gesagt hatte. »In Sport bin ich ganz gut.«

Diesmal waren es Holly und Brandon, die sich anschauten.

»Ich weiß nicht genau, wie ich dir das sagen soll ...«, begann Brandon.

»... unser Kampflehrer Mr Brighteye ...«, fügte Holly hinzu.

»... ist ein Wolf«, sagte Brandon und seufzte.

Doch das war nicht die einzige schlechte Nachricht. Noch viel schlimmer war, dass die Ralstons mich abends auf dem Handy anriefen.

»Jaja, ich hab mich gut eingewöhnt – wie schön, dass bald Wochenende ist, dann komme ich euch besuchen«, heuchelte ich, so gut es ging.

»Nein, nein, diesmal nicht.« Anna lachte. »Wir kommen bei *dir* vorbei! Natürlich wollen wir uns alle deine neue Schule anschauen und sehen, wie es dir dort geht. Donald hat schon ein schlechtes Gewissen, weil er dich einfach auf dieses Internat geschickt hat, ohne vorher mal vorbeizugehen.«

»Aber ...«, stammelte ich. Nein, das ging nicht, auf keinen Fall! Das war viel zu gefährlich! All diese Woodwalker und nicht alle hatten sich im Griff. Was war, wenn die Ralstons Verdacht schöpften?

»Also bis bald«, sagte Anna gut gelaunt und legte auf.

Ich stöhnte, steckte mein Handy wieder ein und ging los zum Aufenthaltsraum, um mich ein bisschen abzulenken. Dort

konnte ich an einem der Schul-Laptops sogar meine Mails che-
cken. Es waren zwei Nachrichten da, eine von einem Bekann-
ten aus der alten Highschool ... und eine von Andrew Milling!
Mit trockenem Mund öffnete ich sie.

Hallo Carag,
wie läuft's in deiner neuen Schule? Ich hoffe, deine Ausbildung
wird nun gute Fortschritte machen und du bereitest dich
auf die Rolle vor, die du in der Welt spielen kannst. Bitte
berichte mir, wie es bei dir vorangeht. Achte bitte darauf,
dich nicht mit mehr Pflanzenfressern anzufreunden
als nötig, besonders eine Freundschaft mit kleinen
Beutetieren ist keine gute Idee und unter deiner Würde.
Ich wünsche dir, dass du genug Schlaf bekommst!
Dein Freund und Unterstützer
Andrew

Während ich die Mail las, spürte ich, wie meine wenigen
menschlichen Nackenhaare sich vor Widerwillen aufstellten.
Eigentlich wollte ich mit diesem Typen nichts zu tun haben.
Nicht nur, dass er ebenso auf andere herabschaute wie die
Wölfe, dieser Milling trug auch eine Witterung von Gefahr an
sich, das war mir schon bei unserer ersten Begegnung aufge-
fallen.

Ich schrieb eine ganz kurze Antwort und hoffte, dass er sich
nicht mehr melden würde.

Kämpfer

Was konnte ich den Ralstons über die Clearwater High erzählen, ohne zu viel zu verraten? Jedenfalls nicht, dass es hier neben Fächern wie Englisch, Mathe oder Gesellschaftskunde auch solche wie »Menschenkunde« und »Sei dein Tier« gab.

In Menschenkunde machte ich durch die zwei Jahre, die ich in der Stadt gelebt hatte, keine üble Figur. Und ich mochte unsere Lehrerin, eine nette Klapperschlangen-Wandlerin namens Sarah Calloway, die aussah, als gehöre sie eigentlich ins Fernsehen. Sie hatte eine eigene Boutique in Jackson Hole, dort holte sie sich regelmäßig Nachschub an eleganten Kleidern. Besonders, wenn sich ihr Schlangen-Ich gerade gehäutet hatte. Angeblich konnte sie zwei Sprachen gleichzeitig sprechen, wenn sie sich teilverwandelte und ihre gespaltene Schlangenzunge benutzte. Aber das hatte mir Holly erzählt und vielleicht verulkte sie mich auch nur. Im Unterricht hatte Mrs Calloway den Trick jedenfalls noch nicht vorgeführt und zum Glück hatte sie auch noch niemanden gebissen. Klapperschlangen sind ziemlich giftig.

»An welchen Anzeichen erkennt man, dass ein Mensch schlechter Laune ist?«, fragte sie heute im Unterricht.

»Sie legen die Ohren zurück?«, vermutete Cookie. Sie hatte in dem Sumpf, aus dem sie kam, viele Geschwister, die sich alle für ein Leben als Opossum entschieden hatten.

»Eher selten«, meinte Mrs Calloway. »Wer mag noch raten?«
Trudy meldete sich. »Sie werfen Dinge?«

»Manchmal, aber die ausgewachsenen Menschen tun das
nur, wenn man sie *sehr* reizt oder das Ziel ein Ehepartner ist«,
gab Mrs Calloway zur Auskunft.

Ich meldete mich. »Also, bei den Männern erkennt man
schlechte Stimmung daran, dass sie shoppen gehen. Und die
Frauen trinken zu viel.«

»Meistens umgekehrt«, meinte Sarah Calloway und lächelte
mir zu. »Wenn Menschen dieses Verhalten zeigen, solltet ihr
ihnen dringend aus dem Weg gehen.«

»Sind sie dann gefährlich?« Cookie riss erschrocken die Augen auf.

»Die mit der Flasche schon«, sagte Mrs Calloway und überlegte. »Na ja, die anderen auch. Denn nach dem Shoppen bekommen sie den Kleiderschrank nicht mehr zu und sind noch
schlechter drauf.«

Cliff bekam die Aufgabe, ein wütendes Gesicht an die Tafel
zu malen, was ihm richtig Spaß zu machen schien. Shadow,
der Rabenjunge, übernahm die Beschriftung, inklusive »Zorn-
falten auf der Stirn«, »zusammengekniffene Augen« und »rote
Gesichtsfarbe«. Beide bekamen ein Lob und wirkten sehr zufrieden. Wir zeichneten alles in unsere Hefte ab, gleich neben
das ›freundliche Gesicht‹.

Sarah Calloway warnte alle, dass an diesem Nachmittag Gäste in der Schule sein würden – meine Pflegefamilie nämlich –
und sie unbedingt in ihrer Menschengestalt bleiben sollten.
Hoffentlich hielten die anderen sich daran!

Mit der Lehrerin, die Sei dein Tier unterrichtete, kam ich
nicht so gut klar. In der ersten Stunde trippelte Mrs Parker
ins Klassenzimmer, musterte uns über den Rand ihrer Brille

hinweg und sagte zu mir: »Ah, du bist der Neue, Matti, der Dachs-Wandler, nicht wahr?«

»Nein, Carag, der Puma«, korrigierte ich sie.

Doch nach einer halben Stunde redete sie mich schon wieder mit »Matti« an und brummte mir Nachhilfe in Fellpflege auf. Total unfair – an meinem Pumafell gab es nichts zu meckern! Ich konnte mir doch keine Streifen hineinfärben, nur weil sie entschlossen war, mich mit einem Dachs zu verwechseln!

»Möpse sind manchmal ein bisschen wirrköpfig«, versuchte mich Holly zu trösten. »Mrs Parker haben wir übrigens auch in Kunst, sie hat all die schrecklichen Bilder gemalt, die in den Gängen an der Wand hängen. Letzten Monat hat sie uns jede Menge Trinknäpfe töpfern lassen, das hat genervt. Wofür hält die uns? Womöglich lässt sie uns als Nächstes *Fressnäpfe* machen!«

»Ich mache keine Fressnäpfe, ich bin ein wilder Puma«, sagte ich empört und Holly tätschelte mir die Schulter.

»Yup, das ist die richtige Einstellung!«

Wilder Puma oder nicht, wir mussten uns auch in ganz normalen Fächern wie Mathe, Physik, Geschichte und Englisch bewähren. Sarah Calloway, die wir in Englisch hatten, ließ uns einen Aufsatz schreiben über das Thema »Wie ich aufgewachsen bin«. Es ging ganz gut, so etwas hatte ich mit Anna zusammen geübt, doch Holly quälte sich ab, bis ihr die Schweißtropfen auf der Stirn standen.

»Hier, meinst du, das kann ich so abgeben?«, flüsterte sie mir zu und schob mir ihr Blatt hin. Ich las mir die ersten Sätze durch:

Im Weisenhauss war es richtik Bllöd. Dort binn
ich gans oft abgehaun. Ale warn doof zu mir. Ni
durfte ich Kifernzapfn mitt ins Zimer nehmen.

Mir sträubten sich die Nackenhaare. »Äh, das ist interessant, aber es sind ein paar Fehler drin.«

Ändern konnte sie leider nichts mehr, gerade wurden die Aufsätze eingesammelt.

Aber was Holly geschrieben hatte, ging mir noch lange im Kopf herum. Sie war im Waisenhaus großgeworden?

»Sind deine Eltern tot oder haben sie dich abgegeben?«, fragte ich sie leise.

»Tot – meine Mutter hat 'n Luchs erwischt, meinen Vater 'ne Eule«, wisperte Holly zurück.

»Oh, das ist übel.« Arme Holly! Kein Wunder, dass sie schlecht in der Schule war, im Waisenhaus hatte es sicher niemanden interessiert, ob sie etwas lernte.

Nach der Mittagspause hatten wir dann endlich eine Stunde Kampf und Überleben. Bill Brighteye, unser kahl geschorener, muskulöser und noch ziemlich junger Lehrer, betrachtete mich kritisch. Ich spürte, wie ich mich verkrampfte. Noch ein Wolf. Für meinen Geschmack waren ein paar zu viele von denen an der Schule! Doch immerhin hatte er bisher keine fiese Bemerkung gemacht.

Er hetzte uns zum Aufwärmen erst mal alle eine Runde durch den Wald, und zwar als Menschen. Damit kam unsere Truppe sehr unterschiedlich klar. Cookie, das Opossum, sah als Menschenmädchen zart aus, war aber zäher, als man dachte. Leroy dagegen, der Stinktier-Wandler, begann schon bald zu keuchen, als würde seine Lunge sich gerade auflösen. So wäre es wahrscheinlich auch Dorian gegangen, aber er hatte sich rechtzeitig krankgemeldet.

Es war mir sehr peinlich, dass auch ich nach einem Kilometer langsamer wurde – Pumas sind Sprinter und kommen mit längeren Distanzen nicht gut klar. Lou lief auf ihren langen

Menschenbeinen wunderbar leichtfüßig vor mir und gönnte mir keinen Blick.

»Mach dir keine Gedanken, Lou ist eben ein Wapiti, die können gut laufen«, tröstete mich Brandon, der schwerfällig neben mir hertrottete.

»Sie ist ein *Wapiti?*« Ich hielt an und wäre beinahe von Shadow und Wing, den beiden Rabengeschwistern, über den Haufen gerannt worden.

Netterweise blieb Brandon bei mir stehen. »Ja, wieso?«

»Ist sie etwa ...« Mir dämmerte etwas Furchtbares. »... *Mr Ellwoods* Tochter?«

»Klar, ist sie«, sagte Brandon und ich stöhnte auf. Ausgerechnet die Tochter unseres fiesen Verwandlungslehrers, na wunderbar!

»Übrigens ist Lous Mutter mal von einem Puma angegriffen worden, sie hinkt heute noch«, fügte er hinzu.

Ich stöhnte noch lauter

und Bill Brighteye brüllte uns an: »Nicht zurückbleiben! Raubtiere schnappen sich Tiere, die mit der Gruppe nicht mithalten können!«

»Ich bin doch selber ein Raubtier«, wollte ich einwenden, doch ich hatte nicht mehr genug Luft übrig. Lou war die Tochter von Mr Ellwood – konnte ich mir damit abschminken, jemals ein freundliches Wort mit ihr zu wechseln? Mehr darüber herauszufinden, warum sie manchmal so traurig wirkte?

Lou hätte viel schneller laufen können, sie wirkte noch überhaupt nicht müde, aber sie blieb neben Viola, mit der sie anscheinend befreundet war. Schnaufend und keuchend kämpfte sich Viola voran, während Lou ihr immer wieder »Weiter, weiter, du schaffst es!« zuraunte. Mein Herz klopfte schon wieder so seltsam. Sie war nicht nur hübsch, sie hatte auch ein gutes Herz und das war viel wichtiger.

Als wir die Runde geschafft hatten, waren Jeffrey und sein Rudel schon längst da, blödelten herum und schubsten sich. Die vier hätten sicher auch einen Marathon durchgehalten. Ganz im Gegensatz zu Holly, die rot im Gesicht war und fertig aussah.

»Soso, du bist nicht nur ein Beutetier, sondern sogar ein jämmerlich schwaches«, sagte Jeffrey verächtlich zu ihr, als Bill Brighteye gerade ein Stück entfernt war.

Holly lachte ihm ins Gesicht. »Haha, das sagt ausgerechnet die räudigste Töle der ganzen Gegend! Was wärst du denn ohne deine Muskelprotze?«

Zum Glück sah ich rechtzeitig, wie Jeffreys Gesicht sich verzerrte. Gedankenschnell warf ich mich vor Holly – gerade noch rechtzeitig, bevor er auf sie losging. »Bist du irre?«, keuchte ich und riss Jeffrey zur Seite. »Lass sie in Ruhe!«

Mit flammenden Augen sah Jeffrey mich an. Die anderen

Wölfe seines Rudels umringten ihn und starrten mich feindselig an. Mir fiel auf, dass Cliff unglaublich breite Schultern hatte und auch Tikaani sehr stark aussah. Aber egal. Ich hatte noch nie Freunde gehabt. Wenn mich Brandon oder Holly brauchten, dann würde ich sie verteidigen!

Ich war so wütend, dass ich spürte, wie kitzelnd Fell auf meinen Armen zu wachsen begann und meine Fingerspitzen sich zu Krallen krümmten.

»Ohoh, das gibt Ärger – Regel fünf!«, höhnte Omegawolf Bo.

Doch in diesem Moment kam Bill Brighteye zurück. »So, verwandelt euch jetzt bitte«, rief er. »Dann sucht euch einen Partner von ungefähr gleicher Größe.«

Diesmal war ich es, der grinste. Als Allererster hockte ich in meiner Zweitgestalt auf dem Waldboden und schob mit der Pfote meine Kleider beiseite. Bill Brighteye betrachtete mich nachdenklich.

»Ein Puma. Hm, du nimmst heute mal Berta. Die ist zwar stärker als du, aber tu halt, was du kannst.«

Mir blieb die Luft weg. Ich sollte gegen einen *Grizzly* kämpfen? War dieser Mr Brighteye mein Feind, wollte er mich fertigmachen?

ICH will ihn aber als Partner, beschwerte sich Jeffrey, schon in seiner Gestalt als kräftiger dunkelgrauer Timberwolf.

»Wen?«, fragte Brighteye ungeduldig und Jeffrey zielte mit der Schnauze auf mich.

»Du nimmst Cliff«, kommandierte Mr Brighteye und Jeffrey zeigte knurrend die Zähne.

Einen Moment später lag er platt auf dem Waldboden, winselte und strampelte ein bisschen. Bill Brighteye hielt ihn mühelos nieder. »Wer ist der Alphawolf?«

Sie!, jaulte Jeffrey.

»Na also, geht doch.« Brighteye stand auf und klopfte sich die Hände an der Hose ab. Dann ging er davon, ohne die Wölfe weiter zu beachten.

Puh. Es konnte ja sein, dass er zu seinen Artgenossen hielt, aber bieten ließ er sich von ihnen nichts.

Berta hatte mit etwas Mühe ihre goldbraune, gewaltige Bärengestalt angenommen und wir liefen aufeinander zu.

Schau mal, die sind toll, oder? Sie riss das Maul auf und zeigte mir stolz ihre fingerlangen Eckzähne.

Jaja, ich weiß.

Eigentlich war Berta ganz okay, es war nicht ihre Schuld, dass ich Grizzlys nicht so richtig mochte. Als ich und Mia noch klein gewesen waren, hatte einer unsere Höhle gefunden, in der wir unsere ersten Monate verbracht hatten. Er hatte vorgehabt, uns zu töten - je weniger Raubtierkonkurrenten, desto besser - und sich von unserem kindlichen Fauchen natürlich nicht beeindrucken lassen. Wären nicht in diesem Moment meine Eltern zurückgekommen, hätte es übel ausgesehen für uns.

Also, dann los. Ich begann, Berta zu umkreisen, und schlug mit der Pranke nach ihr. Natürlich mit eingezogenen Krallen. Keine Ahnung, ob ich sie durch diesen dicken Pelz überhaupt hätte verletzen können.

Berta stellte sich auf die Hinterbeine, brummte und wedelte drohend mit ihren Vorderpranken durch die Luft. Vielleicht hatte sie halb vergessen, dass ich kein Mensch war, den sie durch ihre Größe beeindrucken konnte. Als Puma sah ich nur, dass sie ihren Bauch ungeschützt ließ, und schoss mit aller Kraft und Geschwindigkeit auf sie los.

Was machst du?, heulte Berta auf und ließ sich schleunigst wieder auf alle viere fallen.

Ich landete einen Treffer auf ihrer Nase - wenn wir ernst gemacht hätten, hätte sie sich über vier parallele Kratzer freuen können.

Na, kämpfen halt, gab ich zurück und stellte fest, dass mir das richtig Spaß machte.

Ärgerlich griff sie wieder an, doch schnell wie ein Windhauch war ich weg und Berta bekam mich nicht zu fassen. Stattdessen drängte ich sie mit einer Serie schneller Prankenhiebe zurück, bis ich sie da hatte, wo ich sie haben wollte. In der Klemme, den runden pelzigen Hintern gegen einen Baum gedrückt.

Mit einem Satz war ich in dem Baum über ihr – seit ich neun war, schaffte auch ich Fünf-Meter-Sprünge aus dem Stand. Dann ließ ich mich von dort aus auf Bertas Rücken fallen, bevor sie richtig begriffen hatte, was los war. Schon lagen meine Zähne um ihre Nackenwirbelsäule.

Ich glaube, dieser Punkt geht an mich, teilte ich ihr mit.

Du bist ja richtig gefährlich, beschwerte sich Berta und dazu fiel mir nichts mehr ein.

Gut gemacht. Mr Brighteye stand als großer schwarzer Wolfsrüde neben uns und betrachtete mich aus gelben Augen. *Carag, du bist ein Naturtalent.*

Als Junge wäre ich garantiert rot geworden. *Oh, danke, Sir.*

Meine gute Laune hielt genau bis zum Ende der Stunde. Noch bevor ich dazu gekommen war, mich zurückzuverwandeln, glitt ein Schatten neben mich – Jeffrey!

Du denkst wohl, du kommst so einfach davon, Puma? Seine Stimme war ein giftiges Flüstern in meinem Kopf. *Da hast du dich verrechnet!*

Ich fauchte ihn an. *Bleib mir und meinen Freunden einfach vom Hals, verstehst du?*

Wir treffen uns morgen um Mitternacht, wisperte er kalt zurück. *Du gegen zwei von uns. Wenn du gewinnst, hast du deine Ruhe. Wenn wir gewinnen ... tja, dein Pech!*

Ein Duell. Sollte ich das wirklich tun? Es verstieß gegen so ziemlich jede Schulregel, die ich bisher kannte. Und eins war klar: Bei diesem Kampf würde es keine eingezogenen Krallen geben. Es würde Blut fließen, meins und seins. Aber wenn ich gewann, dann konnte ich meine Zeit auf der Clearwater High endlich genießen!

Einverstanden, schickte ich grimmig zurück und dann schlenderten wir rasch in verschiedene Richtungen davon, bevor Bill Brighteye auf uns aufmerksam wurde.

Menschenalarm

Unruhig stand ich vor dem Eingang der Clearwater High, wartete und zertrat abwesend ein paar Kiefernzapfen. Nur noch eine Viertelstunde, bis die Ralstons auftauchen würden. Um das zu wissen, musste ich nicht auf ein albernes Ding am Handgelenk schauen. Angeborener Zeitsinn! Auf der Clearwater High trugen nur Dorian und Mr Ellwood eine Uhr. Mr Ellwood wollte wohl damit angeben und die von Dorian war kaputt, er zog sie an, weil er sie hübsch fand.

Wir glauben, sie kommen!, riefen Shadow und Wing mir zu, die in ihrer Rabengestalt hoch oben Ausschau gehalten hatten. *Fahren deine Leute ein Auto, das die Farbe von Schmeißfliegen hat?*

Ja, sie finden das irgendwie schick, man nennt es metallic-irgendwas, erwiderte ich und verbog meine Lippen schon mal zu einem Willkommenslächeln. In der Schule ging währenddessen der »Menschenalarm« los, um alle zu warnen. Ein schriller Ton, der so hoch war, dass Menschen ihn nicht hören konnten – aber wir natürlich schon.

Und da waren sie schon, die Zweibeiner. Einen Moment lang kamen sie mir fremd vor.

»Jay! Wie schön, dich zu sehen! Gut siehst du aus!« Anna schloss mich in die Arme und einen Moment lang entspannte ich mich.

Länger ging nicht. Denn Donald sah sich gerade stirnrunzelnd um, Marlon kickte mürrisch einen Stein ins Gebüsch und Melody quiekte erschrocken auf.

»Mamaaa! Ich bin gerade in irgendwas getreten! Was ist das?«

Es war das, was Opossums fallen lassen, wenn gerade kein Klo in der Nähe ist. Oh Mann, Cookie!

Nachdem Anna Melodys Schuh mit einem Taschentuch abgewischt hatte, wollte ich die vier in die Schule führen, doch Marlon fragte: »Habt ihr auch 'n Football-Feld?«, und alle setzten sich in Bewegung um das Gebäude herum. Leider sahen sie dabei den hinteren Teil der Schule, den, der eher einem Hügel ähnelte.

Marlon nahm die Stöpsel seines Players aus den Ohren. »Das ist ja der totale Steinhaufen«, sagte er. »Und Pa, schau mal, die haben *gar keinen* Sportplatz, nur zwei jämmerliche Basketballkörbe.«

»Es gibt sicher noch einiges mehr«, sagte Anna und blickte sich um, als hätten wir den Sportplatz nur irgendwo versteckt.

Währenddessen betrachtete Donald zweifelnd die Granitblöcke. »Die Architektur ist etwas ungewöhnlich.«

»Das ist eben okilögisch«, versicherte ich ihm.

»Öko-logisch«, verbesserte mich Donald. »Sprich mir nach: öko...«

Ich tat, als hätte ich das leider, leider nicht gehört. Das war nicht allzu schwer, weil mir Melody gerade von der anderen Seite ein »Hast du ein eigenes Zimmer?« ins Ohr trötete.

Eigentlich hatte Lissa Clearwater mich gebeten, die Gäste erst mal zu ihrem Büro zu begleiten, aber diese vier brachten mich so durcheinander, dass ich einfach nur »Klar, hab ich – na ja, ein halbes« sagte und den Weg zum Wohnflügel einschlug. Mein Zimmer mit dem großen runden Fenster und dem bunten Teppich würde ihnen bestimmt gefallen. Vielleicht wären Melody und Marlon sogar ein wenig neidisch. Nur ein ganz kleines bisschen, das reichte ja schon.

Auf dem Weg zu meinem Zimmer kamen wir an ein paar Schülern vorbei: Trudy, der schüchternen Eule, Nell, der Maus-Wandlerin, und Berta. Ich verkrampfte mich etwas. Wenn Berta sich jetzt versehentlich in ihre Grizzlygestalt verwandelte, war alles aus. Dann konnte ich auch gleich meinen Koffer packen, weil die Ralstons diese Schule für gemeingefährlich halten würden!

Doch meine Mitschüler gaben sich alle Mühe und sahen so normal aus, wie man nur aussehen kann. »Hallo, Mr und Mrs Ralston«, sagte Nell sogar, lächelte und zupfte an den Perlen in ihren vielen geflochtenen Zöpfchen.

»Was für ein nettes Mädchen«, meinte Anna beeindruckt.

»Sie ist aus New York«, fiel mir ein und meine Pflegeeltern wirkten noch beeindruckter.

»Die Schüler kommen aus dem ganzen Land?«, fragte Donald und ich nickte erleichtert.

»Oh ja. Bertas Familie zum Beispiel lebt in Alaska. Ihr Dad hat dort einen Laden mit Jagdzubehör.«

Zum Glück war Berta unfallfrei vorbeigegangen, sie hatte nicht mal pelzige Ohren bekommen vor Nervosität. Sie hatte mir erzählt, dass ihr Vater gar nicht gewusst hatte, dass er ein Grizzly-Wandler war. Nur durch Zufall hatte er sich einmal verwandelt und seiner Frau damit einen Nervenzusammenbruch beschert. Weil er nicht wusste, wie er das mit dem Verwandeln gemacht hatte, hatte er es Berta natürlich auch nicht beibringen können.

Wir näherten uns meinem und Brandons Zimmer ... und mir fiel ein, was dort auf der Tür stand. Nämlich nicht Jay! Ich drehte um und versuchte, alle in die andere Richtung zu lotsen. »Äh, wir gehen vielleicht besser erst ...«

Doch schon war Marlon an mir vorbei. »Also, welches ist dein Zimmer?«

Ich gab auf. »Das da«, sagte ich und deutete auf die Tür, auf der neben dem grünen BRANDON in großen gelben Buchstaben CARAG stand.

»Schade, dass dein Name noch nicht auf der Tür steht«, meinte Anna. »Wer ist Carag?«

Es ist erstaunlich, wie viel Platz das Wort ICH wegnimmt, wenn es einem in der Kehle stecken bleibt.

»Wahrscheinlich der Junge, der vor dir hier gewohnt hat, oder?«, fragte Donald zum Glück.

»Jaja, genau, sozusagen«, sagte ich schnell.

Zum Glück gefiel ihnen das Zimmer. Melody gefiel es so gut, dass Anna sie gerade noch zurückziehen konnte, als sie sich daran machte, aus dem Fenster nach draußen zu klettern. Vielleicht hatte sie auch ein Hörnchen unter ihren Vorfahren.

»Nett hier, wirklich nett«, sagte Donald und blickte sich gründlich um.

Zum Glück sah ich den Hufabdruck auf dem Parkett eine Sekunde früher als er. Mit einem raschen Schritt pflanzte ich mich darüber, sodass meine Füße den Abdruck verdeckten. Jetzt musste ich nur felsenfest hier stehen bleiben, bis alle wieder draußen waren. Gar kein Problem.

Anna kämpfte mit dem Verschluss des Fensters. »Kannst du mal helfen, Jay? Ich kriege das nicht zu!«

Ich blieb genau dort, wo ich war. »Ach, das schaffst du schon«, sagte ich und lächelte schief, während mich Anna verblüfft anblickte.

Marlon machte sich daran, die Schränke aufzureißen und

hineinzuglotzen. Stumm vor Schreck schaute ich zu. Es konnte nur noch zwei oder drei Millisekunden dauern, bis er die Reisetasche voll Maiskörner finden würde, und wie in aller Welt sollte ich die erklären? *Die müssen wir anpflanzen, sonst bekommen wir hier nichts zu essen?*

»Jay!«, kommandierte Anna ärgerlich. »Hilf uns sofort mit diesem Fenster!«

Ich musste es tun. Ich musste zum Fenster gehen und dann würden sie den Hufabdruck sehen und dann ...

»Ach, hier bist du! Du solltest die Gäste doch erst in mein Büro bringen.« Lissa Clearwater schaute halb freundlich, halb tadelnd durch die Tür.

»Stimmt, tut mir leid, Miss Clearwater«, sagte ich und beschwor sie mit den Augen, meine Pflegefamilie hier rauszubringen, und am besten gleich.

Sie kapierte es sofort. Nachdem sie den Ralstons die Hand geschüttelt und ein paar höfliche Begrüßungssprüche abgesondert hatte, meinte sie: »So, ich würde sagen, ich zeige Ihnen jetzt die Cafeteria und spendiere Ihnen allen ein Eis.«

»Oh ja!«, jubelte Melody und hüpfte los. Leider in die falsche Richtung, nämlich ins Erdgeschoss zu den Klassenräumen. Sekunden später brüllte sie sich die Seele aus dem Leib. »Maaaaamaaaaa!«

»Was ist, mein Schatz?« Anna beschleunigte ihre Schritte.

»Hier steht ein Biiiiiison im Flur!«, schrie Melody.

»Nein!«

»Doch!«

Ich stöhnte innerlich. Das wurde alles noch viel schlimmer, als ich es mir vorgestellt hatte!

Momente später stoppten die Ralstons ein paar Meter entfernt von Brandon, der tatsächlich mitten im Flur herumstand mit einem Blick, der auch prima zu einem Schaf gepasst hätte. Wie so oft summten ein oder zwei Fliegen um seinen Kopf, die liebten Huftiere noch mehr als das Buffet in der Cafeteria.

»Geht ein Stück zurück, Bisons sind leicht reizbar!«, rief Donald und Anna schützte Melody mit ihrem Körper, während sie sich Schritt für Schritt zurückzogen.

Wenn einer von uns seine Tiergestalt hatte, konnten wir uns von Kopf zu Kopf erreichen, und das war jetzt gerade richtig praktisch.

Brandon, was machst du da?, schnauzte ich meinen Freund lautlos an.

Sorry, ich war gerade auf dem Weg zur Nachhilfe, antwortete er verlegen.

Ich verdrehte genervt die Augen. *Die hast du auch verdammt nötig!*

»Alles in Ordnung, der Bison ist zahm«, rief Lissa Clearwater und warf Brandon einen vernichtenden Blick zu.

Niemand hörte ihr zu. Denn Marlon war gerade dabei, seinen Beschützerinstinkt zu entdecken.

»Schnell, alle hier rein!«, rief er und riss die Tür eines Klassenzimmers auf. »Hier drin sind wir sicher!«

Nicht wirklich. Entsetzt sah ich, dass Leroy, der Skunk, sich dorthin zurückgezogen hatte, um in Ruhe Hausaufgaben zu machen. Er zuckte zusammen und blickte erschrocken hoch, als er die Menschen sah.

»Reg dich nicht auf, alles in Ordnung, alles prima!«, rief ich ihm zu und schob die Ralstons mithilfe von Lissa Clearwater wieder nach draußen auf den Flur. Zum Glück hatte sich Brandon inzwischen aus dem Staub gemacht.

»Erklären Sie mir bitte, was ein Huftier in Ihrer Schule macht?« Donald sah gereizt aus, als er sich der Schulleiterin zuwandte. »Wenn so etwas öfter vorkommt, kann ich mir nicht vorstellen, dass Jay hier gut aufgehoben ist!«

»Nein, nein, so was kommt natürlich nicht öfter vor«, mischte ich mich verzweifelt ein. Doch Lissa Clearwater ließ sich nicht aus der Ruhe bringen.

»Ach wissen Sie, wir veranstalten einen sehr lebendigen Biologieunterricht. Dazu gehören manchmal auch lebende Tiere. Ist es nicht schön, wenn Kinder heutzutage wieder Kontakt zur Natur bekommen?«

Donald sah aus, als würde er dazu gerne etwas sagen. Doch zum Glück hatte es ihm die Sprache verschlagen.

Irgendwie schafften wir es, unsere verstörten Gäste zur Cafeteria zu lenken. Dort sah es richtig gemütlich aus, weil die Abendsonne durch die Glaskuppel schien und alles mit goldenem Licht übergoss. Und meine Mitschüler verhielten sich mustergültig menschlich. Dorian fläzte sich auf einem der Sofas und las in einem Katzenkrimi. Cookie checkte ihre Mails. Lou schrieb mal wieder etwas auf die schon halb mit Witzen und Mini-Bildchen gefüllte Schiefertafel:

Es gibt kein Wunder für den,
der sich nicht wundern kann.

Die Wölfe spielten Karten und lachten über irgendwas. Ein paar Schüler aus dem zweiten und dritten Jahr benutzten den Tischkicker. Es wirkte alles wunderbar normal.

Wir ließen uns das Eis schmecken und entspannten uns langsam wieder.

»Gefällt es dir denn hier, Jay?«, fragte Anna mich und sah mir besorgt in die Augen. Wahrscheinlich fand auch sie diese Schule ein bisschen seltsam.

»Ja, absolut«, sagte ich sofort. Erst ein paar Tage war ich hier und schon konnte ich mir nicht mehr vorstellen, die Clearwater High wieder zu verlassen. Hier, und nirgendwo sonst, konnte ich lernen, was ich als Woodwalker brauchte! Hoffentlich vergaßen die Ralstons den Bison schnell und setzten sich nicht etwa in den Kopf, mich wieder mitzunehmen und in meine alte Schule zurückzubringen. Ab jetzt musste einfach alles glattgehen!

»Er macht sich bisher wirklich gut, soweit man das schon beurteilen kann«, sagte Lissa Clearwater, strich sich durch die feinen geisterweißen Haare und lächelte mir zu. Dankbar lächelte ich zurück.

Es lief alles prima, bis zu dem Moment, in dem Anna darauf bestand, das Eis zu bezahlen, und in ihre Tasche griff. Ihre Augen wurden rund und verblüfft. »Na, so was. Ich glaube, ich habe mein Portemonnaie im Auto vergessen.«

Mir schwante Böses. Unauffällig schaute ich mich nach Holly um. Doch ihre Menschengestalt war nicht in Sicht. Dafür witterte ich Rothörnchen. Sie hatte doch nicht etwa ...?

Holly! Gib das sofort zurück, brüllte ich lautlos. *Wo bist du?*

Meine Augen erfassten eine schnelle Bewegung hinter einer Grünpflanze. *Hier!,* sagte Hollys fröhliche Stimme in meinem Kopf. *Kein Stress, ich wollte nur mal schauen, ob ich das schaffe. Gleich haben sie das blöde Ding wieder.*

Ich stöhnte innerlich. Wenn man solche Freunde hatte, brauchte man keine Feinde!

Natürlich hatte Lissa Clearwater sie auch schon gesehen, ihren Adleraugen entging so schnell nichts. Ich fing ihre scharfe Botschaft auf.

Holly! Du gibst das zurück, aber auf keinen Fall so, wie du bist! Du gehst erst auf die Toilette, verwandelst dich da und behauptest dann, du hättest das Portemonnaie auf dem Boden gefunden. Klar?

Ein guter Plan. Bestimmt hätte er sogar funktioniert. Nur leider war es ein bisschen zu spät. Holly turnte schon die Couch entlang und Melody rief: »Schau mal, Mama, ein Eichhörnchen!« Diesmal lag sie zwar bei der Tierart etwas daneben, aber sie kreischte wenigstens nicht los.

»Oh, das muss durch die offenen Fenster reingekommen sein«, sagte ich schnell.

Das erklärte allerdings nicht wirklich, warum das Hörnchen ein Portemonnaie in den Pfoten hielt.

»Ich glaube, das Vieh hat dich beklaut«, sagte Donald fassungslos zu meiner Pflegemutter. Ich schaute mich nach einer Decke um, die ich mir über den Kopf ziehen konnte, damit ich nichts mehr hören und sehen musste.

»Nein, nein, Papa, es gibt das Geld nur *zurück!*« Melody war begeistert. »Das ist so cool, habt ihr das Eichhörnchen trainiert?«

Eins musste man ihm lassen, Dorian reagierte schnell. »Ja, hab ich«, mischte er sich ein und legte sein Buch weg. »Das da ist ein Rothörnchen und mein Haustier. Komm her, Holly, brav jetzt, zeig mal, was du gefunden hast, Süße!«

Holly hüpfte vor Wut auf der Sofalehne auf und ab. *»Süße?« Geht's noch, du dämliches Flohtaxi?*

Doch Dorian grinste nur und Lissa Clearwater kommandierte: *Mach, was er sagt, aber dalli!*

Also händigte ihm Holly das Portemonnaie aus – und kletterte dann auf seinen Kopf, um ihn an den Haaren zu ziehen. Großer Fehler! Gleich darauf zappelte sie empört schnatternd in seiner Hand. Dorian hatte sehr, sehr gute Reflexe.

Er verbeugte sich und reichte Anna mit der freien Hand den Geldbeutel. »Hier, bitte sehr.«

»Oh, danke«, sagte Anna, nahm den Geldbeutel und verscheuchte eine Fliege, die ihr um die Nase schwirrte. »Wir müssen jetzt wirklich gehen, nicht wahr?« Sie blickte in die Runde.

»Echt? Können wir nicht noch bleiben?«, bettelte Melody, was sie mir wieder ein bisschen sympathischer machte. Aber sie hatte keine Chance, denn Marlon und Donald hatten auf Annas Frage schon erleichtert genickt.

Als sie endlich weg waren, lehnte ich mich in der Eingangshalle an die Wand und atmete erst mal tief durch. Geschafft! Aber warum war ich dann so traurig? Ich horchte in mich hinein und fand dort schwarze, klebrige Gedanken an meine Eltern und Mia. Wie schön wäre es gewesen, meine *richtige* Familie durch diese Schule zu führen. Ich stellte mir vor, wie ich meine Mutter in den Bergen suchte und sie endlich wiederfand. Wie ich ihr, Papa und Mia erzählte, dass ich an der Clearwater High aufgenommen worden war und alles gut werden würde. Weil ich jetzt lernen konnte, in beiden Welten zu leben.

Bevor ich diesen Gedanken weiter auskosten konnte, schlug mir jemand auf die Schulter – Brandon – und jemand anders knuffte mich in die Seite – Holly. Beide waren sonniger Laune.

»Hey, das ist doch gut gelaufen! Du darfst auf der Schule bleiben, oder?«

»Ja, wie es aussieht, schon«, antwortete ich und einen Moment lang schaffte ich es sogar, mich zu freuen.

Aber dann fiel mir ein, dass ich diesen Tag noch keineswegs überstanden hatte.

Denn um Mitternacht erwarteten mich die Wölfe zum Duell.

Mitternachtsduell

Beim Abendessen war ich so still, dass es den anderen auffiel.

»Was ist los?«, fragte Holly und knuffte mich mal wieder.

Ich fauchte sie an. »Lass das, ich mag das nicht!«

Also tätschelte sie mir stattdessen den Arm. »Irgendwas ist doch los, spuck's aus! Schau mich an, ich habe einen Verweis gekriegt wegen der Klauerei vorhin, aber hab ich deswegen schlechte Laune?«

»Solltest du«, sagte Brandon beunruhigt. »Das ist schon dein zweiter Verweis und beim dritten fliegst du von der Schule!«

»Boah, echt?« Holly sah geknickt aus, aber nur einen Moment lang. »Na gut, dann bin ich ab jetzt ein kleiner Engel.«

Brandon grinste. »Ein Engel ohne Flügel, dafür aber mit rotem Pelz, gibt's so was überhaupt?« Doch als er bemerkte, dass ich nicht mitlachte, bekam er einen besorgten Blick. »Also was ist, haben dich die Wölfe wieder geärgert?«

Ich seufzte tief. »Schlimmer. Sie haben mich zum Duell gefordert.«

»Du hast hoffentlich Nein gesagt, oder?«, fragte Holly.

An meinem Gesichtsausdruck sah sie wohl, dass die Antwort anders ausgefallen war.

»Du spinnst doch!« Sie starrte mich an.

»Nein, ich spinne nicht, ich will endlich meine Ruhe«, sagte ich und schaufelte das Gulasch mit Nudeln in mich hinein. »Morgen früh wisst ihr, wie es ausgegangen ist.«

Mit hochgezogenen Augenbrauen verschränkte Holly die Arme. »Vergiss es, Mann. Wir schauen natürlich zu, du brauchst doch Leute, die dich anfeuern, oder?«

Ich überlegte einen Moment. Wieso nicht? Außerdem wäre es praktisch, einen Schiedsrichter zu haben. Sonst behaupteten die Wölfe womöglich, dass ich sie einfach so angegriffen hatte. Wenn vier das sagten und einer das abstritt, sah es für diesen einen schlecht aus.

So kam es, dass wir in der Nacht zu dritt aus dem Schulhaus und zu der kleinen Lichtung schlichen, auf der ich mich mit Jeffrey und Co. verabredet hatte. Verboten war es nicht, nachts nach draußen zu gehen. Es gab immer ein paar Schüler, die lieber in ihrer Tiergestalt draußen schliefen, im Wald, am See, in einem selbst gegrabenen Bau.

Bei diesem Wetter – die Luft war schwer und feucht und kühl und Wolkenberge türmten sich am Himmel auf – hielten sich jedoch die meisten drinnen auf, sogar Theo, der abends gerne als Elch am Ufer stand und Wasserpflanzen kaute. Mit etwas Glück waren heute nur die Duellteilnehmer im Wald unterwegs.

»Sie sind schon alle da, ich höre sie!«, flüsterte Holly aufgeregt.

»Ach nee«, sagte ich, denn Jeffrey, Cliff, Tikaani und Bo heulten gerade vierstimmig. Es wäre schwer gewesen, sie *nicht* zu hören.

»Hört ihr auch, dass es gedonnert hat?«, fragte Brandon und witterte in die Luft. »Da kommt ein fettes Gewitter. Wahrscheinlich werden wir nass.«

»Na und?«, sagte Holly. »Los, komm, wir klettern auf einen

Baum, damit wir bei diesen bescheuerten Kämpfereien nicht im Weg sind.«

Richtig begeistert schaute Brandon nicht drein. Doch Holly hatte sich schon verwandelt und zog ihn mit ihren winzigen Pfoten am Hosenbein weiter. *Los, komm, du schaffst das! Sind auch nur zehn Meter oder so!*

»Hast du schon gewusst, dass Blitze oft in Bäume einschlagen?«, fragte Brandon und setzte sich widerwillig in Bewegung.

Ach, stell dich nicht so an, es ist tausendmal wahrscheinlicher, von Menschen erschossen als vom Blitz getroffen zu werden, verkündete Holly unbekümmert und Brandon stöhnte. Er blieb in seiner Menschengestalt und begann, schwerfällig am Rand der Lichtung auf den Baum zu klettern, den Holly ausgesucht hatte. Von dort oben würden die beiden eine tolle Aussicht haben über die Lichtung, auf der ein paar Felsen aus dem hohen Gras aufragten.

Ich verwandelte mich ebenfalls – hier draußen im altvertrauten Wald war es so leicht wie atmen – und schob meine Klamotten mit der Schnauze unter einen Busch. Dann trabte ich auf leisen Pfoten zur Mitte der Lichtung, auf der mich schon die Wölfe erwarteten. Vier Gestalten, die ich mit meinen Nachtaugen deutlich erkennen konnte.

Du hast also nicht gekniffen, stellte Jeffrey zufrieden fest. Steifbeinig, mit gesträubtem Nackenfell, näherte er sich mir.

Seine Gefährten umringten mich, drängten sich näher. Bo versuchte frech, nach meinen Hinterpfoten zu schnappen, doch ich fuhr herum und versetzte ihm mit der Pranke eine Ohrfeige, die ihn ins Gebüsch schleuderte.

Das war doch nur Spaß, du dreckiges Vieh!, wimmerte er, als er zurückgekrochen kam. Meine Krallen hatten ihm eins der spitzen, pelzigen Ohren aufgeritzt.

Auf diese Art von Spaß kann ich verzichten, stellte ich fest. Hätte Bo mir eben eine Sehne durchgebissen, wäre ich erledigt gewesen. Mein Herz hämmerte und ich fauchte Tikaani an, die näher herangekommen war, als mir lieb war. Was war, wenn sie sich nicht an die Verabredung hielten und zu viert über mich herfielen? James Bridger hatte mich gewarnt!

Rasch musterte ich meine vier Gegner. Jeffrey war leicht zu erkennen, er war ein dunkelgrauer Timberwolf. Tikaani sah aus wie sein genaues Gegenteil, sie trug den weißen Pelz eines Polarwolfs. Cliff und Bo, beide graue Wölfe, konnte man an der Größe unterscheiden – Cliff war wesentlich kräftiger und außerdem verhielt er sich nicht so unterwürfig wie Bo, weil er einen höheren Rang hatte. Tagsüber wirkte er manchmal etwas verpennt, schlafen war seine Lieblingsbeschäftigung. Doch leider kämpfte er auch gerne und jetzt war er offensichtlich hellwach. Gerade tänzelte er herum und schnappte nach Bo, um ihm zu zeigen, wer hier der Unterlegene war.

Also was ist, sagte ich kühl. *Wer von euch kämpft? Zwei von euch gegen mich, so war es ausgemacht.*

Die Wölfe sprachen sich unhörbar untereinander ab, verständigten sich nur durch Körpersprache miteinander und kamen dann wieder auf mich zu. Es waren Tikaani und Jeffrey, die Kampfpositionen einnahmen. Erstaunt blickte ich Jeffrey an. Ich hatte damit gerechnet, dass er als Rudelchef seine stärksten Leute – seine Betas – gegen mich einsetzen würde. Aber vielleicht wollte er mich selbst fertigmachen. Seine Augen glitzerten eigenartig im schwachen Licht, als er mich anblickte.

Jeffrey und Tikaani kamen näher. Die anderen beiden Wölfe zogen sich zurück ... aber nicht etwa in den Hintergrund, sondern hinter mich. Das gefiel mir überhaupt nicht, weil ich jetzt das Gefühl hatte, dass ich umzingelt war. Mein Fell kribbelte nervös.

Na, hast du schon Schiss, Kätzchen?

Jeffreys Stimme wurde fast vom Donnergrollen übertönt, das Gewitter näherte sich schnell. Wenn ich noch bei meiner Familie in den Bergen gewesen wäre, hätte ich mich unter einen steinernen Überhang verzogen oder tief in den Wald, wo die Bäume die Wucht des Gewitters abfingen. Doch jetzt durfte ich das Wetter nicht beachten, ich musste mich auf meine beiden Gegner konzentrieren.

Tikaani machte den Anfang, sie schnellte vor und schnappte mit gesenktem Kopf, um ihre Kehle zu schützen, nach einem meiner Vorderbeine. Ich fuhr auf sie los, erwischte sie aber nicht mit den Krallen, weil sie gewandt beiseitegetänzelt war. Noch in der Bewegung wirbelte ich herum – garantiert würde es Jeffrey gleichzeitig von der anderen Seite versuchen! Tatsächlich, ich schaffte es gerade noch, ihn abzuwehren, bevor er seine Zähne in meine Flanke graben konnte. Leider war er zu schnell, ich konnte ihn nicht wie Bo ins Gebüsch kegeln. Und schon griff Tikaani wieder von der anderen Seite an.

Es gelang ihr, mich seitlich an der Schulter zu packen. Ein scharfer Schmerz durchfuhr mich und ich spürte, wie Blut in mein Fell sickerte. Doch Tikaani machte den Fehler, nach ihrem Biss nicht sofort zurückzuweichen, sondern mich mit den Zähnen festzuhalten. Ohne darauf zu achten, wie weh es tat, warf ich sie zu Boden. Einen Moment später waren wir ein Knäuel aus hellbraunem und weißem Fell, das sich wild fauchend und knurrend auf dem Boden wälzte. Dann brachte sie es irgendwie fertig, sich zu befreien und zurückzuspringen. Über ihr weißes Fell zogen sich Blutspuren.

Jeffrey ließ mich keine Sekunde lang verschnaufen, er fiel

über mich her, als hätte er schon monatelang darauf gewartet. Doch er war kein so guter Kämpfer wie Tikaani und ich zog ihm die ausgefahrenen Krallen über die Nase. Ein kurzes Winseln entfuhr ihm, das ihm sicher sofort peinlich war.

Wir können den Kampf auch abbrechen, schlug ich vor, aber das kam nicht gut an. Doppelt so wütend wie zuvor griffen mich die beiden Wölfe an, und diesmal nicht abwechselnd, sondern gleichzeitig von zwei Seiten. Ich sprang aus dem Stand nach oben und hoffte, sie damit überraschen zu können, doch Jeffrey und Tikaani waren gewieftere Kämpfer als Berta und nicht so langsam wie die Jugendlichen an meiner alten Highschool. Das hier waren große, kräftige Raubtiere, genauso schnell wie ich und fast so stark. Gewandt wichen sie zur Seite aus und attackierten noch einmal, als ich wieder auf dem Boden aufkam.

Ein zweites Mal erwischte ich Jeffrey mit der Pranke, doch dafür hatte ich nun ein Problem mit Tikaani. Sie biss mich ins Vorderbein, so heftig, dass ich einen Moment lang nicht sicher war, ob es gebrochen war. Ich musste hinkend weiterkämpfen. Außerdem hatte es begonnen zu regnen und Wasser rann durch mein Fell und in meine Augen. Habe ich schon erwähnt, dass ich Wasser nicht ausstehen kann?

Die Augen der Wölfe leuchteten triumphierend auf, wahrscheinlich sahen sie mich – ihren hinkenden, durchtränkten Gegner – schon um Gnade bettelnd auf dem Boden liegen.

Na, Kätzchen, das macht keinen Spaß mehr, was?, feixte Jeffrey.

Sie hatten sich zu früh gefreut. Im nächsten Moment fegte ich Tikaani mit einem gewaltigen Hieb über die Wiese. Benommen versuchte sie aufzustehen, fiel aber gleich wieder um. Die war aus dem Rennen.

Hast du schon gewusst, dass Pumas sogar schwimmen können, Jeffrey?, gab ich zurück.

Ich war zwar verletzt, aber jetzt musste ich nur noch mit ihm fertig werden. Das würde wohl zu schaffen sein.

Carag! Pass auf!, schrillte plötzlich Hollys Stimme in meinem Kopf.

Gerade noch rechtzeitig fuhr ich herum – Cliff hatte Tikaanis Stelle eingenommen und schoss wild knurrend, mit hochgezogenen Lefzen, auf mich los!

Was soll das?, brüllte ich Jeffrey in Gedanken an.

Ich konnte genau sehen, wie er grinste. Das schaffte er sogar in seiner Wolfsgestalt und mit blutenden Kratzern über der Schnauze. *Wir hatten nur ausgemacht, dass zwei von uns gegen dich kämpfen*, erwiderte er. *Aber nicht, welche zwei!*

Na wunderbar. Cliff würde mich mit frischer Energie attackieren, und sobald ich ihn besiegt hatte, würde mir Bo das Leben schwer machen. Ich war nicht sicher, ob ich das schaffen konnte. Mein Vorderbein schmerzte immer fieser. Aber aufgeben? Nein! Mein Körper hatte bestimmt noch Kraft übrig, ich brauchte nur eine kleine Pause. Mit vier Sprüngen war ich am Waldrand, griff mit den Krallen in die Rinde einer Kiefer und sprintete den Stamm hoch. Die Wölfe hetzten eifrig hinter mir her.

Heißt das, dass du aufgibst?, hechelte Jeffrey gut gelaunt.

Nö, gab ich zurück und machte es mir vorübergehend in einer Astgabel bequem. Zwei Bäume weiter hockten Holly – als Rothörnchen – und Brandon in seiner Menschengestalt. Beide waren schon genauso nass wie ich. Beunruhigt und eingeschüchtert schauten sie zu mir hinüber.

Die kämpfen nicht fair, flüsterte Brandon verzweifelt in meinem Kopf. *Brich den Kampf ab, das kannst du nicht gewinnen!*

Abwarten, gab ich zurück und atmete tief durch, während aus den Zweigen der Regen auf mich herabtropfte. Mir war schwindelig. Hatte Brandon recht, sollte ich doch besser aufgeben? Ganz kurz schloss ich die Augen und dachte an meine Eltern, die jetzt irgendwo in den Rocky Mountains unterwegs waren. Hätte mein Vater sich von einem so kleinen Wolfsrudel einschüchtern oder von seiner Beute vertreiben lassen? Niemals. Er fürchtete andere Tiere nicht, nur die Menschen.

Die Wölfe waren bestens gelaunt. Sie machten sich unter dem Baum daran, ihre Wunden zu lecken und sich gegenseitig zu stupsen. Das taten sie immer noch, als ich wie ein hellbrauner Blitz in ihrer Mitte landete. Rechter Haken, linker Haken, ich verpasste Cliff die Abreibung seines Lebens, während er vergeblich versuchte, mich zu fassen zu bekommen. Schließlich machte er sich jaulend aus dem Staub. Mit vor Wut leuchtenden gelben Augen griff mich Jeffrey an und Bo sprang an seine Seite, um ihm zu helfen. Gemeinsam würden sie mich fertigmachen.

In diesem Moment fuhr nicht weit entfernt ein Blitz herab, der Donner dröhnte in unseren Ohren. Und fast gleichzeitig krachte und splitterte es am Rand der Lichtung noch viel lauter – als würde etwas sehr Großes nach unten rauschen und dabei Äste abknicken wie Streichhölzer. Da stürzte ein Bison aus einem Baum! Es landete genau auf Bo ... und der war erst mal k. o.

Verdattert zögerte Jeffrey einen Moment – einen Moment zu viel. Schon stand ich über ihm und packte ihn am Genick. Er hielt sofort still, und das war auch besser für ihn. Meine Fangzähne lagen genau über seiner Schädelbasis.

Na gut, du hast gewonnen, knirschte Jeffrey hervor, während Regen auf uns niederprasselte.

Fein, antwortete ich und ließ ihn los. *Ihr lasst mich also in Zukunft in Ruhe, ja?*

Zur Antwort bekam ich ein wütendes Knurren. Das klang leider nicht wirklich nach einem Ja.

Held

Als ich am nächsten Morgen die Augen aufschlug, blickte ich direkt in Brandons gutmütiges Gesicht.

»Wie fühlst du dich, Carag?«, fragte er.

»Lausig«, antwortete ich. Mir tat alles weh und die Bisswunden an meinem Arm und an meiner Schulter brannten wie Feuer. Ein Wunder, dass ich überhaupt eingeschlafen war.

»Das sieht übel aus, du musst in die Krankenstation«, drängte mich Brandon. Das hatte er auch schon in der letzten Nacht gesagt, als er und Holly mich zurück ins Zimmer verfrachtet und mir aus T-Shirts Verbände gebastelt hatten.

»Geht nicht«, presste ich hervor. »Die kapieren doch sofort, dass ich außerhalb des Unterrichts gekämpft habe!«

»Stimmt.« Brandon knetete seine Schulter. Die hatte er sich geprellt, als er sich vor Schreck über den Blitz verwandelt und aus dem Baum gefallen war. Nicht immer war sein Timing schlecht.

Das Problem war, dass heute Vormittag neben Physik, Englisch und Verwandlung auch noch Kampf und Überleben auf dem Stundenplan standen. Wie sollte ich das durchstehen?

Immerhin sahen auch die Wölfe angeschlagen aus. Ein jämmerliches Rudel, selbst in Menschengestalt. Zu Beginn der Physikstunde, die der Kojoten-Wandler James Bridger hielt, warf mir Jeffrey einen hasserfüllten Blick zu, dann ignorierte er mich. Sein hübsches Gesicht trug unübersehbar die Spuren meiner Krallen.

»Was ist dir denn passiert?«, fragte James Bridger mit hochgezogenen Augenbrauen.

»Brombeergestrüpp«, murmelte Jeffrey.

Bridger wandte sich an Tikaani. »Und dir?«

»Gegen einen Baum gelaufen«, brummte Tikaani, die ihr ausdruckslosestes Gesicht aufgesetzt hatte.

»Du wahrscheinlich auch, was?« Bridger fixierte Bo, der sich einen Eisbeutel gegen das Ohr hielt.

»Ja«, kam es zurück.

Bridger warf mir einen scharfen Blick zu. Ich beugte mich tiefer über mein Heft und schrieb etwas von der Tafel ab. Zum Glück waren meine Verletzungen rechts und als Mensch war ich Linkshänder.

Doch in Kampf und Überleben kam ich nicht so glimpflich davon. Bill Brighteye bemerkte sofort, dass ich mich steif bewegte.

»Was hast du am Arm?«, fragte er und zwang mich, den Pullover auszuziehen. Zwei Minuten später saß ich in der Krankenstation und Sherri Rivergirl, unsere indianische Köchin und Krankenpflegerin, schüttete literweise widerlich riechendes Desinfektionsmittel über große Teile meines Körpers. Oder so kam es mir jedenfalls vor.

»Stinkt, aber hilft!«, versicherte sie mir und hielt die Luft an. Die hatte gut reden – sie war eine Biber-Wandlerin und brauchte in den nächsten 15 Minuten nicht mehr zu atmen!

James Bridger kam herein und ich starrte ihn an. Eigentlich hatte er jetzt Unterricht bei den Schülern des dritten Jahres, wieso war er hier?

»Also, sagst du mir freiwillig, was passiert ist, oder muss ich dich zwingen?«, fragte er. Aha, er war gekommen, um mich zu verhören. Bridger sah ärgerlich aus und seine klugen braunen Augen blickten kühler als sonst. Auf irgendeine Art schmerzte das mehr als meine Verletzungen, weil ich Bridger von allen Lehrern an der Schule am meisten mochte. In der Wildnis hatte ich Kojoten nie besonders leiden können, aber Bridger war in Ordnung und wahrscheinlich hundertmal schlauer als ich. Außerdem lag da manchmal eine Traurigkeit in seinen Augen, die mich an meine eigene erinnerte. Er hatte schon viel Schlimmes erlebt, da war ich mir sicher. Aber er hatte nie aufgegeben.

»Es war ein Duell«, erklärte ich, während Sherri Rivergirl einen Verband um meinen Arm wickelte. »Letzte Nacht.«

Er musste nicht fragen, mit wem. »Hast du gewonnen?«

»Ja. Ich hatte Glück.«

»Ohne Glück geht es nicht.« Ein kleines Lächeln hatte sich auf sein Gesicht geschlichen.

»Werden Sie es Miss Clearwater melden?« Das Herz war mir schwer. Ich wollte nicht in meiner allerersten Zeit auf der Schule schon einen Verweis kassieren.

»Mal sehen«, knurrte Bridger.

Ganz kurz legte er die Hand auf meine gesunde Schulter, bevor er ging. Da wusste ich, dass er mich nicht verraten würde.

Als ich aus der Krankenstation kam, sah ich schon Jeffrey, Tikaani, Cliff und Bo auf Stühlen im Gang davor sitzen. Mürrisch warteten sie darauf, dass sie drankamen. Vier böse Blicke folgten mir, als ich an ihnen vorbeispazierte.

Es waren Holly und Brandon, die nicht dichthielten. Jedenfalls wusste beim Mittagessen schon die halbe Schule, was sich in der Nacht ereignet hatte. Doch niemand schien es schlimm zu finden. Sherri Rivergirl schenkte mir einen freundlichen Blick aus ihren schwarzen Augen und gab mir ungefragt eine doppelte Portion Schokopudding. Alle wollten an meinem Tisch sitzen, Wing schubste Cookie aus dem Weg, um den letzten Platz zu ergattern. Und als ich gerade in meinen Hamburger biss, kam Nimble mit einem breiten Lächeln an meinen Tisch.

»Toll, dass das endlich mal jemand gemacht hat!«, sagte er und zeigte mir den erhobenen Daumen. »Das hatten die so dermaßen verdient!«

»Abscholut«, nuschelte ich mit vollem Mund.

Als ich das nächste Mal von meinem Teller aufschaute, bekam ich einen Schock, denn ich blickte direkt in schöne braune Mädchenaugen. Lous Augen! Sie saß mir gegenüber am Nebentisch. Diesmal sah sie mich nicht vorsichtig oder feindselig an, sondern freundlich. Womit hatte ich das verdient? Ich erfuhr es, als wir unsere Teller zurückgaben.

»Danke, Carag«, wisperte sie, als sie hinter mir in der Schlange stand. »Ich bin froh, dass du's denen gezeigt hast. Die haben viel zu lange gedacht, sie sind die tollsten und stärksten Kerle der Schule. Dabei finde ich es einfach nur schwach, wie sie auf andere Woodwalker runterschauen.«

»Ja, ich auch«, stammelte ich und fühlte, wie mein Gesicht heiß wurde. Es war ungewohnt, auf einmal ein Held zu sein.

Sie seufzte. »Aber denk nicht, dass ich auf einmal Pumas mag. Ihr seid gefährlich, ob ihr wollt oder nicht!«

Natürlich fielen mir die richtig guten Antworten darauf erst eine halbe Stunde später ein. *Aber nur, wenn mein Magen knurrt* zum Beispiel oder *Ach, Wapiti finde ich sowieso nicht lecker* oder *Pumas sind auch Weltklasse im Kuscheln, hast du das schon gewusst?*

Eins stand fest: Ich musste sie irgendwie überzeugen, dass ich nicht gefährlich war!

Am besten überzeugte ich auch gleich ihren Vater, Mr Ellwood. Doch schon beim Gedanken an die anstehende Stunde Verwandlung bei ihm wurde mir flau im Magen.

»Hoffentlich quält der dich nicht wieder«, sagte Holly und griff mit beiden Händen in die Schale mit der Nussmischung, die in der Cafeteria auf dem Tisch stand.

»Du hättest ihn nicht daran erinnern dürfen«, meinte Brandon und verscheuchte eine Fliege, die versuchte, sich auf seine Nase zu setzen. »Carag muss jetzt positiv denken!«

»Hä? *Positiv denken,* was ist das denn für ein Mäusemist?« Holly zog die Augenbrauen hoch, die genauso rotbraun waren wie ihre Haare.

»Das heißt, dass er an Sachen denken sollte, die er gut gemacht hat oder die gut geklappt haben«, erklärte Brandon. »Hilft angeblich.«

»Ich kann daran denken, wie ich Jeffrey besiegt habe«, überlegte ich laut.

»Ob das was nutzt?« Holly kratzte sich am Kopf und senkte die Stimme. »Jetzt mal ehrlich, Jeffrey hätte Hackfleisch aus dir gemacht, wenn Brandon nicht im richtigen Moment aus dem Baum gefallen wäre!«

»Quatsch«, erwiderte ich beleidigt. »Ich hätte es bestimmt auch so geschafft. Trotzdem danke, Brandon, du warst toll.«

»Oh, echt?« Brandon lächelte geschmeichelt.

Wie schon bei den letzten Verwandlungs-Lektionen versammelten wir uns im grünen Innenhof der Schule und setzten uns auf den Boden. Mir war kalt, noch immer tat mir alles weh und ich wünschte, wir hätten einen anderen Lehrer als diesen schrecklichen Mr Ellwood. Es war Zeit für eine ganze Menge positives Denken.

Du hast die Wölfe besiegt, da wirst du dich doch von so einem blöden Huftier nicht einschüchtern lassen, redete ich mir gut zu.

Da kam das blöde Huftier schon, natürlich auf zwei Beinen und wie immer makellos gekleidet.

»Guten Morgen allerseits«, sagte Isidore Ellwood und ließ einen strengen Blick über uns schweifen. Der Blick blieb an mir hängen und es fühlte sich an, als würde er sich wie ein Pfeil durch meine Haut bohren.

»Ich würde sagen, heute fangen wir wieder mit einem unserer Neuen an«, sagte er und mir kam es vor, als würde ich schrumpfen. Doch das war leider nicht die Verwandlung, die heute auf dem Programm stand!

Bevor Mr Ellwood weitersprechen konnte, öffnete sich seitlich von uns eine Tür zum Innenhof. Hindurch stapfte Theo in seiner menschlichen Gestalt. Er hielt auch einen Menschengegenstand in der Hand, ein Telefon.

Neugierig glotzten wir ihn an. Es kam sonst nicht vor, dass der Unterricht unterbrochen wurde, und schon gar nicht durch unseren Hausmeister. Mit gerunzelter Stirn blickte Mr Ellwood ihn an.

»Was ist, Theo?«

»Telefongespräch«, brummte Theo.

»Aber das hat doch Zeit, jetzt haben wir Unterricht!« Mr Ellwood wirkte irritiert. »Sagen Sie bitte, ich rufe später zurück.«

Doch Theo schüttelte den Kopf. Sein verwittertes Gesicht gab nichts preis. »Gespräch für Carag«, sagte er. »Miss Clearwater hat gesagt, er soll drangehen.«

Es war kein schöner Anblick, als Mr Ellwood der Mund offen stehen blieb. Er hatte nämlich arg gelbe Zähne.

»Für mich?«, fragte ich verblüfft.

Theo nickte und winkte mir, ihm nach draußen zu folgen.

Mit steifen Knien stand ich auf, während sämtliche Schüler mich neugierig beobachteten.

Ich konnte mir nicht vorstellen, wer mich während der Unterrichtszeit anrief. Donald oder Anna hätten todsicher bis zum Nachmittag gewartet. Außer, es gab etwas Wichtiges ... War etwas Schlimmes passiert? Ein eisiger Schauer überlief mich.

Als wir im Flur standen, drückte Theo mir das Telefon in die Hand und ließ mich allein. Ich hob das Gerät ans Ohr.

»Ja, bitte?«

Ein leises Lachen. »Du klingst nicht wie ein Held«, sagte eine Männerstimme. Ich erkannte sie sofort. Es war Andrew Milling. Wieso hatte er nicht auf meinem Handy angerufen? Wollte er, dass alle von seinem Anruf erfuhren?

»Wie klingt denn ein Held?«, fragte ich.

»Selbstsicher. Nicht so zittrig.«

Ich öffnete den Mund, um Milling zu erklären, dass ich mit schlechten Nachrichten gerechnet hatte. Aber dann kam etwas anderes heraus. »Ich bin kein Held«, murmelte ich.

»Sagst *du*. Ich finde, es ist eine verdammt gute Leistung, mit vier Wölfen fertig zu werden.«

»Es waren immer nur zwei auf einmal.«

Millings Stimme klang plötzlich ärgerlich. »Bescheidenheit ist keine Tugend, Carag. Steh zu deinem Erfolg.«

»Okay«, sagte ich mit gemischten Gefühlen. Woher wusste er eigentlich, was letzte Nacht gelaufen war? Gut, es wussten inzwischen einige Leute, aber wer von denen hatte sich direkt mit Milling in Verbindung gesetzt? Bridger? Er hatte ja nur versprochen, das Duell nicht der *Schulleitung* zu melden, mehr nicht. Oder war es einer der Schüler gewesen? Aber woher sollten die einen Berglöwen-Wandler wie Milling kennen?

»Wie auch immer, ich bin sehr zufrieden mit deinen Fortschritten in der Schule, Carag«, teilte Milling mir mit.

»Danke, Sir«, sagte ich und im gleichen Moment fiel mir ein, dass ich einen Fehler gemacht hatte.

»Nenn mich Andrew«, kam es dann auch prompt in irritiertem Ton zurück. »Ich würde vorschlagen, wir treffen uns morgen Abend um sieben Uhr im Restaurant meiner Sierra Lodge. Es gibt Dinge, die wir besprechen sollten.«

Dem Ton nach war es kein Vorschlag, sondern ein Befehl. Also verschwendete ich keine Zeit damit zuzustimmen. »Wie soll ich da hinkommen, Andrew?«

»Wenn die Schule dir keinen Fahrer stellt, schicke ich dir einen«, verkündete er kurz. »Also dann, bis morgen.«

Langsam, noch immer ziemlich durcheinander, ließ ich das Telefon sinken und drückte auf den Aus-Knopf. Nur um zu merken, dass Mr Ellwood neben mir stand und mich unwirsch anblickte.

»Also, wer war das?«, fragte er und streckte die Hand nach dem Telefon aus. »Wenn dieser Andrew ein Freund von dir ist, dann sag ihm, er soll gefälligst am Abend anrufen. Ich dulde nicht, dass einer meiner Schüler ...«

»Es war kein Schüler, sondern ein Erwachsener«, versuchte ich zu erklären. »Er heißt Andrew Milling und ...«

Das verschlug meinem Lehrer schon zum zweiten Mal an diesem Tag die Sprache. »Du kennst *Andrew Milling?*«

Als ich nickte, stand in Mr Ellwoods Augen etwas, das ich dort noch nicht gesehen hatte. Etwas wie Respekt. Dabei hatte ich ihm nicht mal erzählt, dass ich mit Andrew Milling sogar zum Essen verabredet war.

Mr Ellwood schluckte. »Gut«, sagte er knapp. »Dann bring das Telefon bitte Miss Clearwater zurück und komm danach gleich wieder in den Innenhof. Wir sollten an deiner Verwandlungstechnik arbeiten, und je eher wir das machen, desto besser.« So freundlich hatte er noch nie mit mir gesprochen.

Ich nickte und machte mich auf den Weg Richtung Direktorat. Beim Gedanken an das Treffen mit Milling war mir unwohl zumute. Aber auch hier schien es mir zu nutzen, ihn zum Mentor zu haben. Und vielleicht würde ich übermorgen endlich erfahren, was genau er von mir wollte.

Das Paket

Die letzte Stunde an diesem Tag war Sei dein Tier und natürlich verwechselte mich Mrs Parker mal wieder.

»Weißt du überhaupt, was Dachse in der Natur fressen?«, fragte sie mich. »Wahrscheinlich bist du nur noch Wurstbrote, Schokolade oder so was gewohnt. Aber das, mein Junge, ist keine natürliche Ernährung!«

»Woher soll ich wissen, was ein Dachs frisst – ich bin keiner!«, antwortete ich verzweifelt. Aber dafür schaute sie mich nur streng an und trug mir eine schlechte Note in ihr kleines schwarzes Büchlein ein. Ich überlegte ernsthaft, ob ich mich verwandeln und in meiner Pumagestalt auf ihr Pult springen sollte, damit sie sich ein für alle Mal merkte, was ich war.

»Haha, ausgerechnet sie muss das sagen«, flüsterte Leroy, mein Sitznachbar, mir zu. »Ich weiß, dass sie sich im Supermarkt immer noch ab und zu eine Dose von ihrem Lieblings-Hundefutter kauft. Heimlich natürlich.«

»Iiiih!« Berta, die in der Nähe saß, hatte mitgehört. Nur leider richtete sie durch ihr Quieken die Aufmerksamkeit der Lehrerin auf sich. Mrs Parker musterte Berta durch ihre dicke Brille.

»Ah, ja, die Ernährung eines Grizzlys. Hast du denn eine Ahnung, Berta, was du tun musst, um in Yellowstone richtig Speck für die Winterruhe anzusetzen? Es kann lebenswichtig sein, dass du weißt, wann wo welche Fressparty stattfindet!«

»Fressparty klingt gut.« Berta grinste. »Was gibt's denn da?«

»Schreib auf!« Mrs Parker deutete auf Bertas Heft. »Von Anfang Mai bis Juli Forellen in den Flüssen um den Yellowstone Lake. Jetzt im September Motten in den Bergen, die musst du zwischen den Steinen rausgraben. Mit etwas Glück kannst du einige Zehntausend am Tag verputzen.«

Das Grinsen fiel Berta aus dem Gesicht. »*Motten?*«

»Sehr fettreich.« Mrs Parker verzog keine Miene.

»Ich mache einfach keine Winterruhe.« Trotzig verschränkte Berta die runden Arme. »Das muss ich nicht! Meine Eltern haben auch nie eine gemacht.«

»Ganz richtig. Weil sie sich immer genug Essen kaufen können«, erklärte Mrs Parker. »Bären in Zoos halten auch keine Winterruhe, weil sie das ganze Jahr über reichlich zu fressen bekommen. Aber du bist ja kein richtiger Bär, sondern ein Woodwalker. Das bedeutet, selbst wenn du ein Mensch bist und dich nicht verwandelst, musst du im Herbst und Winter drauf achten, dass du genug isst. Weißt du, was passiert, wenn du in Menschengestalt in den kalten Monaten versuchst, eine Diät zu machen?«

Berta wurde blass. Nein, dünn war sie nicht, bestimmt hatte sie es schon mal mit einer Diät versucht. »Ich schlafe ein und wache nicht mehr auf?«

»Na ja.« Milde lächelte Mrs Parker sie an. »Nicht mehr aufwachen klingt ein wenig zu dramatisch, nicht wahr? Trotz Diät hast du als Mensch genug Fett am Körper, um locker bis zum Frühjahr zu überleben. Nach ein paar Monaten bist du wieder munter. Nur Weihnachten hast du dann leider verpasst.«

Als es gongte, packte ich rasch meine Sachen.

»Kommst du mit zum Baumhaus am Seeufer?«, fragte Holly. »Das sieht aus wie ein erstklassiger Treffpunkt für uns. Du kannst ja gut klettern, hab ich gestern gesehen. Dorian kommt auch mit.«

»Ja, klar, ich bin dabei!« Ich freute mich, dass sie mich gefragt hatte. Dieses Baumhaus hatte mir von Anfang an gefallen, ich hatte nur noch keine Zeit gehabt, es zu erkunden.

»Ein klitzekleines Problem ist nur, dass ich nicht weiß, ob Schüler aus dem zweiten oder dritten Jahr dort herumlungern«, meinte Holly. »Kann sein, dass die wurmstichigen Nüsse uns wegscheuchen, wenn sie zuerst da sind.«

»Dann nichts wie hin!« Ich packte meinen Rucksack und wollte losstürmen, doch Mrs Parker hielt mich auf. Sie lächelte wohlwollend.

»Was höre ich da? Du bist per Du mit Andrew Milling?«

»Ja, klar«, sagte ich lässig. »Er mag *Pumas* wie mich, müssen Sie wissen.«

»Tatsächlich? Aber ...« Mrs Parkers Lächeln sah nun ein bisschen verwirrt aus. Aber dann fiel endlich der Groschen. »Oh, du bist ja ein Puma, nicht wahr?«

»Genau!« Ich beschloss, Milling in Zukunft brav Mails von mehr als drei Zeilen über meine Fortschritte zu schreiben. Schließlich war es praktisch, dass mein neuer Mentor mir an der Clearwater High so viel Respekt verschaffte.

Ich ging kurz in meinem Zimmer vorbei, um meine Schulsachen dort abzuladen. Und fand einen überglücklichen Brandon vor, der gerade ein Paket von seinem Onkel und seiner Tante auspackte.

»Marshmallows!«, rief er. »Ich liebe Marshmallows!«

»Ich auch«, gestand ich und steckte die Nase in sein Paket. Neben Marshmallows waren auch ein Buch, ein dicker Pullover und acht Tafeln Schokolade drin. »Wow, die verwöhnen dich ja richtig.«

Bestand eine Chance, dass er mir was abgab? Nach Schokolade und Schokoeis war ich süchtig seit diesem denkwürdigen Tag, als meine Mutter mir und meiner Schwester die Stadt gezeigt hatte. Die Art, wie das Zeug auf der Zunge zerging, war einfach göttlich.

»Acht Tafeln, das heißt, ich kann vier behalten«, rechnete Brandon.

»Wieso kannst du nur vier behalten?«, fragte ich erstaunt. »Werden die von den Lehrern beschlagnahmt?«

Brandon blickte mich kummervoll an. »Nee, von denen nicht, aber von ...«

Die Tür flog auf und er brauchte nicht mehr zu antworten. Jeffrey stolzierte herein, gefolgt vom Rest seines Rudels, das an verschiedenen Körperstellen Sherri Rivergirls Verbände trug.

»Soso«, sagte Jeffrey, schnappte sich Brandons Paket und begann, darin herumzuwühlen. »Du hast das bisher nicht gemeldet, aber das wolltest du sicher noch tun, oder, Quadratschädel?«

Ich war so verblüfft, dass mir die Sprache wegblieb – wie kamen die Wölfe dazu, einfach in unser Zimmer reinzuplatzen! Noch erstaunter war ich darüber, dass Brandon nicht protestierte.

»Wollte ich noch machen, Jeffrey, ich schwör's«, sagte er stattdessen. »Das Paket ist gerade erst gekommen, ich hatte noch keine Zeit, euch ...«

Cliff und Tikaani bauten sich neben ihrem Leitwolf auf, während der weiter den Inhalt des Pakets untersuchte. Er zog den Pullover hervor, betrachtete ihn kurz und ließ ihn verächtlich auf den Boden fallen. Dem Buch erging es genauso. Doch als Jeffrey die Schokotafeln entdeckte, breitete sich ein Grinsen auf seinem zerkratzten Gesicht aus. »Ah, das schaut gut aus. Du kennst die Regeln. Halbe-halbe.«

Er zog vier Tafeln heraus. Währenddessen machten sich die anderen Wölfe über die große Marshmallowtüte her. Nachdem sie sich die Münder und Taschen vollgestopft hatten, war die Tüte nicht mehr dick und prall, sondern schlaff und halb leer.

Ich konnte kaum glauben, was hier abging. Anscheinend erpresste das Rudel die anderen Schüler und verlangte von ihnen einen Anteil an jedem Paket, das sie von daheim bekamen! Das war schon unverschämt genug. Doch offensichtlich hatten die Wölfe auch vergessen, dass sie vor sehr kurzer Zeit ein Duell gegen mich verloren und versprochen hatten, mich ab jetzt in Ruhe zu lassen. In meinem Zimmer – meinem Revier! – hatten sie nichts zu suchen. Aber sie taten einfach so, als hätten sie mich nicht bemerkt, und plünderten meinen Freund aus!

Ich stand auf. »Das könnt ihr vergessen«, sagte ich und blickte Jeffrey in die Augen. »Her mit der Schokolade, die gehört Brandon. Und ich habe nichts davon mitbekommen, dass er sie euch geschenkt hat!«

Jeffrey machte keine Anstalten, die Schokolade herauszurücken. Er musterte mich mit leicht schräg gelegtem Kopf und zog eine Augenbraue hoch. Dann lächelte er. »Du kennst die Regeln noch nicht, Kätzchen«, sagte er milde. »Brandon schon. Das ist sein Glück, weißt du?«

»Was habt ihr überhaupt hier zu suchen?«, fauchte ich. »Wisst ihr nicht mehr, was ihr versprochen habt?« Dabei schaute ich die Wolfs-Wandler der Reihe nach an. Tikaani sah entschlossen, fast hasserfüllt drein, Cliff gleichgültig. Bo wich meinem Blick aus.

Aus Jeffreys Lächeln wurde ein breites Grinsen. »Wir haben versprochen, *dich* in Ruhe zu lassen. Aber ist das dein Paket, oder was?«

Er drehte sich um und ging.

Keine Ahnung, warum ich sie nicht aufhielt. Ein echter Held hätte es getan. Hätte sich ihm in den Weg gestellt und ihm seine Beute wieder abgenommen. Aber ich war kein Held, auch wenn die anderen das vielleicht dachten. Und es machte mich fertig, dass sich Brandon überhaupt nicht gewehrt hatte. Meine Güte, er war ein Bison! Eins der stärksten Tiere im ganzen Yellowstone-Gebiet, nein, in den ganzen USA! Nur ein wirklich großes Wolfsrudel konnte sich überhaupt an einen Bison herantrauen, und das auch nur am Ende des Winters, wenn alle Huftiere geschwächt waren von der langen Zeit ohne Nahrung. Brandon hätte diese vier in den Boden trampeln können, wenn er gewollt hätte. Und sich wahrscheinlich damit herausreden können, dass er sich versehentlich verwandelt hatte – das hätte ihm jeder geglaubt, alle wussten von seinen Pannen.

»Wir sollten einem Lehrer Bescheid sagen«, sagte ich wütend, weil die Wölfe mich reingelegt hatten. »So was geht doch nicht! Das ist Erpressung!«

»Nein, bitte mach das nicht.« Brandon wurde noch blasser, als er sowieso schon war. »Das werden sie mitkriegen. Wenn wir petzen, meine ich. Und dann wird alles noch schlimmer.«

»Hm«, machte ich, ohne irgendwas zu versprechen. Vielleicht konnte ich irgendwann mal James Bridger einweihen. Von meinen Paketen würde Jeffrey jedenfalls nicht mal eine winzige Geleebohne abbekommen, so viel stand fest.

»Komm, lass uns zum Baumhaus gehen«, schlug ich vor.

»Okay.« Brandon zockelte wortlos, mit hängendem Kopf, hinter mir her.

Ein riesiger blauer Himmel überspannte die grasbedeckten Lichtungen und Wälder und das Sonnenlicht brachte das goldene und rötliche Laub der Espen und Pappeln zum Leuchten. Tief sog ich die klare, kühle Bergluft ein.

Eine Flötenmelodie schwebte in der Luft und ich schaute mich um, wer spielte. Hey, das war ja Nimble! Er hockte im Schneidersitz mitten in der Wiese und spielte auf einer Flöte, die selbst geschnitzt wirkte. Glücklich sah er dabei aus.

»Ich hätte nie gedacht, dass Kaninchen so tolle Musik machen können«, meinte ich beeindruckt.

»Er ist ja nicht nur ein Kaninchen«, erwiderte Brandon und warf sich ein Maiskorn in den Mund.

»Das stimmt«, sagte ich nachdenklich. Schon oft hatte ich darüber nachgedacht, was ich eigentlich war – ein schlechterer Mensch, weil ich nicht ganz menschlich war und es nie sein konnte? Oder vielleicht doch besser als normale Menschen, weil ich mich verwandeln konnte und selbst in meiner Menschengestalt viel feinere Sinne hatte?

Wir ließen Nimble, der ganz vertieft war in seine Musik, in Ruhe und gingen weiter in Richtung des Sees.

Wir haben es geschafft!, brüllte Holly mir schon aus der Entfernung entgegen und turnte in ihrer Rothörnchengestalt am Baumhaus herum. *Das hier ist jetzt unser Revier, die anderen haben gesagt, sie gehen lieber zum Fluss!*

Gut gemacht, antwortete ich und blickte hoch zu der aus Brettern gebauten Bude, die in etwa fünf Metern Höhe in einer Kiefer thronte. Holly flitzte übers Dach und schubste mit ihren winzigen Pfoten eine Strickleiter zu uns herunter.

Kommt doch hoch!

»Danke, nein«, gab Brandon knapp zurück. »Ich hab genug von der blöden Kletterei.« Er ließ sich am Fuß des Baumhauses nieder und holte ein Buch aus einer der vielen Taschen seiner khakifarbenen Hose.

»Wer genau braucht die Leiter?«, rief ich nach oben. Ich verwandelte mich, grub meine Krallen in die Rinde und war in Sekunden auf der Plattform, obwohl meine verletzte Vorderpfote dabei wehtat. Dort lag schon Dorian und genoss die warme Septembersonne. In seiner zweiten Gestalt war er ein wirklich schöner Kater mit graublauem Fell. Mit einem Nasenstupser begrüßte ich ihn und schaute mir das Innere der Hütte an, in der ein Sofa und ein kleines Regal standen. Es roch ein bisschen muffig, war aber gemütlich hier drinnen. Vielleicht konnte das so was wie unser Clubhaus werden? Wenn Holly immer dafür sorgte, dass die Leiter oben blieb, konnten die Wölfe nicht hier hoch. Hundeartige Wesen können nämlich nicht klettern.

Ich erzählte Holly und Dorian, was gerade in Brandons und meinem Zimmer passiert war. Aufgebracht lief Holly auf dem Geländer hin und her, das jemand aus knorrigen Ästen zusammengestückelt hatte.

Hab von diesem Mist gehört! Wir könnten unsere Pakete hier oben in Sicherheit bringen. Dann kommen diese miesen Dackelsöhne nicht dran.

Dackelsöhne? Dorian rollte sich vor Vergnügen auf dem Boden herum und boxte mit den blaugrauen Pfoten in die Luft. *Wenn die das hören, reißen sie dir jedes Haar einzeln aus!*

Wie weit reicht eigentlich diese Gedankensprache?, fragte ich Holly unsicher.

Keine Sorge, nicht sehr weit, nur zwanzig Meter, erwiderte sie. *Außer man flüstert, dann ist es nur ein Meter oder so. Oder man ruft weit, das geht auch, dann etwa einen Kilometer. So haben sie mich neulich im Tierheim gefunden!*

Sie hüpfte auf meinen Rücken und turnte auf mir herum. Ihre winzigen Pfoten kitzelten auf meinem Rückgrat und ich machte einen Buckel, um sie abzuschütteln. Kichernd rannte sie zu meinem Kopf und hielt sich an meinen Ohren fest.

Oh ja, noch mal Rodeo, das ist lustig!

Vergiss es. Zehn Sekunden später hatte ich sie zwischen den Zähnen – natürlich ohne zuzudrücken. Es fühlte sich lustig an, wie sie in meinem Maul zappelte.

Lass mich sofort los, du Stinkekater, schimpfte Holly und ich öffnete das Maul, bevor ich richtig Appetit bekam.

Von hoch oben sah ich, dass im Grasland am Fluss ein junges Wapitiweibchen weidete. Ich wusste sofort, wer es war, und mir wurde warm durch und durch. Aber wieso war Lou ohne ihre Freunde Viola, Cookie und Wing unterwegs? War sie gerade traurig, wollte sie allein sein? Sollte ich vielleicht hingehen und mit ihr reden, einfach so? Oder war das ... Au! Dorian hatte begonnen, meine Schwanzspitze zu jagen!

Damit war erst mal eine kleine Rauferei fällig, und als ich wieder nach draußen blickte, war Lou verschwunden.

Kronprinz

Bill Brighteye sah aus, als würde er gerade verzweifeln. »Du bist ein Bison, verdammt! Setz deine Kraft ein! Los, greif jetzt endlich an!«

Aber ... das geht doch nicht, ich könnte etwas kaputt machen, sagte Brandon und blieb stehen, wo er war, alle vier Hufe in den Boden gestemmt. *Oder jemandem wehtun!*

»Glaub mir, ich kann mich wehren.« Geschmeidig wechselte Brighteye in seine Wolfsgestalt und baute sich vor ihm auf. *Los, mach mich fertig!*

Es half nichts. Brandon traute sich nicht.

»Das geht so nicht weiter«, flüsterte Holly mir zu. »Er wird miese Noten bekommen in diesem Fach und was ist mit der Zwischenprüfung im Dezember?« Wer bei der durchfiel, kam nicht weiter.

»Vielleicht sollten wir mit ihm üben«, flüsterte ich zurück. Brandon musste lernen, dass es Spaß machte, wild zu sein!

»Ich überleg mir was.« Hollys verschmitzte Augen leuchteten auf.

»Jetzt alle verwandeln, bitte«, sagte unser junger Kampflehrer und klatschte in die Hände.

Ich ließ mich in meine Pumagestalt gleiten, obwohl ich noch nicht wieder mitmachen konnte, meine Vorderpfote war noch nicht verheilt. Dafür zeigte mir Bill Brighteye, wie man ein

Stachelschwein jagt, ohne danach auszusehen, als wäre man mit dem Gesicht in ein Mikadospiel gefallen. Ich war gut darin, die Übung nachzumachen. Aber als ich sah, wie Lou mich mit ihren großen dunklen Wapitiaugen anschaute, tat mir das sofort leid. Eulendreck, ich wollte doch ungefährlich wirken!

Zum Glück fiel mir etwas ein. Nell hockte gerade als Maus neben mir und war so winzig, dass meine Pfote sie völlig bedeckt hätte. Andere Raubtiere hätten vielleicht angefangen zu rechnen, wie viele dieser kleinen Leckerlis für eine Vorspeise reichen würden. Aber nicht ich, natürlich nicht. Ich schleckte ihr nur liebevoll übers Fell.

Zack! Nell verwandelte sich zurück. Und versetzte mir einen Faustschlag auf die Katzennase.

»Behalt deine Spucke für dich, du Waschlappen!«

Sorry, gab ich kleinlaut zurück.

Zum Glück hatten die anderen nicht viel Zeit, das Ganze irre witzig zu finden, denn jetzt wurden die Kampfpaare zusammengestellt.

»Nell, du trittst gegen Dorian an«, kommandierte Bill Brighteye.

Wir starrten ihn alle an. Moment mal, eine Maus gegen eine Katze? Ich konnte mir nicht vorstellen, dass dieser Kampf lange dauern würde, denn Nell würde fliehen müssen und viele Versteckmöglichkeiten gab es im Kampfraum nicht. Doch Brighteye winkte die beiden schon die Mitte.

»Also los, *action* bitte.«

Dorian hatte sich schon verwandelt. Er sah aus, als freue er sich richtig auf den Kampf. Während er an Nell heranschlich, begann seine Schwanzspitze zu zucken. Hoffentlich machte er nicht ernst, wenn das Tier in ihm zu stark wurde. Sherri Rivergirl hatte in der Krankenstation genug Arbeit gehabt in letzter Zeit.

Aber dann stutzte Dorian – Nell floh nicht. Stattdessen richtete sie sich auf die Hinterbeine auf und blickte ihm kampflustig entgegen. Als Dorian sich verdutzt einen weiteren Schritt näherte, schoss die Maus ein Stück vor – und der Kater wich zurück! Sobald er sich erneut heranwagte, griff Nell ein zweites Mal an. Halbherzig angelte Dorian mit der Pfote nach ihr. Nell wich mühelos aus und verschwand dann schnell wie der Blitz in Violas Schultasche.

»Prima, reicht schon«, sagte Bill Brighteye. »Nell – Note eins. Du hast genau richtig reagiert, nämlich so, wie dein Gegner es nicht erwartet hat. Dadurch hast du ihn eingeschüchtert und Zeit für die Flucht gewonnen. Es funktioniert nicht bei allen Katzen, aber einen Versuch kann es wert sein, vor allem, wenn du schon verletzt bist und nichts zu verlieren hast.«

Nell, die Maus, nickte und sah ihn mit ihren blanken schwarzen Äuglein an. Kein Wunder, dass sie schon so lange überlebt hatte – darin war sie richtig gut!

Brighteye wandte sich Dorian zu. »Das war leider eine glatte Fünf. Man merkt, dass du dich von Dosenkaviar ernährt hast.«

Meistens war es Gänseleberpastete, brummte Dorian. Alle konnten sehen, wie sauer er war. Sein aufgeplusterter Schwanz hätte jedem Eichhörnchen Ehre gemacht.

Vielleicht hättest du öfter mal Tom und Jerry schauen sollen – dann hättest du gewusst, dass der Kater nicht immer gewinnt, neckte ihn Leroy, der Skunk.

Dorian fauchte ihn an. Erschrocken gingen wir alle in Deckung, aber Leroy lachte nur. Puh, gerade noch mal gut gegangen. Ich hatte gehört, dass man den Gestank tagelang nicht wegbekam, wenn man von einer Skunksalve getroffen worden war.

Als Nächstes standen menschliche Kampftechniken auf dem Programm – Bill Brighteye legte Wert darauf, dass wir uns in jeder Gestalt verteidigen konnten. Er übte mit uns einen Mix aus Karate, Taekwondo und anderen Selbstverteidigungstechniken, bis wir stöhnend und schwitzend auf dem Boden lagen.

»Endlich überstanden«, seufzte Brandon, als der Kampfunterricht vorbei war, und gönnte sich gleich zwei Maiskörner auf einmal. »Jetzt haben wir Mathe und Physik, juchhu!«

Ich stöhnte. Er war ein Ass in diesen Fächern, mir dagegen fiel die ganze Rechnerei nicht leicht. In Geschichte und Geografie, in denen wir Bill Brighteye hatten, war ich deutlich besser. »Darf ich später das Arbeitsblatt abschreiben?«

»Na klar«, sagte Brandon großmütig.

Heute hatte ich Mühe, mich auf den Unterricht zu konzentrieren, denn ich musste immer an das Treffen mit Andrew

Milling am Abend denken. Wie hatte es Milling geschafft, so bekannt und erfolgreich zu werden in einer Welt, in der er ein Fremder war? Vielleicht war er eine Art Geheimagent wie James Bond, dessen Filme Bill Brighteye angeblich sammelte und alle schon zehnmal gesehen hatte.

Nach Unterrichtsende verbrachte ich den Nachmittag mit Holly, Dorian und Brandon im Baumhaus, doch das brachte mich nicht auf andere Gedanken, weil die anderen ständig über meinen tollen Mentor reden wollten.

Wie viele Swimmingpools hat dieser Milling eigentlich?, wollte Holly wissen.

Keine Ahnung, erwiderte ich genervt. *Frag ihn doch selbst!*

Ach, sei kein feuchter Keks! Sie versuchte, mich an den Ohren zu ziehen. Schnell schüttelte ich den Kopf und sie flog im hohen Bogen Richtung Geländer. An dem sie gleich ein paar Klimmzüge machte.

Wenn dieser Milling so viel Kohle hat, kann er doch mal was für die Clearwater High spenden, schlug Dorian vor, der inzwischen seine Niederlage gegen Nell überwunden hatte und wieder guter Laune war.

Hat er bestimmt schon, meinte ich und ließ meine Pranken halb über die Plattform hängen.

Ist er wirklich berühmt?, wollte Brandon wissen. Er weidete unter dem Baumhaus und schreckte alle ab, die dachten, sie könnten uns ohne Einladung Gesellschaft leisten.

Vielleicht auch nur reich, wich ich aus.

Was ist, wenn er dich adoptieren will?, johlte Holly in meinem Kopf. *Dann wohnst du ruckzuck in einem voll krassen Schloss und hast einen eigenen Butler und wir müssen einen Termin mit dir machen, wenn wir dich besuchen wollen!*

Ich hatte keine Ahnung, was ein Butler war, wollte aber nicht

fragen. *Ihr spinnt ja alle,* sagte ich und sprang mit einem großen Satz über das Geländer und vom Baum herunter, weil ich
mich für das Abendessen duschen und umziehen musste.

Mit klopfendem Herzen wartete ich einige Zeit später auf den
Fahrer, den mir Andrew Milling schicken wollte. Es war eine sehr schlanke, wortkarge Frau, an der ich die Wandlerin
spürte. Als sie sich zu mir umwandte und mir sagte, ich solle
mich anschnallen, sah ich, dass sie sich teilverwandelt hatte.
Ihre Zunge war gespalten und flitschte hin und wieder aus
ihrem Mund. Es sah seltsam aus, unheimlich irgendwie. Eine
Gänsehaut überzog meine Arme und ich war froh, dass die
Schlangen-Frau keine Lust zu haben schien, sich mit mir zu
unterhalten.

Die Sierra Lodge war ein großes Ranchhaus aus Holz und
grauem Naturstein, das von einigen Blockhütten umgeben war,
in denen wohl Hotelgäste lebten. Sie lag am Fuß der Berge und
durch die riesigen Panoramafenster im Hauptraum hatte man
eine irre Aussicht über die Grand Tetons, deren Gipfel jetzt im
September ihren ersten weißen Überzug bekamen. Ein paar Gäste in teuren Wanderstiefeln lungerten vor dem aus Granit ge-
mauerten Kamin herum, der fast so groß war wie die Eingangs-
tür der Clearwater High. Das Feuer war angenehm warm, aber
es roch fürchterlich nach Waldbrand und ich hielt mich von den
Flammen fern. Feuer hatte ich nie gemocht, und wenn die Jungs
in meiner alten Schule vom Marshmallows-über-dem-Lagerfeu-
er-Rösten schwärmten, hatte ich meistens nichts gesagt.

Zwischen all diesen Menschen ließ die Schlangen-Wandlerin
den Mund lieber zu. Sie führte mich in den Essbereich der
Lodge, einen mit gemütlichen Holzmöbeln eingerichteten und
von Stehlampen erhellten Raum.

Ich witterte Andrew Milling, bevor ich ihn sah. Er hatte einen ganz eigenen Geruch – den Geruch eines dominanten Männchens, vor dem man sich besser in Acht nahm, weil es mehr als fähig war, sein Revier zu verteidigen.

»Ah, Carag«, begrüßte er mich beiläufig, aber herzlich.

»Hallo, Andrew«, sagte ich und blickte ihm in die Augen, weil ich wusste, dass er Unterwürfigkeit nicht mochte.

»Ein Bier gefällig?«, fragte er lächelnd. »Der Bedienung sagen wir einfach, es ist für mich.«

Irgendwie war ich neugierig, wie das Zeug schmeckte. Aber dann erinnerte ich mich an Bridgers Geschichte, wie er sich mal unabsichtlich unter den Tisch gesoffen und so erfahren hatte, dass Woodwalker viel weniger Alkohol vertrugen als Menschen. Also schüttelte ich den Kopf. An Millings beifälligem Nicken sah ich, dass es ein Test gewesen war und ich bestanden hatte.

»Es ist immer gut, einen klaren Kopf zu behalten«, sagte er. Obwohl er damals Donalds Whiskey gelobt hatte, hatte er jetzt nur ein Glas Wasser vor sich stehen.

Eine hübsche Bedienung scharwenzelte um mich herum, nahm mir die Jacke ab, fragte mich, was ich trinken wollte, drückte mir eine Speisekarte in die Hand, stellte mir ein Schälchen mit Speckdatteln hin. Ich war froh, als sie abzog. Es war lästig, wie ein Kronprinz behandelt zu werden. Einen Moment lang verschanzte ich mich hinter der Speisekarte und zuckte zusammen, als ich dort etwas von »Bisonsteak« las. Nein, ich würde nie wieder Bison essen. Hirsch sicher auch nicht. Rinder kannte ich zum Glück keine persönlich.

»Wieso hast du dir das Taschenmesser abnehmen lassen?«, fragte Milling plötzlich.

Mein Kopf fuhr hoch, ich konnte es nicht verhindern. Woher

wusste er, dass Marlon das Messer beschlagnahmt hatte, diesen angeblichen Wettbewerbsgewinn? »Er hat mir gedroht, mich anzuschwärzen«, sagte ich schließlich. »Das wollte ich nicht.«

»Du holst es dir sicher zurück, oder?«

»Irgendwann«, wich ich aus.

»Hast du dich mal gefragt, wie ich der geworden bin, der ich bin?« Andrew Milling lehnte sich in seinem Stuhl zurück, ein sehniger, zäher Mann mit durchdringenden dunklen Augen. Seine Finger spielten mit einem Pfefferstreuer. »Ursprünglich war ich nämlich weder reich noch berühmt.«

»Was waren Sie zu Anfang von Beruf?« Es interessierte mich und natürlich wusste ich, dass die anderen mich darüber ausfragen würden.

Milling lachte. »Du willst nicht wissen, wie man reich wird? Da gehörst du zu einer sehr kleinen Minderheit!«

»Macht doch nichts, oder?« Verlegen nahm ich mir eine Speckdattel.

Milling lächelte, aber es war ein seltsames Lächeln, fast eine Grimasse. Gruselig. »Nein, und es hat mit der Geschichte, die du heute hören sollst, auch nicht viel zu tun.«

Dann begann er zu erzählen.

Das Herz auf dem Teller

Aufgewachsen bin ich in einer Mietwohnung am Rand einer Kleinstadt«, fing Milling an. »Ich bekam nur Kleidung aus dem Secondhandladen, alles Sachen, die andere gespendet hatten. Dass wir zwar genug zu essen, aber wenig Geld hatten, lag daran, dass mein Vater so oft nachts jagen ging. Er hatte einen richtigen Killerinstinkt. Ja, den hatte er. Wenn er nichts anderes fand, riss er auch mal einen Haushund in der Nachbarschaft. Nicht schade um die Kläffer.« Milling blickte verächtlich drein. »Nur leider war er dadurch tagsüber oft müde. Er wurde von seinem Job als Holzfäller gefeuert, fand keine neue Arbeit und begann zu saufen. Das hat ihn ziemlich schnell umgebracht.«

Ich nickte, fast ohne es zu merken. Deshalb also mochte er es nicht, wenn jemand trank. »War auch Ihre ... äh, deine Mutter eine Gestalt-Wandlerin?«

Milling nickte. »Aber sie hat sich selten verwandelt. Wozu auch? In der Gegend, in der wir lebten, machte das wenig Spaß. Mich zog es immer nach draußen, in den Wald, in die Sierra Nevada, obwohl ich dorthin nur per Anhalter gekommen bin. Dort machte ich Fotos mit meiner alten Kamera, die ständig kaputt war. Filme auch. Ich wollte unbedingt Naturfilmer werden.«

Er streute sich ein wenig Pfeffer auf die Handfläche und

leckte das Ganze ab. Ich starrte ihn an. Das musste furchtbar gebrannt haben! Doch Milling verzog keine Miene. Er beobachtete mich nicht mehr, sondern starrte an die Blockhaus-Wand des Restaurants. »Das bin ich auch geworden. Naturfilmer. Kein Job, mit dem man die Riesenkohle machen kann. Allerdings war ich in der Natur. Konnte mich hin und wieder verwandeln, ohne Ärger zu bekommen.«

»Aber ...«, begann ich. Wie in aller Welt war er vom Naturfilmer zum einflussreichsten Mann des ganzen Westens geworden? Selbst mit den sensationellsten Aufnahmen hätte er das nicht geschafft.

Unser Essen wurde gebracht und sofort verstummten wir beide. Was hier besprochen wurde, durfte buchstäblich kein Mensch hören. Es war auch sicher kein Zufall, dass alle Tische um uns herum *Reserviert*-Schilder trugen und leer waren. Milling würdigte die Bedienung keines Blickes, während sie ihm nachschenkte und einen Teller vor ihn hinstellte. Dann sagte er knapp: »Jetzt halten Sie sich bitte fern. Bis wir fertig sind.«

Ich schnupperte unauffällig, um festzustellen, was das auf seinem Teller war. Aha, drei Scheiben Rinderherz, leicht angebraten, ungewürzt. Sah lecker aus.

Doch er beachtete das Essen nicht, nahm nicht mal sein Besteck in die Hand. Stattdessen starrte er weiter auf die Wand. Seine Stimme war leise geworden. »Bei einem meiner Jobs lernte ich eine der Filmproduzentinnen kennen, eine junge blonde Frau mit grünen Augen. Evelyn war schön, aber ziemlich kratzbürstig. Ich war begeistert, als sich herausstellte, dass sie ein Berglöwen-Wandler war, so wie ich. Sie stammte von Vancouver Island – die Woodwalker dort sind für ihr Temperament berüchtigt. Innerhalb von ein paar Tagen war ich bis über sämtliche Tasthaare in sie verliebt. Aber ich brauchte eine

Weile, um sie zu erobern, weil sie schon einen Freund hatte.«
Einen Moment lang schwebte ein Lächeln auf seinen Lippen.
»Doch schließlich hatte ich es geschafft. Wir waren verliebt
und sehr glücklich zusammen.«

»Das ist schön«, sagte ich und spürte, dass ich rote Ohren
bekommen hatte. Wieso erzählte er mir so private Sachen?

»Als unsere Tochter June geboren wurde, waren wir noch
glücklicher«, redete Milling weiter. »Wir zogen nach Jackson
Hole, weil Evelyn genug von Los Angeles hatte und in die
Berge wollte. Sie war ganz verrückt nach Schnee, sie und June
tollten oft darin herum. Auch oft in ihrer zweiten Gestalt.«

Erschrocken sah ich, dass seine Augen feucht schimmerten.
Spätestens jetzt ahnte ich, dass diese Geschichte kein gutes
Ende nehmen würde.

»Es war ein sonniger November damals vor acht Jahren.«
Millings Stimme war leise und rau. »Ich musste los zu einem
Filmauftrag, aber June und Evelyn wollten raus in den Schnee.
Bleibt bloß im Nationalpark, warnte ich sie, *es ist gerade Jagdsaison.* Aber sie waren so übermütig, haben sich so sehr über
das gute Wetter gefreut. Vielleicht sind sie unvorsichtig geworden.«

Oh nein, ging es mir durch den Kopf. Jetzt wurde auch mein
Essen auf dem Teller kalt.

»Als sie nicht zurückkamen, war ich natürlich in Panik. Ich
ging sie suchen, forschte nach, nichts. Aber dann habe ich sie
doch noch entdeckt.«

Milling hatte sich mir wieder zugewandt. Sein Blick war
furchterregend.

»Ich fand sie auf der Homepage eines Jagdveranstalters«, fuhr
er fort. »Ein Jäger hielt Evelyns toten Körper hoch, er hatte ihn
unter den Achseln gepackt, damit man sehen konnte, wie groß

sie war. Seine Trophäe. Im Hintergrund konnte ich sehen, dass dort etwas Braunes lag – meine tote Tochter.« Seine Hände ballten sich auf dem Tisch zu Fäusten. »Am liebsten hätte ich diesem Jäger das stolze Lächeln aus dem Gesicht gerissen. Ich habe meinen Computer zertrümmert, mit einem Schlag. Aber das reichte natürlich nicht.«

Erschrocken sah ich, dass er sich teilverwandelt hatte. Seine Krallenfinger zogen tiefe Spuren durch den Holztisch.

Eigentlich wollte ich nicht hören, wie es weiterging, aber er erzählte es mir trotzdem.

»Ich habe versucht, ihre Körper zurückzubekommen, aber der Jäger hatte nur die Felle behalten. Das eine kaufte ich ihm ab. Für das andere, das meiner Tochter, hatte ich nicht genügend Geld. Verstehst du? Er wollte es mir nicht geben! Ich weiß heute noch, was dieser Mensch gesagt hat: *Schieß dir doch selbst so 'n Katzenvieh.*«

Mir war sehr kalt, obwohl im großen Vorraum das Kaminfeuer prasselte.

Bisher hatte Andrew Milling seinen Teller nicht angerührt. Doch jetzt schlug er zu, griff sich die Stücke Herz und stopfte sie sich in den Mund, der fast ein Maul geworden war in den letzten Minuten. Sein scharfes Raubtiergebiss riss und zerrte an dem Fleisch und seine Augen loderten dabei. Das sah man sogar durch seine gefärbten Kontaktlinsen hindurch.

Am liebsten wäre ich mit dem Stuhl ein Stück nach hinten gerückt, weg von ihm.

»Von diesem Tage an wollte ich ihnen schaden, sosehr ich konnte«, fuhr Andrew Milling fort, nachdem er das Fleisch verschlungen hatte. »Aber dafür musste ich reich und mächtig werden. So mächtig, dass niemand mich mehr aufhalten konnte. Erst recht nicht wegen einer Kleinigkeit wie Geld.« Er grinste freudlos. »Tja, das hab ich geschafft. Man kann eine Menge schaffen, wenn man all seine Energie in etwas steckt. Wenn man jeden wachen Moment an seinem Plan arbeitet und an nichts anderes denkt. Talent zum Geldverdienen hatte ich schon als Kind, das war nicht das Problem.«

Ich konnte mir denken, wen Andrew mit *ihnen* meinte. Die Menschen. Wie furchtbar er sie alle hassen musste. »Was ist mit dem Jäger passiert?«, fragte ich mit Lippen, die sich taub anfühlten.

»Er wurde später im Wald gefunden«, sagte Milling kurz und ich wusste Bescheid.

Abwesend holte Milling einen Schokoriegel aus seiner Hemdtasche, verschlang ihn mit zwei Bissen und ließ die leere Plastikhülle auf seinen Teller fallen. »Als ich diesen Artikel gelesen habe, über den Berglöwen auf dem Campingplatz ... da ahnte ich irgendwie, dass das kein normales Tier gewesen war, sondern ein Woodwalker. Ein Woodwalker, der vielleicht denkt wie ich. Über die Menschen. Also habe ich herausgefunden, wer dieser Berglöwen-Wandler ist, und mich mit ihm – mit dir – getroffen.«

Also doch! Es war dieser missglückte Jagdversuch gewesen!

»Ich ...«, begann ich, ohne richtig zu wissen, was ich sagen wollte. Vielleicht etwas wie: *Du irrst dich. Ich hasse die Menschen nicht. Ich habe keinen von ihnen angegriffen. Das hat nur jemand falsch verstanden.*

Doch Milling ließ mich nicht ausreden. Auf einmal lächelte er wieder, ein mitfühlendes Lächeln, das mir einen Schauer über den Rücken jagte. »Dann hast du mir etwas über deine Familie erzählt und ich war ganz sicher, dass wir ein Schicksal teilen. Es ist ein schlechtes Zeichen, dass du sie nicht finden konntest, fürchte ich.«

»Nein!« Plötzlich war ich auf den Füßen. Hinter mir polterte der Stuhl auf den Boden, aber ich nahm es kaum wahr. »Sie sind bestimmt nur abgewandert!«, brüllte ich Milling an. »Die haben sich ein anderes Revier gesucht! Sie sind nicht tot!«

Ohne mich noch einmal umzublicken, rannte ich nach draußen. Durch die große Halle mit dem Kaminfeuer, aus den schweren, geschnitzten Eingangstüren, über den Parkplatz, auf dem schwere Geländewagen darauf warteten, dass ihre Besitzer zurückkamen.

»Der hat's aber eilig«, hörte ich irgendjemanden sagen, aber ich schaute mich nicht um.

Erst kurz vor Mitternacht war ich zurück an der Clearwater High.

Spione

Natürlich waren noch einige Schüler wach, manche von uns waren ja nachtaktiv oder brauchten wenig Schlaf. Deshalb durfte an der Clearwater High jeder so lange aufbleiben, wie er wollte, solange er am nächsten Morgen zum Unterricht aufkreuzte. Als ich die letzten Meter zum Gebäude rannte, sah ich Trudy, die Eulen-Wandlerin, auf weichen Schwingen über mich hinwegfliegen. Sie sagte nicht mal Hallo, aber ich war ganz froh, dass sie mich nicht anquatschte. Ich war so durcheinander, dass ich jetzt mit *niemandem* reden wollte. Doch gerade, als ich die felsige Außenwand der Schule hochklettern wollte zu meinem Zimmer, bemerkte ich den massigen Schatten, der in der Nähe des Eingangs herumstand. Ein Schatten mit Schaufelgeweih.

Du bist zu Fuß zurückgegangen? Theos brummige Stimme in meinem Kopf. *Hatte die Karre von denen etwa 'ne Panne?*

Nein, nein, ich brauchte ... nur ein bisschen ... äh, Bewegung, schickte ich zurück.

Bevor Theo noch mehr Fragen stellen konnte, rannte ich in meiner Pumagestalt über die Felsen hoch bis zu meinem Zimmer. Zum Glück hatte Brandon das Fenster ein Stück offen gelassen. Ich kroch unter meine Decke und versuchte, mit dem Zittern aufzuhören. Null Chance.

In dieser Nacht tanzten Dämonen durch meinen Kopf, wie

Anna es ausgedrückt hätte. Ich fröstelte, wenn ich daran dachte, mit welcher Wildheit und welchem Hass Milling das Fleisch zerrissen hatte – so, als wäre es das Herz eines Menschen da vor ihm auf dem Teller. Wie viele Menschen hatte er wohl schon getötet, mit Absicht? War er ein Mörder oder etwas noch Schlimmeres?

Aber irgendwie konnte ich ihn auch verstehen. Ich dachte an seine furchtbare Geschichte und dann an meine eigene Familie. Ihnen darf nichts passiert sein!, sagte ich mir immer wieder, während ich mich unter meine weiche Decke kuschelte. Mia ist in Sicherheit, irgendwo in den Rocky Mountains.

Aber wieso hatten sie und meine Eltern sich nicht ein einziges Mal bei mir gemeldet? War ihre Wut auf mich immer noch nicht verraucht? Hatten sie mit Absicht die Gegend verlassen, damit sie ihren verstoßenen Sohn – das war wohl ich – möglichst gründlich vergessen konnten? Ein paar Tage lang hatte ich kaum an sie gedacht, es war einfach zu viel los gewesen, doch jetzt vermisste ich sie wieder so heftig wie sonst.

Als es Zeit war aufzustehen, sprühte Brandon natürlich die Neugier aus den Augen. »Na, wie war's?«, fragte er, während er sich eins seiner üblichen schwarzen T-Shirts überstreifte. »Hat er dich adoptiert und dir einen silbernen Mercedes geschenkt?«

»Seh ich so aus, als bräuchte ich einen silbernen Mercedes?«, brachte ich irgendwie heraus und schlurfte in den Waschraum wie ein Bär, der gerade aus der Winterruhe erwacht war. Nicht mal mit Brandon wollte ich darüber reden, was gestern passiert war. Denn es kam mir sehr, sehr komisch vor, dass Andrew Milling so viel von dem wusste, was mit mir so los war. Wie hatte er mitbekommen, dass Marlon mir das Messer abgenommen hatte? Anscheinend hatte er mir irgendwie bei den Ralstons nachspioniert. Aber auch darüber, was in der Schule geschah, wusste er eine Menge. Mir war ebenfalls wieder eingefallen, dass in seiner Mail komische Sätze gestanden hatten. Dass eine Freundschaft mit kleinen Beutetieren keine gute Idee wäre, zum Beispiel. Konnte er gewusst haben, dass ich Holly mochte? Und dann dieser letzte Satz, auch seltsam: *Ich wünsche dir, dass du genug Schlaf bekommst!* Das war direkt nach Brandons erster nächtlicher Ich-galoppiere-über-die-Prärie-Aktion gewesen. Hatte Milling etwa davon erfahren? Hatte er seine Spione überall?

Nein, es ist bestimmt nicht Brandon, der ihm alles erzählt, tröstete ich mich. In dieser ersten Nacht war irgendwas vor dem Fenster gewesen – etwas, was ihn erschreckt hatte. Und ich hatte eine kleine Gestalt weghuschen sehen. Der Spion musste also ein kleines Tier sein!

Furchtbar niedergeschlagen wusch ich mich mit so wenig Wasser, wie es ging. War *Holly* die Verräterin? Sie war klein und flink, sie hätte vor unserem Fenster auf der Lauer liegen können. Ich hatte niemanden gewittert, aber das hatte sicher an der Windrichtung gelegen.

»Erzähl!«, drängte mich ebendiese Holly gut gelaunt beim Frühstück. »War Milling nett zu dir?«

Ich wusste nicht, was ich darauf antworten sollte. Ja, eigentlich war er nett gewesen, aber er hatte mir auch eine Höllenangst gemacht. Noch war ich nicht bereit, darüber zu sprechen. Wenn ich es Holly erzählte, dann wusste es in kürzester Zeit die ganze Schule. Selbst wenn sie keine Spionin war.

»Ah – hat er gesagt, dass du alles geheim halten sollst, was er mit dir beredet?« Dorian hing wie immer lässig in seinem Stuhl. Er war der Einzige von uns, der Kaffee trank wie ein Erwachsener. Keine Ahnung, was er und die meisten Menschen an der bitteren Plörre fanden.

»Ja, genau«, sagte ich erleichtert und damit war die Fragerunde erst mal beendet. Ich war froh, dass auch die Wölfe mich heute ignorierten. Sie saßen wie immer an einem Tisch zusammen, stahlen sich gegenseitig die Frühstückswürstchen vom Teller, warfen sie hoch und fingen sie mit dem Mund auf. Dadurch kamen sie nicht dazu, andere Woodwalker zu belästigen. Wing, das Rabenmädchen, saß bei ihnen und schnappte ihnen ein Stück Wurst weg. Doch Jeffrey und Co. waren nicht sauer, sie lachten nur. Mit den Raben kamen die Wölfe prima aus.

Unsere erste Stunde war Geschichte bei Bill Brighteye. Sie rauschte einfach an mir vorbei. Danach hatte ich keine Ahnung, ob es um den Amerikanischen Bürgerkrieg gegangen war oder um die alten Ägypter. Anschließend hatten wir Biologie bei Lissa Clearwater persönlich. Sie nickte mir lächelnd zu und irgendwie schaffte ich es zurückzulächeln. Ihr konnte ich davon erzählen, was passiert war! Dass Andrew Milling gefährlich war. Dass er entschlossen war, so vielen Menschen wie möglich zu schaden, und anscheinend irgendetwas in dieser Richtung plante. Sie würde mir glauben und sie würde wissen, was zu tun war – sie hatte einen messerscharfen Verstand.

Nach der Stunde wartete ich, bis alle anderen in die Pause abgerauscht waren.

Lissa Clearwater packte ihre Unterlagen zusammen. Ich wusste, dass sie gleich draußen die Fliegerstaffel der Schule unterrichten würde – Trudy, die Rabengeschwister aus meiner Klasse, eine Elster aus dem zweiten Schuljahr und einen Steinadler aus dem dritten. Wieder lächelte sie mir zu, als sie sah, dass ich als Einziger im Klassenzimmer geblieben war.

»Ja, Carag? War es gut mit Andrew Milling gestern? Du kannst wirklich froh sein, einen solchen Mentor zu haben, so viel Glück haben die anderen Schüler nicht!«

Das, was ich hatte sagen wollen, stellte sich in meiner Kehle quer.

»Kann sein«, brachte ich schließlich heraus. »Aber haben Sie gewusst, wie sehr er Menschen hasst?«

»Er mag sie nicht besonders, das stimmt.« Lissa Clearwater schob ihre Bücher in ihre alte, abgewetzte Umhängetasche. »Aber das geht auch anderen Wandlern so. Nach ein paar schlechten Erfahrungen haben viele keine Lust mehr, sich mit Menschen abzugeben.«

Noch bevor sie ausgeredet hatte, schüttelte ich den Kopf. »Nein, das ist etwas anderes. Ich glaube, er hat irgendetwas vor, irgendetwas Schlimmes ... Er bereitet sich seit Jahren darauf vor, das hat er selbst gesagt ...«

Als ich Lissa Clearwaters skeptischen Blick sah, wusste ich, dass sie mir nicht glaubte. »Er war ... er ist richtig ausgerastet gestern«, gestand ich. Irgendwie war mir das peinlich, so als wäre es meine Schuld.

»Oje, worüber habt ihr denn gesprochen?« Mit energischen Griffen schloss sie ihre Tasche und blickte mich aus ihren strengen braunen Augen an. »Hast du irgendetwas gesagt, was ihn wütend gemacht hat?«

Das lief in die ganz falsche Richtung! Ich spürte, wie mein Gesicht heiß wurde. »Nein, habe ich nicht. Er hat mir davon erzählt, was mit seiner Familie passiert ist. Echt schrecklich.«

»Ja, natürlich, ich habe davon gehört«, sagte die Schulleiterin und seufzte tief. »Hast du irgendwelche Beweise dafür, dass er etwas gegen die Menschen plant?«

»Nein, aber ...«

Sie ging voraus aus dem Klassenraum und hielt mir die Tür auf. Ihre Stimme klang entschieden. »Dann erzählst du so was besser nicht mehr herum. Andrew Milling ist ein mächtiger

Mann, der seine Macht dafür einsetzt, Gutes zu tun. Wenn er unsere Schule nicht unterstützt hätte, dann wäre sie heute nicht das, was sie ist. Ohne seine Spende hätten wir den Westflügel nicht bauen können.«

Ach so. Kein Wunder, dass sie nichts Schlechtes über ihn hören wollte.

»Mein Rat ist: Versuch, von ihm zu lernen, so viel du kannst.« Mit langen Schritten ging Lissa Clearwater durch den Flur. Ich versuchte, mit ihr Schritt zu halten. Noch einmal traf mich ihr durchdringender Blick. »Dass er mit dir über seine Familie gesprochen hat, bedeutet, dass er dir vertraut. Ich hoffe, du zeigst ihm, dass du dessen würdig bist.«

Ich blieb stehen und schon war sie mir zwei Schritte voraus. Vier Schritte. Hundert Schritte.

Mein Magen fühlte sich an, als wäre eine Klapperschlange darin.

Beim Mittagessen fühlte ich mich schlimmer denn je. Stumm aß ich meine Fleischbällchen mit Soße und hätte die Dinger am liebsten an die Wand geklatscht. Nicht, weil sie schlecht schmeckten, sondern, weil die Wut rausmusste. Ich hatte gehofft, Lissa Clearwater würde mir glauben. Stattdessen hatte sie mich dastehen lassen wie jemanden, der schlecht über andere redete. Wenn mir niemand glaubte, was sollte ich dann tun?

Waren die Ralstons eigentlich irgendwie in Gefahr durch Andrew Milling? Anna und ihre Familie waren zwar Menschen, doch sie waren nicht böse. Niemals hätten sie einfach so ein wildes Tier erschossen, das ihnen nichts getan hatte. Über Andrew Millings Geschichte wären sie genauso schockiert gewesen wie ich.

»Hey, dir geht's gar nicht gut, oder?« Hollys Stimme riss mich aus meinen Gedanken.

Schweigend schüttelte ich den Kopf und stand auf, um mich zu verdrücken, irgendwohin, wo ich alleine war und nachdenken konnte. Doch Holly sprang fast gleichzeitig mit mir auf – und dann umarmte sie mich einfach. Drückte mich an sich. Wie gut das tat.

»Das wird schon, du wirst sehen«, flüsterte sie mir ins Ohr. »Was auch immer los ist.«

»Kann sein«, sagte ich und drückte sie zurück. Nein, Holly war keine Spionin, darauf hätte ich meine Tasthaare verwettet. Und das Trösten hatte geholfen. Noch war nicht alles verloren, eine Chance hatte ich noch. In der nächsten Stunde hatten wir Verhalten in besonderen Fällen bei James Bridger – vielleicht würde wenigstens er mir glauben und verstehen, warum ich mir Sorgen machte!

Natürlich erzählte er uns wieder eine Geschichte. Sie passte ziemlich gut zu dem, was mir gerade durch den Kopf ging.

»... und dann schnappte diese verdammte Wildererfalle zu und ich wusste, ich habe ein Riesenproblem. Meine Vorderpfote war dort drin und ich bekam sie nicht raus. Ich hatte schon von Kojoten gehört, die sich das Bein abnagen, um freizukommen. Aber nee, dazu hatte ich wirklich keine Lust, obwohl es verdammt wehtat. Was hättet ihr getan?«

»Das ist total doof, dass man nicht einfach den Notarzt rufen kann«, meinte Viola, die Ziegen-Wandlerin. »Hatten Sie Ihr Handy in der Nähe versteckt?«

Bridger verzog das Gesicht. »Leider nicht, meine Sachen waren in einem Versteck ein paar Kilometer entfernt.«

»Ich hätte mich verwandelt«, sagte Nell.

»Hätte ich vielleicht tun sollen«, erwiderte Bridger. »Aber ich bin davor zurückgeschreckt. Wenn man festhängt und sich dabei verwandelt, dann macht das die Verletzung noch viel schlimmer. Das wusste ich damals schon.«

»Aber als Mensch hätten Sie versuchen können, die Wildererfalle aufzustemmen«, wandte ich ein und Leroy schaute mich von der Seite an, weil es das Erste war, das ich heute im Unterricht sagte.

»Guter Punkt«, stimmte Bridger mir zu. »Das geht zwar nicht mit bloßen Händen, aber man kann es mit einem stabilen Stock schaffen. Wenn man Glück hat und einer in der Nähe ist.«

»Also was haben Sie denn nun gemacht?« Shadow, der Rabenjunge, verlor die Geduld, von der er sowieso nicht viel hatte. »Wir haben lange genug in unserem Hirn herumgepickt!«

Bridger nickte. »Stimmt. Also, was ich damals gemacht habe, war abwarten. Ich wartete, bis der Fallensteller kurz nach Mittag auftauchte und durch den Schnee auf mich zustapfte. Eigentlich dachte ich, er würde mich einfach aus der Falle befreien – diese Leute wollen Nerze und Füchse fangen, keine Kojoten. Aber dann fing er an, einen Knüppel zu schwingen. Mir wurde klar, dass er mich erst erschlagen und dann rausholen wollte!«

»Dreck«, murmelte Tikaani und verzog das Gesicht.

»Also musste ich mich doch verwandeln«, sagte Bridger und alle stöhnten auf. »Es tat sauweh und das machte mich richtig, richtig wütend. Ich verpasste dem Wilderer, der mich fassungslos anglotzte, mit meiner freien Hand einen Faustschlag ins Gesicht. Er ist sofort umgefallen.«

Ich schloss die Augen. Bitte, dachte ich. Bitte sag, dass du ihn damals nicht umgebracht hast.

»Mithilfe seiner Werkzeuge konnte ich die Falle aufstemmen«, erzählte Bridger weiter. »Zum Glück hatte er eine Flasche Schnaps in der Tasche. Alkohol eignet sich sehr gut, um Wunden zu desinfizieren. Und was übrig war, flößte ich diesem verdammten Wilderer ein. Er sollte denken, dass er sich nur besoffen eingebildet hatte, dass sich vor ihm ein Kojote in einen nackten Mann verwandelt hatte.«

»Und, hat es geklappt?«, fragte Leroy neugierig.

James Bridger grinste und kratzte sich das haarige Gesicht – anscheinend war seine Rasur wieder mal schiefgegangen. »Ich habe den Kerl später mal in einer Kneipe wiedergetroffen. Erst wollte ich mich aus der Hintertür schleichen, weil ich dachte, er würde mich vielleicht erkennen. Hat er aber nicht. Wir haben uns bestens unterhalten. Und irgendwann habe ich ihm gesagt, wenn er noch mal wildert, auch wenn es nur ein einziges Mal ist, dann melde ich ihn den Behörden. Ihr hättet mal schauen sollen, wie der mich angestarrt hat.«

Ganz langsam atmete ich aus. Nein, er hatte ihn nicht getötet, obwohl er furchtbar wütend gewesen war. Nicht alle Woodwalker töteten Menschen.

Bridger erklärte uns noch, dass es in der Umgebung der Clearwater High keine Jäger oder Wilderer gab. Lissa Clearwater hatte so viel Land aufgekauft, wie sie sich leisten konnte. In einem Umkreis von fünf Kilometern um die Schule waren wir auch in unserer zweiten Gestalt sicher.

Diesmal traute ich mich kaum, Bridger nach der Stunde anzusprechen, als die anderen weg waren. Aber dann tat ich es doch. »Wie finden Sie Andrew Milling?«, fragte ich einfach und hoffte, dass mir diesmal eine Lobeshymne erspart blieb.

James Bridger verschränkte die Arme, setzte sich auf die Kante seines Lehrerpultes und blickte mich nachdenklich an. »Ziemlich unheimlich«, sagte er schließlich.

»Ich auch«, sagte ich. Und dann erzählte ich ihm alles. Grimmig schweigend hörte er sich an, was ich zu sagen hatte. Dann seufzte er.

»Versuch, dich von ihm fernzuhalten, so gut es geht«, sagte er. »Und falls das nicht möglich ist ... versuch herauszufinden, was er plant. Aber vorsichtig, hörst du?«

»Logisch«, sagte ich und fühlte mich so leicht wie ein Löwenzahnsamen. Endlich glaubte mir jemand!

Beschwingt ging ich durch die leeren Flure zu meinem Zimmer, bog um eine letzte Ecke ... und zuckte zusammen. Vor mir stand ein fremdes Mädchen, das mich schüchtern anblickte.

»Carag«, flüsterte sie. »Du bist Carag, oder?«

Ich nickte und nun erkannte ich sie auch. Es war Juanita, die Spinnen-Wandlerin, die Mr Ellwood nur mit Mühe in ihre Menschengestalt gelockt hatte! Nur dieses einzige Mal hatte ich sie bisher so gesehen, als Mädchen. Sie trug das gelbe Kleid, das die Schule für sie besorgt hatte.

»Was machst du hier?«, fragte ich.

»Ich ... ich wollte dir etwas sagen.« Juanitas Blick begegnete kurz meinem. »Du ... sie ...«

»Ja?«, hakte ich geduldig nach.

»Keiner bemerkt mich«, flüsterte Juanita.

»Ich weiß«, sagte ich mit schlechtem Gewissen. Auch ich hatte zwischendurch vergessen, dass es sie gab, weil sie meist als Spinne in einer Ecke des Klassenzimmers hockte. Winzig und stumm. Die Lehrer zwangen sie nicht zu schriftlichen Arbeiten.

»Aber ich höre zu«, fuhr Juanita fort.

Ich starrte sie an. War sie die Spionin, die alles, was ich tat, an Andrew Milling weitergab? War im Zimmer der Ralstons nicht auch eine Spinne an der Decke gewesen, damals, bei Millings Besuch?

Juanita bemerkte meinen Blick, erschrocken schlug sie die

Hände vor das Gesicht und wich Schritt für Schritt zurück. Ich konnte ihre Angst wittern. Eulendreck! Ich hätte vorsichtiger sein müssen! Bestimmt wollte sie mir etwas Wichtiges sagen, sonst hätte sie nie den Mut aufgebracht, in ihre Menschengestalt zu wechseln. Vielleicht hatte sie gedacht, dass eine Raubkatze wie ich einer winzigen Spinne nicht zuhören würde, und deshalb nicht in ihrer Zweitgestalt mit mir gesprochen.

»Juanita, bitte, ich tu dir nichts, tut mir leid, dass ich dich eben so angeschaut habe«, plapperte ich. »Und Pumas fressen keine Spinnen, wirklich nicht.«

Sie lugte durch ihre Finger. »Das stimmt.«

Plötzlich wusste ich, was ich tun musste. Ich ging zum Fenster des Ganges, lehnte mich an den Rahmen und schaute hinaus über den Wald, weg von Juanita. »Was wolltest du mir denn sagen?«, fragte ich beiläufig.

»Die Wölfe«, sprudelte Juanita hervor. »Sie wollen sich an dir rächen. Für das Duell, das sie verloren haben.«

Himmel, auch das noch. Jeffrey war kein guter Verlierer, so viel war klar!

»Hast du auch gehört, was genau sie planen?«, fragte ich nervös.

»Leider nicht, sie sind dann weitergegangen.«

Ich atmete tief durch. »Das war echt nett, Juanita. Dass du mich gewarnt hast. Wenn ich auch mal was für dich tun kann ...«

Okay. Eine Stimme wie ein Windhauch. Ich wandte mich um und sah gerade noch, wie eine kleine schwarze Spinne in einer Ritze des Fensters verschwand. Auf dem Boden lag ein gelbes Kleid.

Respekt

Lou fuhr jeden Freitagnachmittag heim und kam am Sonntagabend zurück, keine Ahnung, ob sie das wollte oder ob ihr Vater darauf bestand. Ich dagegen musste nur jedes zweite Wochenende »nach Hause«. Das fand ich diesmal nicht schlimm – denn noch hatte ich nicht herausfinden können, was Jeffrey und Co. gegen mich planten oder wer der Spion war, der mich in der Schule überwachte. Die zwei Tage in Jackson Hole waren eine echte Atempause.

»Ich hab gekocht – Gemüse-Lasagne! Die magst du doch, oder?« Anna strahlte mich an, als sie mich »daheim« in Empfang nahm.

»Oh ... ja«, behauptete ich und tat so, als würde ich mich freuen. Was genau konnte man mögen an einer Glibbermasse, in der zahlreiche Tomaten zwischen pappeartigen Lagen Nudeln den Tod gefunden hatten? Und an das weitere Gemüse mochte ich gar nicht denken.

»Wir haben eine Überraschung für dich, wir machen am Wochenende einen Campingtrip nach Yellowstone«, kündigte Donald großspurig an.

Schon wieder freuen, uff. Das wurde allmählich anstrengend. Keiner in dieser Familie wusste, dass ich in Yellowstone sowieso schon jeden Stein und Grashalm kannte. Und eigentlich legte ich nicht viel Wert darauf, dort unter einem albernen

Stück Nylonstoff zu übernachten. Sämtliche Tiere, die mich als Puma erkannten, würden sich über mich lustig machen!

Es war seltsam, wieder hier zu sein. Als sei ich durch die wenigen Wochen an der Clearwater High jemand anders geworden. Ich blieb in der Mitte meines Zimmers stehen, das sich überhaupt nicht verändert hatte, warf meinen Rucksack aufs Bett und fühlte mich wie ein Fremder hier. Ich war nicht Jay, der ganz normale Junge, sosehr ich mich auch bemüht hatte, es zu sein. Auch wenn ich gerade wie ein Mensch aussah, ich war *Carag!*

Und Carag fand es gar nicht toll, dass diese schwarze Nervensäge namens Bingo ihn schon wieder mit gesträubtem Nackenfell anknurrte.

Ich fletschte also meine Menschenzähne und fauchte den Labrador an. Bingo blickte erschrocken, drehte um und machte sich winselnd, mit eingezogenem Schwanz, davon. Grinsend ging ich weiter ins Wohnzimmer, wo Donald gerade verwirrt fragte: »He, was ist denn mit dem Hund los?«

Niemand antwortete ihm. Bingo schon gar nicht. Hätte er sprechen können, hätte er mich längst verpetzt.

Anna hantierte noch in der Küche und Marlon war dazu verdonnert worden, ihr zu helfen. Der Tisch war bereits fertig gedeckt. Melody ließ eins ihrer Plastikpferde zwischen den Tellern herumgaloppieren und warf dabei ihr Wasserglas um. Als ich versuchte, mich vor dem nassen Schwall in Sicherheit zu bringen, machte es unter meinem Fuß *knacks*. Ups, das war ein anderes Plastikpferd gewesen.

»Sorry«, sagte ich, bückte mich und reichte Melody vier Stücke Palomino-Hengst.

»Warum hast du nicht aufgepasst, du Blödmann?«, keifte sie.

Früher hätte ich mich vielleicht noch mal entschuldigt, nur

damit Frieden herrschte. Doch in der letzten Zeit war ich mit vier Wölfen *und* einem Grizzly fertig geworden. Danach sah man die Dinge etwas anders.

»Ich habe deswegen nicht aufgepasst, weil *du* dein Wasserglas umgeworfen hast«, informierte ich sie freundlich. »Ich kann dir gerne meins übergießen, wenn du wissen möchtest, wie das ist.«

»Ach, du willst doch nur ...«, meckerte Melody los.

Also schüttete ich ihr mein Wasserglas über. Zu verblüfft, um loszukreischen, schaute Melody auf ihr durchtränktes Lieblingskleid. Das blaue mit den grünen Ärmeln. Ihre Haare hingen ihr patschnass in die Stirn. Ein Tropfen fiel aus ihren Locken auf ihre Nase herunter, dann noch einer und noch einer.

Gelassen nahm ich mir Marlons Glas, das noch randvoll war. »Magst du mich noch mal Blödmann nennen?«

Stumm schüttelte Melody den Kopf und blickte mich an wie einen Geist. Dann rannte sie zu ihrer Mama und ließ dabei eine nasse Spur hinter sich. Wie Sherri Rivergirl, wenn sie mal kurz am Fluss ein paar Kräuter gepflückt hatte und in die Schulküche zurückgewatschelt kam.

»Was ist denn hier passiert?«, fragte Anna, als sie mitsamt Tochter aus der Küche kam.

»Kleiner Unfall«, sagte ich und dabei blieb es auch.

Am nächsten Morgen stapelten wir die Campingausrüstung der Ralstons in den schwarzen Jeep Cherokee und fuhren los in Richtung Yellowstone-Nationalpark. Ich saß neben Marlon auf dem Rücksitz und überlegte, wie ich es anstellen sollte, mein Taschenmesser von ihm zurückzubekommen. Sollte ich es einfach zurückfordern oder es mir unauffällig zurückklauen? Ach, ich vermisste Holly, die hätte das in null Komma fünf Sekunden für mich erledigt! Dieser Ausflug wäre mit ihr und Brandon sowieso viel lustiger. Aber ich wollte mir das Geräusch nicht vorstellen, wenn Brandon sich versehentlich in einem Zwei-Mann-Zelt verwandelte. Nicht *Krack-krong,* aber dafür *Ritsch-ratsch.* Oder es passierte ihm hier im Jeep: *Knack-peng!*

Anna und Donald hatten beschlossen, diesmal keine Geysire, sondern ein Gebiet mit heißen Quellen zu besichtigen. Schon von Weitem sahen wir die Dampfwolken, die über der Landschaft hingen. Auf Holzstegen gingen wir über den graugelben, vulkanischen Matschboden, auf dem nichts mehr wuchs, und der schwefelige Geruch stach mir in die Nase. Donald erzählte in wichtigem Ton etwas über den Supervulkan unter unseren Füßen, der für all diese Phänomene verantwortlich war. Melody schaute erschrocken drein ... und noch viel erschrockener, als wir am Rand eines hübschen, türkisblau gefärbten Teiches standen und sie das Erklärungsschild gelesen hatte.

»Oh, Mama, schau mal! Hier steht, in diesen Teich ist mal ein junges Reh gefallen. Es ist sofort gestorben, weil das Wasser kochend heiß und aus Säure ist. Das arme Reh!«

Ich zuckte die Schultern. In der Wildnis steht auf Dummheit oft die Todesstrafe.

»Es gibt hier in der Gegend auch einen Teich, in den mal ein Touristen-Hund gesprungen ist«, erzählte Marlon grinsend. »Sein Besitzer wollte ihn retten und ist hinterher. Beide sind lebendig gekocht worden.«

Melody riss die Augen auf. »Iiiih! Papa, stimmt das?«

»Leider ja«, bestätigte Donald.

»Also Vorsicht, bitte«, sagte Anna entschieden und nahm Melody bei der Hand. »Hier wird kein Quatsch gemacht, klar?«

Donald erklärte uns, dass die hübschen Farben dieser Teiche – Azurblau, Gelb, Orange – von Bakterien kamen, die sich in heißem Wasser wohlfühlten. Mich interessierte allerdings viel mehr, dass Marlon mein Taschenmesser herausgeholt hatte und damit an einer hölzernen Absperrung herumschnitzte. Natürlich so, dass ich es sah. Donald, Anna und Melody gingen weiter, aber Marlon und ich blieben genau dort, wo wir waren. Schweigend, angespannt.

Ich spürte, wie Wut in meinem Nacken prickelte, und versuchte, mich wieder zu beruhigen. Es hätte mir gerade noch gefehlt, dass ich mich hier teilverwandelte!

»Du hattest es lange genug«, sagte ich. »Ich will das Messer zurück. Und zwar sofort.« Es war ein Fehler gewesen, es mir überhaupt abnehmen zu lassen, in diesem Punkt hatte Andrew Milling recht gehabt. Mit jedem Sieg fiel es Marlon leichter, mich zu tyrannisieren.

»Jetzt passt es gerade nicht«, sagte Marlon und blickte grinsend auf mich herunter. Das war nicht schwer, weil er einen halben Kopf größer war als ich.

Doch dafür war ich schnell. *Viel* schneller als er. Bevor er sich versah, hatte ich das Messer wieder, meine Finger schlossen sich um den glatten Holzgriff.

Mein Pech war, dass die Klinge noch offen war. Einen ganz

kurzen Moment lang schaute ich nach unten, während ich sie zuklappte, und genau diesen Moment nutzte Marlon. Er rammte mich mit voller Wucht, wie ein Quarterback beim Football, sodass ich nach hinten taumelte. Ich knallte mit dem Rücken auf den hölzernen Steg und rutschte ein Stück unter dem Geländer durch, hinter dem es bis zum schlammigen Boden etwa einen halben Meter nach unten ging. Der heiße Schwefelgestank nahm mir den Atem und ich geriet in Panik, als ich an das kochende Wasser dachte.

Ich versuchte, wieder auf die Beine zu kommen, doch Marlon gab mir noch mal einen kräftigen Schubs, sodass ich halb über die Kante schlitterte und meine Füße im heißen Matsch am Teichufer landeten. Sofort sanken sie ein. Ach, du große Scheiße! Ich klammerte mich an einem Geländerpfosten fest, spannte die Bauchmuskeln an und zog die Füße hoch, die sich in den dreckigen Sneakers sehr unangenehm warm und glitschig anfühlten. Jemand ein paar Meter weiter schrie auf und ich hörte mehrere Leute losschimpfen, was wir da machen würden.

Marlon fand es irre witzig, wie ich schlammverschmiert versuchte, auf den Steg zurückzukommen. »Und, schaffst du es auch, dich mit einer Hand festzuhalten?« Er hob einen Fuß. Was hatte er vor, wollte dieser Irre mir etwa die Hände vom Pfosten wegtreten? Dabei hatte er selbst davon erzählt, wie in einem Teich wie diesem hier ein Mann lebendig gekocht worden war!

»Wenn du mich umbringst, kommst du in den Knast!«, brüllte ich ihn an.

»Ach, stell dich nicht so an, du hast nur ein bisschen im Matsch gesteckt.«

Ich spürte den Holzsteg dröhnen – ein paar Leute rannten auf uns zu. Wenn Marlon ernst machte, würden sie nicht rechtzeitig kommen. Doch das, was ich gesagt hatte, schien ihn beeindruckt zu haben, denn er stand nur noch da und schaute mir schadenfroh zu.

Als ich mich auf den Steg wälzte, sah ich nicht weit von mir das Messer. Es war mir aus der Hand geflogen und ebenfalls über das Holz geschlittert. Instinktiv streckte ich meine Menschenhand danach aus.

»Vergiss es«, zischte Marlon und holte mit dem Fuß aus.

Danke, Marlon. Ich packte sein Bein, zog mich daran hoch und war in einer einzigen fließenden Bewegung wieder auf den Füßen. Dann schnappte ich mir seinen Arm, um ihn hinter seinem Rücken zu verdrehen. Diesen Griff hatte mir Bill Brighteye gezeigt.

Marlon krümmte sich, achtete aber sonst nicht darauf, dass ich unnatürliche Dinge mit seinem Arm machte. Stattdessen schwang er noch mal den Fuß ... und kickte mein Messer in den kochenden azurblauen Teich. Wo es sicher die nächsten Jahre lang von Touristen besichtigt werden konnte. Komischerweise blitzte es auf und sprühte Funken, als es im Wasser landete.

»Hört sofort auf! Ihr seid ja nicht ganz normal!«, brüllte Donald Ralston, der uns endlich erreicht hatte, und packte mich und Marlon am Arm.

Stimmt, flüsterte eine leise, böse Stimme in mir.

Seltsame Geräusche ließen Donald, Marlon und mich stutzen. Wir wandten uns dem Teich zu und sahen verblüfft, dass das Messer begonnen hatte, sich am Boden des Teichs zu drehen, das konnte man durch das klare Wasser deutlich erkennen. Und nicht nur das, jetzt platzten auch noch ein paar Einzelteile davon ab. Schließlich gab es einen dumpfen Knall unter Wasser – das Messer war explodiert! Eine kochende Flutwelle schwappte knapp unter dem Steg hindurch.

»Großer Gott, was war das denn?«, fragte Anna, die mit Melody an der Hand angerannt kam.

»Das wüsste ich auch gerne«, sagte ich.

Der Abend war nicht wirklich toll. Strafpredigt, Befragungen, Drohungen, ausgiebiges Waschen von Klamotten und Schuhen. Zum Glück glaubte niemand Marlons Version, dass ich ihn plötzlich angegriffen hätte. Abendessen bekamen wir trotzdem beide keins. Das war mir ziemlich egal. Immer wieder sah ich das unter Wasser explodierende Taschenmesser vor mir und ein kalter Schauer kroch über mein Rückgrat. Was für ein Ding war das in Wirklichkeit gewesen? Vermutlich ein Überwachungsgerät. Wahrscheinlich hatte Andrew Milling genervt sehr viele hirnlose Football-Gespräche zwischen Marlon und seinen Kumpels mit anhören müssen.

»Also, ich, Anna und Melody übernachten im Familienzelt«, kündigte Donald an und riss mich damit aus meinen Gedanken. »Marlon und Jay schlafen im Zweimannzelt.«

»*Never ever*«, entfuhr es mir. »Ich penne draußen.«

Sie glotzten mich an, als hätte ich verkündet, dass ich als Abendessen ein lebendes Kaninchen wollte.

»Aber es könnten Ameisen über dich drüberlaufen!« Melody schauderte.

Ich musste grinsen. »Solange die das nicht mit Spikes machen ...«

Donald sagte nichts, blickte mich nur nachdenklich an. Und einen kurzen, einen ganz kurzen Moment lang bekam ich Angst, er könnte mich nun doch durchschauen und erraten, was ich wirklich war.

Als das Lagerfeuer heruntergebrannt war und Melody schon schlief, lag ich auf meinem Schlafsack am Waldrand und blickte hoch zu den Sternen. Ein kleiner Zweig knackte, ich hörte, wie Schritte sich näherten. Meine Nachtaugen erkannten Anna, die in der Dunkelheit auf mich zukam.

»Alles in Ordnung mit dir?«, fragte sie, hockte sich neben mich und streichelte mir über die Schulter. »Du hast dich verändert.«

»Ich glaube schon.«

»Bist du dir sicher ... dass diese neue Schule dir guttut?«

Gerührt, dass sie sich Sorgen machte, lächelte ich sie an. »Ja, auf jeden Fall.«

»Du weißt, dass du mit mir über alles reden kannst, oder?«

»Ja«, log ich schweren Herzens. Über die Dinge, die mir am wichtigsten waren, würde ich niemals, niemals mit ihr sprechen können.

»Na dann, schlaf gut«, flüsterte sie und gab mir mit kühlen Lippen einen Kuss auf die Stirn, während ich »Du auch« murmelte. Dann schlang sie sich fröstelnd die Arme um den Körper.

»Puh, nachts wird es hier so kalt im September. Aber wenn dir die ersten Schneeflocken auf die Nase fallen, kommst du rein, ja?«

Ja, okay, ohne Fell war es wirklich etwas kühl. Aber das ließ sich ändern. Sobald sie alle schliefen, kroch ich aus meinem Schlafsack. Ich kauerte mich auf die mit Kiefernnadeln übersäte Erde, schloss die Augen und erinnerte mich daran, wie es war, ein Puma zu sein. Als ich mich erhob, tat ich das auf breiten Pranken. Lautlos glitt ich zwischen den Bäumen davon. Ein paar Leute waren noch wach auf dem Campingplatz Madison, doch niemand bemerkte mich.

Ich suchte alles ab. Checkte jeden Baum auf Kratzspuren und Urin-Markierungen, überprüfte die Reste alter Beute, witterte mich durchs ganze Tal. Alles vergeblich. Meine Familie war nicht da. Das Einzige, was ich gerochen hatte, waren ein altes Pumaweibchen, mehrere Schwarzbären und einen Dachs, der schnaufend dabei war, seinen Höhleneingang zu erweitern.

Am nächsten Morgen schien die Sonne. Ich schaute zu, wie die Ralstons bibbernd und in dicke Fleece-Pullis gehüllt aus ihren Zelten zum Vorschein kamen und Feuer machten. Melody und ich warfen einem Streifenhörnchen, das auf einem Baumstamm herumturnte, Cornflakes zu. Es nahm sie in die Vorderpfoten und knusperte sie weg. Ich horchte in mich hinein – es war kein Woodwalker. Damit eignete es sich als Frühstück. Aber Spiegeleier und Speck waren auch nicht schlecht.

»Heute wandern wir«, verkündete Donald. »Das gibt euch mehr Freiraum und hilft euch dabei, Aggressionen abzubauen.«

»Außerdem ist das gut für dein Körpergefühl, Marlon«, fügte Anna hinzu. »Gerade bei Heranwachsenden wie dir …«

Marlon war sein Körpergefühl gerade egal. Er tippte hektisch auf seinem Smartphone herum. »So ein Mist, ich hab keinen Empfang!«

Mit einem Griff nahm ihm Anna das Smartphone weg. »Prima, das gehört hier sowieso nicht hin.«

»Bist du blöd oder was?«, blökte Marlon sie an und damit war die Wanderung für ihn gestrichen. Beleidigt verzog er sich ins Zelt.

Ohne ihn war die Stimmung viel besser und wir waren alle guter Laune, als wir hintereinander dem Trail folgten. Er schlängelte sich durch einen Wald und über Lichtungen voller Wildblumen. Melody bewunderte fette Zikaden auf einem Baumstamm, bunte Herbstblätter und ein weiteres Streifenhörnchen. Neugierig hörte ich zu, was das Hörnchen sagte – die Sprachen von Tieren waren für uns Woodwalker so etwas wie Fremdsprachen für Menschen. Ich verstand ein paar davon ganz gut. Das Hörnchen beschwerte sich gerade zeternd über einen Konkurrenten in seinem Revier und ich musste lächeln. Dann nannte es mich in seiner Sprache *Stinkemensch!* und ich warf einen Kiefernzapfen nach ihm.

»Was machst du da, spinnst du?«, meckerte Melody.

»Es war nicht nett«, erklärte ich ihr und sie schaute mich an, als würde ich spinnen. Also konzentrierte ich mich einfach darauf weiterzuwandern. Wir kamen durch eine Gegend, in der es vor ein paar Jahren gebrannt hatte, dort ragten kahle, tote Drehkieferstämme aus dem Unterholz. Auf einem davon saß wie ein fetter weiß-brauner Klumpen ein Seeadler.

»Schau mal«, sagte ich zu Melody und deutete hin.

»Oh, wow«, hauchte Melody.

»Du hast wirklich gute Augen, ich hätte den nicht entdeckt«, lobte mich Anna.

War das auf der Spitze des Baumes unsere Schulleiterin, die mich im Auge behalten wollte? Vermutlich nicht. Gerade breitete der Weißkopf-Seeadler die Schwingen aus, um einem Artgenossen Gesellschaft zu leisten, der sich an etwas im Gras zu schaffen machte. Wir gingen näher heran und stellten fest, dass es ein toter Maultierhirsch war. Und nicht mehr sehr frisch. Einen solchen Snack hatte Lissa Clearwater nun wirklich nicht nötig.

»Das machen Adler oft, sie fressen das, was andere Beutegreifer übrig lassen«, erklärte ich Melody und mit ganz neuem Respekt blickte sie mich an.

»Du weißt echt viel über Tiere«, meinte sie.

Das, was ich als Nächstes fand, begeisterte mich weniger. Es war die Spur zweier Schwarzbären im Schlamm am Ufer eines Bachs. Kaum ein paar Minuten alt, die Spur füllte sich ganz langsam mit Wasser, während ich hinsah. Ein Weibchen mit einem halbwüchsigen Jungtier. Das war nicht toll. Wenn sich dieser Bär einbildete, dass wir etwas gegen sein Junges hatten, dann würde es rundgehen.

Mein Herz trommelte in meiner Brust. In Menschengestalt konnte ich nichts gegen den Bären ausrichten. Bärenspray hatte keiner von uns dabei. Sollte ich den anderen überhaupt sagen, was ich gesehen hatte? Was war, wenn sie in Panik gerieten? Wenn Melody versuchte wegzulaufen und das Weibchen dadurch reizte? Es brauchte jetzt gerade viel Beute, um sich Speck für die Winterruhe anzufressen.

Weil ich am Ende unserer Gruppe ging, beobachtete mich niemand. Ich hob die Nase und schnupperte. Himmel, die Bären waren keine fünfzig Meter vor uns in der Nähe des Trails! Was jetzt?

»Wollen wir nicht langsam umkehren?«, schlug ich vor und bemühte mich um einen matten Blick.

»Aber wir sind doch erst seit einer Stunde unterwegs.« Verblüfft blickte mich Anna an. »Geht es dir nicht gut, Jay?«

»Meine Schuhe drücken!«, verkündete Melody.

Ich konnte mein Glück kaum fassen. Meine Pflegeschwester setzte sich auf einen umgefallenen Baumstamm, Anna zog ihr den Schuh aus und untersuchte ihren Fuß. Währenddessen zerrieb Donald irgendwelche Kräuter zwischen den Fingern, um sie auf Melodys Fuß zu legen und dort wohl die heilenden Kräfte der Natur zu entfesseln.

Ich murmelte, dass ich mal müsste, und schlich mich davon. In einem weiten Kreis näherte ich mich den beiden Bären und bemühte mich nicht, leise zu sein. Die Bären verzogen sich trotzdem nicht. Schlechtes Zeichen! Aber als Puma könnte ich sie wegjagen, ohne selbst verletzt zu werden. Ein bisschen fauchen, ein paar gezielte Prankenschläge auf die Schnauze, das sollte reichen, um meine Pflegefamilie zu schützen. Besser, ich verwandelte mich schnell – die Ralstons waren außer Sicht hinter Bäumen und Büschen.

Nur ... ich war viel zu angespannt. Ein paar hellbraune Haare auf den Armen, das war alles, was ich schaffte. Und jetzt hatten mich die Bären gesehen. Mich, den Menschen, der sie offensichtlich belästigte. Ich konzentrierte mich noch stärker. Das brachte mir pelzige Ohren oben auf dem Kopf ein. Meine Zähne wuchsen einen Zentimeter und hörten dann wieder auf. Lächerlich! Damit hätte ich nicht mal einem Murmeltier Angst eingejagt.

Jetzt sah ich, warum die Bären nicht weggingen. Sie hatten einige Büffelbeeren-Sträucher entdeckt und fraßen sich durch. Die Mutter hob hin und wieder den Kopf und schaute mich missmutig an. Ich musste ihre Sprache nicht können, um ihr widerwilliges Brummen zu verstehen: *Hau ab, Fremder, und zwar dalli! Sonst setzt's was!*

Dann schaute die Bärenmutter blöd drein. Denn ihr Junges war offensichtlich satt und tollte neugierig auf mich zu. Nun ließ auch die Mama die Beeren im Stich, sie lief ärgerlich hinter ihrem Nachwuchs her. Genau auf mich zu. Na wunderbar. Die beiden waren keinen Steinwurf mehr entfernt.

Jetzt, jetzt, *bitte,* betete ich und stellte mir vor, wie ich ihnen als Puma entgegensprang, fünfzig Kilo stahlharte Muskeln. Einer meiner Finger bekam eine einsame Kralle. Haha, danke sehr!

»Jay! Wo bist du?« Annas Stimme. Auch das noch. Das musste ein Albtraum sein.

»Ich komme gleich!«, rief ich gequält zurück.

Endlich hatte ich was richtig gemacht. Beim Klang meiner Menschenstimme stutzte das Jungtier und entschied, dass es irgendwie doch Angst vor mir haben sollte. Es trottete davon und seine Mama beschleunigte das noch, indem sie ihm mit den Zähnen ins dicke Hinterteil kniff. Das Jungtier quiekte auf und lief schneller. Eine Minute später waren die beiden außer Sicht.

»Was war los? Hattest du Verstopfung?«, empfing mich Melody.

»Das geht dich überhaupt nichts an«, informierte ich sie freundlich.

Dann wanderten wir weiter.

Ernst des Lebens

Endlich zurück auf der Clearwater High! Ich konnte es kaum erwarten, Holly, Brandon und Dorian von dem seltsamen Taschenmesser zu erzählen.

»*Was* hat das Ding gemacht?« Holly war fassungslos. »Dieser Milling ist ja ein voll krasser Typ!«

»Sieht so aus«, sagte Brandon, zerkaute ein Maiskorn und schaute mich wieder mal sehr besorgt an. »Und du meinst, er plant irgendetwas?«

»Kann sein«, wich ich aus. Ich wollte meine Freunde nicht in irgendwelchen Ärger hineinziehen. Besser, wenn sie nicht mehr wussten als nötig. Aber sehr viel mehr wusste ich ja selbst nicht. »Auch nicht toll ist, dass sich die Wölfe anscheinend an mir rächen wollen ...« Ich erzählte ihnen, was die Spinnen-Wandlerin mir verraten hatte.

»Ab jetzt bewachen wir dich«, beschloss Holly und stemmte die Fäuste in die Hüften. »Damit diese räudigen Stehpinkler dir nichts tun können.«

Ein schwaches Lächeln war alles, was ich zustande brachte. Wenn ein Puma darauf angewiesen ist, dass ein Rothörnchen ihn schützt, steht es nicht gut um ihn.

Beim Frühstück am Montagmorgen sah ich Lou wieder und fühlte mich, als stände mein ganzer Körper unter Strom. Wahrscheinlich leuchtete mein Gesicht auf wie die elektrische Weihnachtsdeko der Ralstons. Nur leider reagierte Lou kaum darauf, sie lächelte mir nur flüchtig zu. Was konnte ich bloß tun, um ihr Herz zu gewinnen? Ich hatte nicht die blasseste Ahnung.

Aber es war ganz sicher der falsche Weg, im Unterricht ihres Vaters mal wieder die Null vom Dienst zu spielen. Als wir unsere Hände teilverwandeln sollten, war ich der Einzige, der stattdessen mit pelzigen Ohren dastand.

Bis zu den Zwischenprüfungen musst du dich noch sehr stark weiterentwickeln, sonst wirst du nicht mit den anderen versetzt, kündigte Mr Ellwood mir an. Er unterrichtete heute als Hirsch, vielleicht, damit wir sein zehnendiges Geweih angemessen bewundern konnten. Oder damit er schwätzende Schüler aufspießen konnte.

Entsetzt blickte ich ihn an. *Zwischenprüfungen? Wann denn?* Da wir uns gerade ganz verwandelt hatten, sträubte sich mir das Fell, ich konnte es nicht verhindern.

Direkt vor den Weihnachtsferien, flüsterte mir Holly lautlos zu. *Gemein, was?*

Mr Ellwoods majestätischer Kopf schwenkte in ihre Richtung. *Ja, genau, Miss Lewis. Gemein. Nur leider unvermeidbar. Sie sind hier nicht mehr im Waisenhaus, wo es egal ist, ob Sie etwas im Kopf haben oder nicht.*

Als er sich wieder abwandte, tanzte Holly auf ihrer Stuhllehne herum und zog Grimassen in seine Richtung. Eine Welle von halb unterdrücktem Schnauben und Keckern ging durch die Klasse. Doch das verging uns schnell.

Damit ich sehe, wie es um eurer theoretisches Wissen bestellt ist, schreiben wir heute einen Test, fuhr Mr Ellwood genüsslich fort, ging kurz raus und kam in menschlicher Gestalt mit einem Stapel Papierbögen in der Hand zurück. »Wenn ihr hin und wieder einen Blick in eure Lehrbücher geworfen habt, sollte der kein Problem für euch sein. Jetzt bitte rückverwandeln, damit ihr schreiben könnt.«

Ein Test?, fiepte Cookie entsetzt. Dann fiel sie einfach rückwärts vom Stuhl. Und blieb liegen, die Augen starr, alle vier Pfoten in die Luft gestreckt.

Entsetzt beschnupperte ich sie. *Schnell! Ich glaube, sie stirbt! Wir müssen Sherri Rivergirl holen!*

»Nö«, sagte mein Sitznachbar Leroy, der sich schon verwandelt hatte und gerade anzog. »Die stellt sich nur tot. Ist so 'n Reflex bei Opossums. Machen die immer, wenn sie Angst haben.«

»Oh.«

Was hätten meine Klassenkameraden in der normalen Highschool wohl dazu gesagt, dass ich hier zusammen mit einem schüchternen Bison, einem klauenden Rothörnchen und einem Opossum mit Prüfungsangst lernte?

Ich kaute an meinem Stift herum und las mir die Fragen durch. *Können sich Woodwalker von Geburt an verwandeln?* Öh. Gute Frage. Ich kreuzte Ja an. *Darf man einen anderen Woodwalker in Tiergestalt mit Blitz fotografieren?* Besser mal Nein ankreuzen. *Woran liegt es, wenn bei der Verwandlung ein starker Juckreiz auftritt?* Keine Ahnung. *Was hilft dagegen?* Oh Gott, woher sollte ich das wissen? Den Wölfen schien das nicht neu zu sein, die kritzelten eifrig auf ihren Blättern herum. Oh Mann. Jeffrey und Co. waren zwar gemein, aber nicht blöd. Umso schlimmer, dass sie dabei waren, eine Racheaktion auszuhecken. Ich musste dringend herausfinden, was sie gegen mich planten!

Aus dem Augenwinkel sah ich zu Leroy hinüber. Er hatte gerade Antwort C gewählt, »Wacholderextrakt«. Schnell machte ich es ihm nach. Leroy hatte ziemlich gute Noten, der wusste sicher, was ...

»Aua!« Ein Schlag hatte meinen Hinterkopf getroffen.

»Abschreiben ist, wie du sicher weißt, auch in dieser Schule kein wünschenswerter Zeitvertreib, Carag«, sagte Mr Ellwood und schlenderte nach vorne weiter, das zusammengerollte Heft noch in der Hand.

Ich biss die Zähne zusammen. Bestimmt gab es ihm den totalen Kick, dass er hier als Hirsch eine Raubkatze schlagen konnte. Aber Schüler zu verprügeln, war an der Clearwater High garantiert nicht üblich. Sollte ich Lissa Clearwater von dem Schlag erzählen? Besser nicht, sonst hasste mich Mr Ellwood noch mehr.

Nach der Schule trafen Brandon, Holly, Dorian und ich uns am Baumhaus – diesmal aber darunter.

Ehrlich gesagt habe ich bisher eher gechillt als gelernt, gestand Dorian und schleckte sich leicht melancholisch die Pfote. *Ich glaube, ich muss ein paar Turbo-Lerntage einlegen. An irgendwelche Prüfungen habe ich eher nicht gedacht, und ihr?*

Ich krieg diese Verwandlungen nie in den Griff! Wahrscheinlich klang ich total jämmerlich, aber das war mir gerade egal. *Es wäre superdoof, wenn ich nicht mit euch in einer Klasse bleiben könnte.*

Ich müsste mal an meinen bescheuerten Aufsätzen arbeiten! Holly schlug ein paar Saltos auf dem nächstbesten Ast.

Äh, ja, sagte ich und erinnerte mich mit Schaudern an ihre Rechtschreibung. *Wär besser.*

Vor der Kampfprüfung habe ich am meisten Angst, gestand Brandon und Dorian zuckte elegant mit einem Ohr.

Wieso denn? Du bist furchtbar stark!

Brandon bekam ganz erschrockene Augen. Ich und Holly seufzten.

Also machten wir uns während der nächsten Nachmittage ans Pauken. Was gar nicht so einfach war. Holly stützte den Kopf in die Hände und stöhnte schon, wenn sie nur ein Heft und einen Stift sah. Sie und mein Schulbuch *Verwandlung für Anfänger* hatten tausend tolle Tipps, wie einem das Verwandeln unter Druck leichterfiel, aber bei mir wirkte irgendwie keiner davon. Nur Dorian schien beim Lernen wirklich voranzukommen. Allerdings bestand er auf regelmäßigen Mittagsschläfchen und ausgedehnten Kaffeepausen.

Nach einem langen Lern-Nachmittag fielen wir erschöpft in unsere Betten, doch ich schaffte es nicht einzuschlafen. Den ganzen Tag über war ekliges Wetter gewesen, aber jetzt hatte der Regen aufgehört. Lautlos schlüpfte ich aus meinem Fenster nach draußen. Die Gedanken an Milling ließen mich nach wie vor nicht los und ich hatte das Gefühl, dass ich mich tiefer und tiefer in Dinge verstrickte, die viel zu groß für mich waren. Und jedes Mal, wenn ich an diese Zwischenprüfungen dachte, wurde mir mulmig zumute.

Aus Gewohnheit lief ich zum Baumhaus, obwohl die anderen dort nicht sein würden. Dorian liebte wie alle Kater Wärme und war in einer so feuchtkühlen Nacht bestimmt in seinem warmen, gemütlichen Bett zu finden. Holly hatte viel Schlaf nachzuholen und Brandon hatte in der Zeit, in der ich ihn kannte, noch nicht einmal draußen übernachtet. Er war so was aus seinem alten Leben nicht gewohnt.

Gerade wollte ich meine Krallen in die Rinde graben und zum Baumhaus hochklettern, da witterte ich ein anderes Raubtier und bemerkte einen Schatten schräg vor mir. Ein einzelner Wolf! War das Jeffrey? Was wollte er von mir? Gehörte das zum Plan, vor dem Juanita mich gewarnt hatte? Fauchend wandte ich mich zu dem anderen Woodwalker um. Er stand nur eine halbe Baumlänge von mir entfernt und beobachtete mich.

Mir wurde klar, dass ich mich geirrt hatte. Es war nicht Jeffrey. Und auch keiner der anderen Schüler. Auf den zweiten Blick war es nicht mal ein Wolf. Dieser Wandler vor mir war etwas kleiner. Ohren und Schnauze waren spitzer als bei einem Wolf.

Es war ein Kojote.

Mr Bridger?, fragte ich ein bisschen schüchtern. Noch nie hatte ich ihn in seiner zweiten Gestalt gesehen.

Kann es sein, dass du ein hartes Wochenende hattest? Ein amüsiertes Grinsen schien um seine Schnauze zu liegen. *Du wirktest ein bisschen abgekämpft danach.*

War ich auch, gab ich zurück und seufzte.

Bridger drehte sich um und lief leichtfüßig Richtung Fluss. Instinktiv folgte ich ihm. Obwohl ich nicht mal wusste, ob ihm das recht war. Vielleicht war er ja auch hier draußen, um alleine zu sein.

Lust auf eine Geschichte?, fragte er plötzlich.

Was für eine?

Die Geschichte, warum ich als Lehrer hier gelandet bin, obwohl ich früher einen guten Job als Systemadministrator hatte. Die Firma hatte sogar Nova-5.000-Server!

Es war ein ziemlich seltsames Gefühl, mit einem Kojoten zusammen durchs Buschwerk zu streifen und dabei über Computer zu reden. Aber es passte zu Bridger, zu der geschmeidigen Art, wie er sich zwischen beiden Welten bewegte.

Ich spürte, dass dies nicht irgendeine Geschichte war. Sondern eine, die er niemals im Unterricht erzählen würde. *Ja, ich würde sie gerne hören,* antwortete ich.

Und er begann zu erzählen. *Es ist eine Ewigkeit her, aber ich war mal verheiratet. Mit einer Navajo-Indianerin. Sie war ein Mensch, keine Wandlerin, aber ihr konnte ich erzählen, was ich bin. Für sie war das kein Schock, sie wusste, dass es so etwas gibt. Wir bekamen zusammen einen Sohn, Joseph.*

Wie alt ist er jetzt?, fragte ich lautlos.

Siebzehn. Ein tiefer Seufzer in Gedanken. *Aber ich weiß nicht, wo Joseph heute lebt. Was aus ihm geworden ist. Er war ein Woodwalker wie ich, aber er ist an diesen beiden Welten zerbrochen. Einmal hat er zu mir gesagt, er weiß nicht, wer er ist. Ziemlich früh hat er angefangen, Drogen zu nehmen. Es war furchtbar, jeder Tag eine neue Katastrophe. Irgendwann ist er ganz verschwunden. Unsere Ehe hat das nicht ausgehalten.*

Oh nein, noch eine traurige Geschichte. Manchmal kam es mir so vor, als hätte mindestens jeder zweite Woodwalker ein schlimmes Schicksal. Leicht hatte kaum einer von uns es gehabt. Doch James Bridger erzählte ganz anders als Andrew Milling, ohne Wut, fast nüchtern.

Danach war ich ziemlich am Ende. Kannst du dir ja vorstellen. Ich musste weg von allem und hab die meiste Zeit als Kojote am Stadtrand gelebt. Hab Mülltonnen durchstöbert, aus Pfützen getrunken, mich einfach treiben lassen.

Mitleid. Abscheu. Neugier. Ich wurde nicht schlau aus meinen Gefühlen. Also sagte ich einfach: *Aber irgendetwas hat Sie da rausgerissen.*

Ja. Er grinste wieder. *Ein Pick-up-Truck.*

Ich war nicht sicher, ob ich richtig gehört hatte. *Ein ... Pick-up-Truck?*

Genau. Er hätte mich fast umgenietet, als ich eine Straße überquerte. Der Kerl hat sogar Gas gegeben, um mich zu erwischen. Danach dachte ich: Hey, ich habe mein Leben noch. Jetzt mache ich was draus. Bridgers Kojoten-Ich schnaufte.

Ein paar Wochen später hat mir jemand von dieser Schule erzählt und ich habe mich beworben. Keine Ahnung, warum Lissa mich genommen hat. Ich hatte vorher noch nie im Leben jemanden unterrichtet.

Ich finde, Sie machen das sehr gut, meinte ich schüchtern. Es sollte nicht so klingen, als wollte ich mich bei ihm einschleimen.

Plötzlich wandte Bridger sich mir zu. Das Grinsen um seine spitze Schnauze war verschwunden und seine Gedanken waren eindringlich. *Es ist nicht einfach, ein gut angepasster Woodwalker zu sein. Aber du musst es versuchen! Eine Raubkatze wie du bekommt keine zweite Chance.*

Was meinen Sie damit?, fragte ich beklommen und ein bisschen trotzig. *Ich versuche doch schon seit Jahren, mich anzupassen!*

Du musst deine Verwandlungen in den Griff bekommen, Carag. Sonst wirst du nicht alt in dieser harten Welt.

Ja, ich weiß. Verlegen kratzte ich an einem Baumstamm herum. *Aber Mr Ellwood ...*

Ich weiß. Nicht ganz leicht mit Isidore, was? Der Kojote drehte um und trabte in Richtung Schule zurück. *Wenn du willst, helfe ICH dir.*

Eine unglaubliche Erleichterung durchflutete mich. *Oh ja, bitte!*

Aber das bleibt unter uns, klar? Ich möchte Isidore nicht kränken, sagte James Bridger und dann waren wir zurück an der Schule. *So, geh jetzt, du brauchst den Schlaf. Morgen sehen wir uns eine halbe Stunde vor dem Frühstück.*

Lautlos verschwand mein zweiter Mentor in der Nacht.

Am nächsten Morgen riss mein Wecker mich und Brandon aus dem Schlaf.

»Den hast du viel zu früh gestellt«, beschwerte sich Brandon und rieb sich die Augen.

»Nee, das stimmt schon so.« Wenn er sich beschwerte, dass er meinetwegen zu wenig Schlaf bekam, würde ich all seine Maiskörner im Klo runterspülen. Inzwischen hatte er schon das fünfte neue Bett, diesmal extragroß und mit Eisenstangen verstärkt.

Aufgeregt setzte ich mich in meinem ganz normalen Bett auf und zog mit den Zehen einen Pullover heran, den ich gestern auf den Boden geschmissen hatte. Dann wühlte ich meinen Schrank nach ein paar frischen Socken durch. Keine mehr da. Mist. Aber vor dem Verwandeln würde ich die sowieso ausziehen.

»Man sieht sich!«, rief ich Brandon zu und weg war ich. Er hatte nicht mal richtig Zeit, verdutzt zu gucken.

James Bridger wartete in Menschengestalt unten am Fluss auf mich, seinen alten schwarzen Cowboyhut tief in die Stirn gezogen. Doch als er mich sah, schob er ihn zurück und blickte mich an.

»Du bist pünktlich, das ist gut«, sagte er. »Jetzt ist fast die einzige Zeit, in der hier kein anderer Woodwalker rumhängt – alle haben nur ihr Frühstück im Kopf.«

Mein Magen knurrte.

»Ja, du auch, ich weiß.« Bridger grinste. »Also dann, fangen wir an.«

»Soll ich mich gleich mal verwandeln?«

»Nicht nötig. Das kommt noch lange nicht dran. Wir gehen jetzt zu dem Baum da drüben mit den dicken Ästen.« Eine Minute später hing ich mit dem Kopf nach unten über dem Ast. Nun war ich froh, dass ich noch nicht gefrühstückt hatte.

»Wir machen erst mal ein paar Entspannungsübungen, denn

wer sich nicht auf Kommando entspannen kann, kann sich auch nicht verwandeln, wann er es will«, kündigte Bridger an. Er saß auf einem anderen Ast, den Rücken gegen den Stamm gelehnt und die Hände gemütlich hinter dem Kopf verschränkt. »Versuch mal, dich wie ein altes Handtuch zu fühlen. Mach dich schlaff.«

Ich ließ Arme und Beine hängen. Die hatte ein Handtuch zwar nicht, aber egal.

»Gut so?«, ächzte ich dumpf.

»Nein. Jetzt siehst du aus wie ein halb toter Puma. Was wir brauchen, ist ein schlaffes Handtuch. Du hast noch viel zu viel Körperspannung.«

An diesem Tag kam ich als Letzter zum Frühstück. Zum Glück hatten meine Freunde auf mich gewartet, nur Dorian war schon weg. »Was hast du denn die ganze Zeit gemacht?«, fragte Brandon mich erstaunt, als ich mich aufstöhnend auf meinen Stuhl fallen ließ.

»Ach na ja, so was wie Gymnastik«, wich ich aus. Ich hatte ja versprochen, mit niemandem darüber zu reden, was Bridger mit mir übte. Außerdem würde es ein bisschen komisch klingen, wenn ich erzählte, dass ich den halben Morgen über einem Ast gehangen hatte.

Zum Glück fragten die anderen nicht lange nach, denn gerade hatte Holly einen Geistesblitz. Das war bei ihr ziemlich einfach zu sehen, weil dann ihre Augen leuchteten und ihre rotbraunen Haare noch ungebändigter zu Berge zu stehen schienen. »Also Leute, hört mal zu. Wir sind uns doch alle einig: Brandon braucht eine Lektion, wie toll es ist, stark und wild zu sein. Und gerade ist mir eingefallen, wie wir ihm das beibringen.«

»Wie denn?« Brandon stützte sich auf einen Ellenbogen und lag halb auf seinem Heft. Er sah nicht wirklich stark und wild aus.

»Verrate ich nicht«, sang Holly, jetzt wieder bestens gelaunt. »Heute Nacht ziehen wir es durch! Geht das klar, Leute?«

»Geht klar«, sagte Brandon gehorsam und zerknackte ein Maiskorn.

»Geht klar«, sagte ich. Was auch immer Holly plante, es würde unter Garantie lustig werden! Und ich brauchte dringend eine Abwechslung vom Üben und Sorgenmachen. Ich hatte Andrew Milling eine Mail geschrieben, in der ich ganz harmlos danach fragte, was wir denn gegen die Menschen unternehmen könnten, aber bisher war keine Antwort gekommen. Dabei hatte ich das Taschenmesser nicht mal erwähnt. Ich war nicht sicher, was genau mir lieber wäre – eine Antwort mit einem Hinweis auf Millings Pläne oder dass er sich nie wieder meldete.

»Sollen wir auch Dorian fragen?«, überlegte ich.

Holly dachte nach und schüttelte dann den Kopf. »Je weniger Leute davon wissen, desto besser.«

Kleinholz

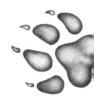

In dieser Nacht lagen Brandon und ich voll angezogen unter der Bettdecke, quatschten in der Dunkelheit und warteten darauf, dass Holly uns abholte. Sie musste erst warten, bis ihre Zimmergenossin Wing, das Rabenmädchen, schlief.

»Meine Eltern haben mir gerade geschrieben – sie finden es blöd, dass ich hier meinen Klavierunterricht und das Tennis nicht weitermachen kann«, erzählte Brandon.

»Sie haben dich zum Tennis geschickt?«, fragte ich fasziniert, weil ich ihn mir überhaupt nicht dabei vorstellen konnte.

Brandon seufzte tief. »Ja. Ich hatte überhaupt kein Talent dafür. Aber meine Eltern waren im Tennisclub, deshalb musste ich auch dort eintreten, verstehst du?«

»Nicht wirklich«, antwortete ich ehrlich. Das klang ungefähr so logisch, wie eine Maus zum Gewichtheben zu zwingen oder einen Hund zum Fallschirmspringen.

Wir diskutierten gerade, ob es besser war, bei fiesen Eltern oder im Waisenhaus aufzuwachsen, so wie Dorian und Holly, als die Tür einen Spalt aufging.

»He, Jungs! Seid ihr bereit? Alle, auf die es ankommt, schlafen, wir können los!«, flüsterte Holly.

Wir sprangen so lautlos wie möglich aus den Betten, zwängten uns durch das Zimmerfenster und kletterten hinunter zum Boden. Ich witterte unruhig – niemand in der Gegend. Man konnte Sherri Rivergirl im Fluss planschen hören, aber sie war weit genug weg und interessierte sich sowieso nicht besonders dafür, was die Schüler so machten. Jedenfalls, solange sie aufaßen und sich kein Bein brachen.

Am Waldrand verwandelten wir uns und versteckten unsere Klamotten in der Erdhöhle, in der Holly ihre kostbaren Kiefernzapfen sammelte.

Ausnahmsweise!, zischte sie und half mir mit ihren Pfötchen, meine Jeans auch noch in die Höhle hineinzustopfen. *Ganz ausnahmsweise dürft ihr die benutzen!*

Jaja, total nett von dir. Ich verdrehte die Augen, was in meiner Pumagestalt nicht ganz einfach war. *Und falls sie uns hier im Winter tatsächlich hungern lassen, bist du die Einzige, die sich trotzdem dick und rund fressen kann. Schon verstanden.*

Ach, ihr dürft gerne was abhaben, kicherte Holly und ich schlug mit eingefahrenen Krallen nach ihr. *Los, kommt mit! Dann erkläre ich euch gleich, was wir machen.* Sie hüpfte voran, lief über umgestürzte Baumstämme und turnte durchs Geäst. Nur wir mussten leider auf der Erde bleiben.

Es tut mir ja sehr leid, das sagen zu müssen, aber ich hänge fest!, blökte Brandon kurz darauf und zerrte an einem Brombeerdickicht herum, in dem er sich verfangen hatte.

Ach, das macht nichts, erwiderte Holly mit sonniger Laune. *Wirf dich kräftig nach vorne, dann bist du frei! Das ist leichter als pupsen, ehrlich!*

Brandon probierte es. Es funktionierte. Obwohl jetzt so viel Bisonwolle an den Brombeeren hing, dass es locker für einen Pullover gereicht hätte.

Geschafft!, meldete Brandon stolz und mir wurde klar, dass das schon Teil des Trainingsprogramms gewesen war.

Als wir uns ein ganzes Stück von der Schule entfernt hatten, hechtete Holly auf den Stumpf einer gigantischen Douglasfichte am Rand einer Lichtung. Ein Geruch nach feuchtem, gammeligem Holz lag in der Luft.

Tataaaa! Ist der nicht toll! Schön groß und morsch. Aus dem machst du ein bisschen Kleinholz für uns, Brannyboy!

Einfach so?, fragte Brandon.

Na klar, los, go, go!, feuerte ich ihn an.

Brandon senkte den schweren, wolligen Kopf und trabte zögernd los. Seine Hörner gruben sich in den Baumstumpf und hier und da brachen Stücke aus dem Holz.

Das war noch viel zu zaghaft, hau richtig zu, es stört hier keinen! Holly hüpfte auf einem Ast auf und ab wie ein wild gewordener Tennisball.

Beim nächsten Mal galoppierte Brandon richtig an. Seine Hufe donnerten über den Boden und es krachte laut, als er den Stumpf der Douglasfichte rammte. *Kawumm!* Ich duckte mich, damit mich keiner der herumwirbelnden

Splitter traf. Ein paar Asseln und Tausendfüßler machten sich aus dem Staub, weil hier offensichtlich die Welt unterging.

Yeah, du warst toll, Brandon!, jubelte Holly.

Weiter so, Alter, du wirst noch der Schrecken der Prärie!, lobte ich ihn.

Brandon stampfte übermütig mit den Hufen auf und schnaubte. Ihm hing noch ein Stück morscher Baum auf den Hörnern. *Das macht richtig Spaß*, gestand er ein bisschen verschämt.

Klar doch, sagte Holly fröhlich. *Und genauso machst du das auch bei der Kampfprüfung. Keine Sorge, da brauchst du niemanden zu rammen, es bleibt keiner stehen, wenn er dich kommen sieht!*

Sie hüpfte auf seinen Kopf, brachte sich aber schnell in Sicherheit, als Brandon gleich wieder Anlauf nahm. Er zerlegte diesen Baumstumpf richtig gründlich und schaute sich dann mit blitzenden Augen um. *Kann ich noch einen? Ich mach jetzt einfach noch einen, okay?*

Er trampelte davon, quer durch den Wald, und riss dabei ein paar junge Bäume zu Boden. Wir rannten hinter ihm her.

Äh, warte mal, Brandon, das ist keine gute Richtung, rief Holly. *Da geht's leider zum Highway ...*

Doch Brandon hörte nicht mehr zu. Er nahm hier ein paar Pilze auf die Hörner, dort einen Strauch. Ich war froh, dass ich hinter und nicht vor ihm lief, weil ich nicht sicher war, ob er mich gerade als seinen guten Freund Carag erkannt hätte.

Brandon! Warte! In der Schneise, die er hinter sich ließ, konnten wir ihm mühelos folgen. *Der läuft immer noch in Richtung Straße*, sagte ich beunruhigt zu Holly, die sich auf meinen Rücken geschwungen hatte und an meinen Ohren festhielt.

Bestimmt dreht er gleich um. Holly klang nicht wirklich zuversichtlich. *Brandon! Wir gehen jetzt wieder zur Schule, klar?*

Boah, macht das Spaß, kam es zurück, dann hörten wir wieder ein Krachen, als er sich einen halb verrotteten Baumstamm vornahm.

Ich glaube, der hat uns vergessen, meinte ich beklommen und beobachtete Brandons braunes Bisonhinterteil. Gerade hob er den Schwanz und ließ ein paar große Fladen fallen. Schön, dass er das noch nie in unserem Zimmer gemacht hatte! Sofort stürzten sich ein paar Fliegen auf den Haufen.

Schon konnte ich die Straße hören, meine Ohren fingen ein leises Motorengeräusch auf, das näher kam. Es wurde fast übertönt vom Krach, den Brandon machte, als er weiter durchs Unterholz pflügte. Mein Bauch fühlte sich an, als hätte ich ein halbes Dutzend Krebse verschluckt, und zwar lebendig. Dass Brandon-der-Bison leicht reizbar war, wusste ich schon, ich konnte mich noch gut daran erinnern, wie er unseren Kleiderschrank demoliert hatte. Und der hatte ihm nicht mal etwas getan! Mit Autos war das eine andere Sache, vor denen hatten mich meine Eltern schon gewarnt, als ich noch ein Kätzchen gewesen war. Konnte in einem Duell Karre gegen Bison überhaupt einer gewinnen?

Warte, verdammt noch mal! Ich glaube, da kommt ein Auto! Ich legte extra viel Kraft in den Gedanken. Doch Brandon reagierte überhaupt nicht. Obwohl die Scheinwerfer schon über den Waldrand strichen und ich geblendet das Gesicht abwenden musste.

Stur marschierte Brandon weiter. *Mal schauen, was ich noch so zum Kaputtmachen finde*, sagte er und trottete über den Asphalt des Highways.

Da war es, das Auto! Ein chromglänzender Chrysler, ziemlich neu. Hinter der Windschutzscheibe konnte ich nichts erkennen, die Scheinwerfer waren viel zu hell. Zum Glück sah der

Fahrer rechtzeitig, dass da jemand auf der Straße war, und bremste ab. Doch dann machte er einen schweren Fehler.

Er hupte.

Normalerweise hätte Brandon das Auto sicher ignoriert – Tiere in Yellowstone mussten sich wohl oder übel an Touristen gewöhnen und Wandlern ging es nicht anders. Doch als er die Hupe hörte, wandte der Bison den Kopf und schnaubte gereizt.

Das nervt!

Alles gut, Brandon, flötete Holly. *Gleich ist das nette, kleine Auto wieder weg und du kannst mit ein paar Baumstümpfen weitermachen ...*

Brandon senkte den gehörnten Kopf und griff an.

Ich konnte mir lebhaft vorstellen, was die Leute im Auto gerade riefen – Marlon hatte großen Wert darauf gelegt, mir solche Ausdrücke beizubringen. Nach einem Schockmoment hatte der Fahrer panisch den Rückwärtsgang reingeknallt und ließ den Motor aufheulen. Dann trat er aufs Gas. Im wilden Zickzack schoss der Chrysler nach hinten. Mein Freund verfolgte ihn mit blitzenden Augen.

Brandon, hör auf!, schrie ich entsetzt. *Das gibt Ärger! Viel Ärger!*

Es war ein ungleicher Kampf. Bisons können bis zu siebzig Stundenkilometer schnell rennen, wenn ihnen danach ist. Ich hatte zwar Autos in Kinofilmen rückwärtsrasen sehen, aber ich war nicht sicher, ob sie so was auch in Wirklichkeit schafften. Brandon fing den Chrysler ein, hakte seine Hörner in den Kühlergrill und riss ruckartig den Kopf hoch. Damit hob er das Vorderteil der Karre glatt von der Straße. Blech knackte, mit lautem Surren drehten die Räder ins Leere.

Ha!, dröhnte Brandon. *Hab ich dich!*

Wahrscheinlich erlitt der Fahrer gerade einen Nervenzusammenbruch.

Brandon ging ein paar Schritte zurück und die Karre krachte wieder auf die Straße. Dafür pikte er jetzt eins seiner Hörner in den linken Scheinwerfer. Es klirrte.

Da! Nimm dies!

Spring runter, los, sagte ich zu Holly und zum Glück fragte sie nicht lange, sondern hüpfte von meinem Rücken. Ich rannte los, in weiten Sprüngen. Irgendwie musste ich eingreifen! Es war schon viel zu viel passiert und Brandon war noch lange nicht fertig mit diesem Auto. Er nahm gerade Anlauf für die nächste Runde, als ich schnell wie ein Schatten zwischen ihn und die in Blech verpackten Menschen sprang.

Brandon stutzte. *Carag?,* fragte er verdutzt, als sei er eben erst aufgewacht.

Ich pflanzte mich leicht geduckt, mit gebleckten Zähnen und peitschendem Schwanz, auf die Motorhaube. Im Inneren des Autos wurde ausgiebig geschrien, das hörte ich selbst durch die Scheiben hindurch.

Reicht jetzt – du hast kapiert, wie stark du bist, sagte ich entschieden zu Brandon. *Wir gehen. Los, komm!*

Na gut, sagte Brandon. Er klang ein bisschen enttäuscht. *Stimmt schon, ich ...*

Unfassbar, aber wahr: Der Idiot am Lenkrad des Chryslers hupte noch mal.

Wütend wirbelte Brandon herum und attackierte das Auto von der Seite. *Wumm!* Im Licht des verbliebenen Scheinwerfers sah ich, wie er seinen Schädel in die Beifahrertür rammte. Obwohl es ein schwerer Wagen war, schob der Bison ihn damit ein Stück über die Straße. Der Ruck schleuderte mich beinahe in den Straßengraben, weil meine Krallen auf dem glatten

Lack genauso wenig Halt fanden wie auf einem zugefrorenen See. Ups, jetzt hatten sie dadrin ein hübsches Kratzmuster. Rasch sprang ich zu Boden und warf einen Blick zurück. Die Beifahrertür hätte man als Suppenteller für Riesen benutzen können, nur leider hatten Brandons Hörner auch zwei Löcher hineingestanzt.

Es gab keine andere Möglichkeit. Ich musste ein bisschen brutal werden. *Brandon, es reicht jetzt!*, brüllte ich ihn lautlos an, und als er sich wieder taub stellte, verpasste ich ihm einen rechten Haken auf die Nase. *Mit* Krallen.

Aua! Brandon wich zurück und schaute gekränkt drein. *Carag? Was machst du?*

Das wollte ich dich gerade fragen, fauchte ich zurück. *Das hier ist nicht die Happy-Sachschaden-Nacht oder so was!*

Anscheinend hatte der Depp im Auto gemerkt, dass die Aktion mit der Hupe keine gute Idee gewesen war. Diesmal funkte er mir nicht dazwischen. Er war auch so schlau, nicht das Fenster herunterzukurbeln oder auszusteigen und wegzurennen.

Irgendwie schaffte ich es, Brandon von der Straße wegzudrängen. Etwas belämmert trottete er in den Wald.

Na also, guter Junge. Holly kletterte ihm auf den Rücken und tätschelte ihm den zottigen Kopf. Aber richtig konnte sie ihre wahren Gedanken nicht verbergen, ich hörte eine leise Unterströmung von *Dämlicheshuftiermitquarkimkopfauweiadasgibtärger!*

Hinter uns fuhr der Chrysler ganz langsam und stockend weiter. Schön, dass er das noch konnte.

Erschöpft und schweigsam machten wir uns auf den Weg nach Hause, holten unsere Klamotten und verwandelten uns zurück.

»Immerhin, es weiß keiner, dass wir das waren«, sagte Holly mit sehr, sehr künstlich klingender Zuversicht. »Es kann irgendein schlecht gelaunter Bulle gewesen sein.«

»Ja, genau«, meinte Brandon hoffnungsvoll. Ihm schien langsam zu dämmern, was er angerichtet hatte, und er schaute drein wie ein Schaf, wenn's donnert. Na toll. Wenn wir Pech hatten, war die ganze Aktion auch noch vergeblich gewesen!

»Leider gibt es nicht allzu viele Bisons, die mit Pumas zusammen durch die Gegend ziehen«, meinte ich müde. Als Puma brauchte ich nicht viel Schlaf, aber als Mensch fühlte ich mich jetzt, nachdem die ganze Aufregung vorbei war, so dynamisch wie ein Klumpen Lehm.

»Wieso zusammen durch die Gegend ziehen? Alles, was die Leute gesehen haben, war ein astreiner Kampf!«, meinte Brandon.

Ich tippte mir an die Stirn. »Kampf? Ich hab dir *einen* Schlag verpasst, das geht noch nicht als Kampf durch. Oder meinst du dich und das Auto?«

»Egal, jedenfalls bleibt das alles total geheim!«, schärfte uns Holly noch mal ein und kämmte ihre Haare mit den Fingern durch. Keine Ahnung, wozu das gut sein sollte, es zogen sich nämlich auch Dreckspuren quer über ihr Gesicht.

»Logisch.« Ich salutierte.

»Aber spaßig war es trotzdem«, gestand Brandon und auf einmal konnten wir nicht anders, wir mussten uns alle drei angrinsen. Vielleicht hatte die Sache ja doch funktioniert.

Eulenaugen

Ich hatte viele Menschen lächeln sehen in den letzten zwei Jahren. Zu Anfang hatte ich vertrauensvoll zurückgelächelt. Aber das Lächeln auf Jeffreys Lippen in den ersten beiden Schulstunden gefiel mir ganz und gar nicht. Und ich war ziemlich sicher, dass die gute Laune der übrigen Wölfe nicht nur daher rührte, dass gerade ein Rabe auf meinem Kopf herumstolzierte und ich nichts dagegen unternahm.

Es war nämlich erstens eine nette Geste – wir nahmen Freundschaften zwischen Tieren durch – und zweitens wollte ich Lou ja immer noch zeigen, dass ich ungefährlich war und eher zufällig eine Raubkatze. Nur weil mir ein Rabe an den Haaren herumzupfte, wurde jemand wie ich nicht gleich grob. Es schien zu funktionieren, Lou beobachtete Shadow und mich freundlich.

Uuh, ich muss mal, ich werd gleich was fallen lassen, neckte mich der Rabenjunge und seine Krallen pikten mich in die Kopfhaut.

Wehe!, schickte ich zurück. *Hab ich schon erwähnt, dass ich echt Appetit auf Geflügel habe?*

»Danke, Shadow, du kannst jetzt wieder runterkommen«, sagte Amelia Parker. »Du hast ganz recht, Raben sind in der Natur meist mit Wölfen befreundet und spielen als Jungtiere mit ihnen, aber Carag ist ein wirklich netter ... äh, Puma.

Wing, könntest du uns jetzt vorführen, wie Raben Wölfen zeigen, wo ein totes Tier liegt?«

Aber klar, gab Shadows Schwester zurück, spreizte die bläulich schwarz schimmernden Flügel und schloss geschickt mit dem Schnabel ihre Schultasche. Dann hüpfte sie darauf und flatterte krächzend auf und ab.

»Genau – wunderbar, danke«, sagte Madame Parker, schob die Brille auf ihrer Nase hoch und blinzelte kurzsichtig in die Runde. »Ihr versteht jetzt, warum manche einheimischen Stämme Raben auch Wolfsvögel nennen, oder?«

Jeffrey starrte mich an, aber sein Blick wanderte auch hin und wieder zu Holly und Brandon. Das machte mich fertig. Es sah ganz so aus, als wüsste er etwas, aber wie konnte das sein? Ich hatte in der letzten Nacht keinerlei Wölfe in der Gegend gewittert oder gesehen und auch keine anderen Tiere, die größer als ein Käfer oder eine Spitzmaus waren!

Holly hatte ebenfalls bemerkt, wie unsere Feinde sich verhielten. Der kalte, stete Blick aus Tikaanis schwarzen Augen schien sie ganz kribbelig zu machen, sie konnte kaum still halten. Unauffällig checkte ich den Rest der Klasse, um festzustellen, ob noch irgendjemand sich verdächtig verhielt. Noch ehe ich irgendetwas bemerkte, flog die Tür auf. Lissa Clearwater stand im Türrahmen und nie waren mir ihre Gesichtszüge so scharf und unerbittlich vorgekommen. Erschrocken blickte ich sie an – und sah, wie ihr Finger auf mich deutete. Auf mich, Holly und Brandon.

»Ihr kommt bitte mit. Jetzt sofort.«

Bo, der Omegawolf, grinste so breit, dass jeden Moment seine Mundwinkel abfallen würden. Auch Jeffrey, Cliff und Tikaani amüsierten sich prächtig. Und mir wurde klar, dass ich ihnen irgendwie in die Falle gegangen war. Dass dies die Rache war, vor der Juanita mich gewarnt hatte. Mein Körper fühlte sich schwer wie Blei an, als ich aufstand und meinen Freunden durch die Tür folgte. Wer konnte uns verraten haben? Hatte Wing, Hollys Zimmergenossin, doch nicht geschlafen, als sie sich davongestohlen hatte? Aber Wing schaute unserem Abmarsch ebenso neugierig und betroffen zu wie unsere anderen Schulkameraden. Die wusste nichts, ich war mir sicher.

In ihrem Büro angekommen, verschränkte Lissa Clearwater die Arme und musterte uns. Was für ein Blick! Ich schaute lieber zu Boden.

»Ihr wisst bestimmt schon, worum es geht – um diesen Zwischenfall mit dem Auto. Mir ist zu Ohren gekommen, dass ihr dafür verantwortlich wart. Also, wer von euch hatte die Idee zu dieser Sache?«

Es machte keinen Sinn zu lügen. Doch gerade als Holly den Mund öffnete, fielen mir blitzartig ein paar wichtige Dinge ein – zum Beispiel, dass Holly wegen ihrer Klauerei schon zwei Verwarnungen hatte und man mit dreien von der Schule flog. Himmel, nein, das durfte nicht passieren! Und wohin sollte sie denn, wenn sie nicht mehr hier leben durfte? Zurück ins Waisenhaus?

»Es war meine Idee«, schnitt ich ihr das Wort ab. »Ich wollte Brandon beibringen, wie er seine Kraft nutzen kann, und das war irgendwann wie eine Lawine. Nicht aufzuhalten. Obwohl ich's versucht habe. Ist dumm gelaufen, das mit dem Auto, mir tut das echt leid. Ach ja, das nervige Rothörnchen ist uns in den Wald nachgelaufen und wir sind es nicht mehr losgeworden.«

Der Blick, den Holly mir zuwarf, war jedes Opfer wert gewesen.

Leider war Lissa Clearwater alles andere als dumm. Sie kaufte mir diese Version nicht ab, das konnte ich sehen. »Soso«, sagte sie und spießte Holly mit einem Blick auf. »Und das soll ich glauben? Das Ganze klingt eher nach einer Idee von dir, Holly.«

Holly hatte ihre Verwandlungen echt gut im Griff. Ich an ihrer Stelle hätte mich vor Angst teilverwandelt, aber sie bekam nicht mal einen Hauch von Fell. »Meinen Sie?«

»Vielleicht ist diese Schule nicht der richtige Ort für dich«, sagte Lissa Clearwater sanft. »Vielleicht wärst du anderswo besser aufge ...«

»Nein, bitte!« Holly war blass geworden. »Es gefällt mir wirklich gut hier!«

»Ich habe doch schon gesagt, dass es meine Idee war«, mischte ich mich verzweifelt ein. Die Clearwater High ohne Holly ... nein, das ging gar nicht!

Zum Glück wandte sich unsere Schulleiterin jetzt meinem Freund und Zimmergenossen zu. »Was hast *du* eigentlich dazu zu sagen, Brandon?«

»Es ist so, wie Carag das erzählt hat.« Brandon hatte den Kopf gesenkt und schaute auf seine Schuhe, ich sah nur noch seine braunen Locken. »Ich ... bin so wütend geworden. Das passiert mir manchmal.«

Lissa Clearwater seufzte. »Ich weiß.« Wahrscheinlich dachte sie an die Möbelstücke, die er sie schon gekostet hatte. »Es geht nicht, dass wir die Menschen gegen uns aufbringen, das bezahlen wir, wenn wir Pech haben, in Blut. Das gibt einen Verweis für euch beide, Brandon und Carag.« Nach einer kleinen Pause fuhr sie fort: »Carag, du bist hier, weil du lernen willst, dein Leben als Woodwalker in den Griff zu bekommen. Versuch, jede Idee erst danach zu beurteilen, ob sie dir dabei hilft.«

»Okay, mach ich«, sagte ich und ich meinte es auch so. Wenn man einmal in diesem Büro gestanden hatte, vor diesen zornfunkelnden gelben Augen, dann wollte man das so schnell nicht wieder erleben!

»Ich erwarte, dass ihr alle bei den Zwischenprüfungen im Dezember euer Bestes gebt«, schärfte uns Lissa Clearwater noch ein. »Danach beginnen die Lernexpeditionen – nur wer die Prüfungen bestanden hat, darf mit. Wer nicht besteht, hat Pech gehabt und muss die ersten drei Monate wiederholen.«

Dann waren wir endlich, endlich draußen. »Puh«, machte Holly und holte tief Luft.

»Wollte ich auch gerade sagen«, murmelte Brandon.

Ganz zufällig schlenderte in diesem Moment Dorian um die Ecke. »Na, alles klar?«, fragte er. »War's schlimm?«

Wir blickten uns an und nickten.

Dorian senkte die Stimme. »Als ihr weg wart, hat Jeffrey Trudy zugelächelt. Worauf Trudy rot angelaufen ist und sehr, sehr glücklich ausgesehen hat.«

Wir kapierten alle drei sofort. »Bäh, ist das Flattervieh etwa in den verliebt?« Holly zog eine Grimasse. »Die hat bestimmt alles getan, was er von ihr wollte.«

»Eulendreck!«, sagte ich, was gerade bestens passte. »Wer weiß, wie lange die uns schon für ihn überwacht hat?«

»Garantiert seit dem beknackten Duell«, meinte Holly.

Doch die Wölfe waren nicht die Einzigen, die mich im Auge behielten. Das zeigte mir ein Blick in meine Mails kurz vor der Mittagspause.

Hallo Carag,
Glückwunsch! Das war eine saubere Aktion letzte Nacht.
Vielleicht gewinnen die Menschen dadurch wieder Respekt

vor uns. Und wenn die Zeit gekommen ist, werden wir sie
büßen lassen für all das, was sie uns angetan haben.
Dein Freund
Andrew

Es lief mir kalt den Rücken herunter.

Wann ist denn die Zeit gekommen? Und was machen wir dann?,
mailte ich schnell zurück. Vielleicht verriet er mir noch ein
paar wichtige Details.

Irgendwie war ich froh über das, was Milling mir geschrieben hatte. Es war ein weiterer Beweis, dass er mich wirklich
überwachte. Und wenn ich diese Mail Lissa Clearwater zeigte,
würde sie mir endlich glauben, dass er irgendetwas Gefährliches plante! Aber ich musste es heimlich tun, weil ich vielleicht noch von Millings Leuten überwacht wurde und ...

Piiing. Eine Meldung erschien auf dem Bildschirm.

Diese Nachricht wurde automatisch nach 120 Sekunden gelöscht.

Verdammt!

Der letzte Trick

Hab gehört von deinem kleinen Nachtausflug«, sagte Bridger bei unserer nächsten frühmorgendlichen Lektion. »Du bist erstaunlich gut darin, Ärger zu machen. Hätte ich dir gar nicht zugetraut.«

»Ich mir auch nicht«, gab ich ehrlich zurück und fragte mich, warum genau James Bridger diesmal einen Eimer dabeihatte. Und wieso wir gerade Richtung Fluss gingen. Was hatte er vor? Doch nicht etwa …?

Doch. Locker mit mir plaudernd tauchte er den Eimer ins eiskalte Flusswasser, zog ihn gefüllt wieder heraus … und zielte damit auf mich in meiner Menschengestalt. Ich sprang instinktiv zurück und Bridger schüttelte den Kopf.

»Schön stehen bleiben. Und nicht die Luft anhalten. Weiteratmen. Ganz tief. Ein … aus … ein … aus …«

Ich versuchte, mich auf meinen Atem zu konzentrieren. Bridger brachte mir bei, ganz bewusst zu entspannen, obwohl mich jemand bedrohte. Gute Idee. Aber ich konnte nur hoffen, dass er den Eimer nachher anderswo ausschüttete und nicht über mir!

Wie sich herausstellte, goss er einen Weidenstrauch damit. Zum Glück.

Drei Morgenlektionen brauchte ich, bis ich mich bei dieser Übung im Griff hatte. Dann übten wir in unserer zweiten Gestalt weiter. Fünf oder sechs Lektionen brauchte ich, um meinen Puls unter Kontrolle zu halten, selbst wenn mich Bridger-der-Kojote mit gefletschten Zähnen angriff.

Du bist so weit, wir können mit den richtigen Verwandlungsübungen anfangen, lobte mich Bridger schließlich und ich freute mich. So lange, bis ich hörte, was die nächste Übung war. *So, jetzt bitte zehnmal verwandeln und wieder zurück. Einfach schnell hintereinander. Klamotten sind überflüssig. Ich schaue nicht hin.*

Zehnmal hintereinander? Ich ächzte. Das würde brutal anstrengend werden!

An diesem Morgen kroch ich zum Frühstück. Oder so fühlte es sich jedenfalls an. Meine Beine waren weich wie Melodys Knetgummi. Brandon, Holly und Dorian schauten fasziniert zu, wie ich über die Spiegeleier mit Speck herfiel. Sie fragten längst nicht mehr, was ich in den frühen Morgenstunden machte. Ich wusste, warum – gestern hatte sich ein gewisses Rothörnchen hinter einem Baumstamm in der Nähe versteckt. Nicht gut genug allerdings.

In den nächsten Morgenlektionen klappten die Verwandlungen gut, doch trotz der Entspannungstechniken fiel es mir unter Druck noch immer schwer, in die Menschengestalt zurückzukehren.

»Vielleicht kann ich das einfach nicht«, meinte ich verzweifelt. »Kann doch sein, dass ich nicht genug Talent habe, um ...«

»Keine Panik, Carag«, beruhigte mich Bridger. »Als Nächstes probieren wir es mit einem Zauberwort.«

»Einem Zauberwort?« Ich verstand die Welt nicht mehr. »Aber was wir machen, das hat doch nichts mit Zaubern zu tun, oder?«

Bridger grinste. »Nein. Aber das weiß dein Körper nicht. Wenn du darauf achtest, immer dieses Wort zu sprechen, bevor du dich verwandelst, wird er sich nach einer Weile daran gewöhnen. Und reagieren, wenn du dir das Wort vorsprichst.«

»Und wie heißt dieses Zauberwort?«

»Jeder hat sein eigenes. Du musst dir nur eins aussuchen. Irgendeins.«

Ein Zauberwort. Wie hätte Mia gelacht, wenn sie das gehört hätte!

»Ich nehme Mia«, sagte ich.

»Mia? Wer ist das?« Neugierig blickte Bridger mich an.

Ich verkrampfte mich. Schon einmal hatte ich über meine Familie gesprochen – und einem Feind damit mehr über mich verraten, als ich wollte. Aber James Bridger war ganz anders als Andrew Milling. Vertraute ich ihm oder nicht?

Ja, gab ich mir zu Antwort. Ich mochte ihn nicht nur, ich vertraute ihm auch. Er hatte immer zu mir gehalten. Und ein Spion für Andrew Milling war er bestimmt nicht. Schließlich war er der Einzige, der mir gegen diesen Typen helfen wollte.

»Mia ist meine Schwester«, sagte ich. »Es ist schon eine Weile her, dass ich sie zuletzt gesehen habe.«

»Ach so«, sagte Bridger einfach. »Dann solltest du ihren Namen besser nicht als Zauberwort nehmen. Sonst rufst du begeistert ›Mia!‹, wenn du sie wiedersiehst, und *zack!,* schon siehst du ganz anders aus und sie erkennt dich nicht mehr.«

»Stimmt.« Ich musste lachen, als ich mir Mias Blick vorstellte. »Dann nehme ich ... Timbuktu.« Das Wort hatte ich mal irgendwo gehört. Ich hatte keine Ahnung, was es bedeutete, aber es klang schön. Fremd und geheimnisvoll.

Also begannen wir bei den nächsten Morgentrainings, mich an das Zauberwort zu gewöhnen. Wenn ich das Wort sprach oder dachte, funktionierten meine Verwandlungen besser, aber immer noch nicht gut genug.

»Das geht schon ganz ordentlich, aber was ist, wenn du wirklich Angst hast, Carag? Wenn du in echter Gefahr bist? Das ist etwas ganz anderes.«

Ich weiß, sagte ich niedergeschlagen und kratzte mich mit einer Hinterpfote am Ohr. Grimmig sah James Bridger auf mich herunter. »Einen letzten Trick habe ich noch auf ... Oh, hallo Isidore«, unterbrach er sich.

Ich zuckte zusammen und fuhr in meiner Pumagestalt herum.

»Gehe ich recht in der Annahme, dass ihr hier die frische Morgenstunde genießt?«, fragte Isidore Ellwood kühl. »Es kann ja nicht sein, dass du dir anmaßt, *meinen* Schüler in Verwandlung zu unterrichten, oder?«

»Er ist auch mein Schüler«, sagte James Bridger ruhig.

Mit einer Handbewegung befahl mir Ellwood zu verschwinden. Bridger nickte mir zu und ich verstand, was er mir sagen wollte. *Geh nur. Wir reden später.*

Also haute ich ab in Richtung Schulgebäude und ließ sogar meine Klamotten liegen. Trotzdem bekam ich mit, dass hinter mir ein fieser Streit losging.

Beim hüpfenden Wildschwein! Jetzt hatte Bridger Ärger, und das nur, weil er mir geholfen hatte. Ich fühlte mich, als hätte ich Steine gefressen.

In der Nacht schob jemand einen Zettel unter meiner Tür durch, ich fand ihn erst am nächsten Morgen.

Hör zu, wir können unsere Lektionen leider nicht fortsetzen, ich möchte nicht riskieren, dass Ellwood hier kündigt. Aber es gibt noch einen Trick, den du ausprobieren solltest: Du weißt ja, wir haben einen viel besseren Geruchssinn als Menschen und Gerüche haben

große Macht über uns. Wenn du deiner Verwandlung
in einen Menschen immer einen bestimmten Geruch
zuordnest und deiner Pumagestalt einen anderen
Geruch, dann hilft dir das auch dann, wenn du
kaum noch klar denken kannst. Ein Freund von mir,
ein Fuchs-Wandler, schwört auf diese Methode.

Ich versuchte, nicht daran zu denken, dass das sein letzter Trick
war. Was sollte ich tun, wenn der nicht funktionierte? Oder
wenn ich es nicht schaffte, ihn mir ohne Hilfe beizubringen?
Es war nicht mehr lange hin bis zu den Zwischenprüfungen.

Dorian und Holly saßen fast jeden Nachmittag nach dem Unterricht mit ihren Schulbüchern in der Cafeteria. Dabei waren
sie oft nicht sehr gut gelaunt. So auch, als Nell gerade ein paar
selbst gebackene Kekse verteilte.

»Nicht schlecht«, log ich, nachdem ich probiert hatte.

Holly war nicht ganz so höflich. »Das schmeckt wie verfilztes
Gewölle! Hey, Schlangenfutter, wo hast du backen gelernt?«

»Bei 'ner Frau mit 'nem Hörnchenpelzmantel!«, motzte Nell
zurück.

Die Einzige, der die Kekse schmeckten, war Berta. Aber die
aß sowieso alles. Außer Motten.

Mit Holly zu lernen, war lustig, aber sie konnte einen auch
ganz schön ablenken. Deshalb nahm ich in der Nacht noch mal
meine Bücher und ging in die leere dunkle Cafeteria. Es war
schön still und friedlich um diese Zeit. Da hörte ich plötzlich
ein leises Geräusch und hüpfte fast an die Decke vor Schreck.
Es war doch jemand hier! Nein, nicht jemand, sondern *Lou!* Sie
saß ganz allein in der Dunkelheit und hatte wohl zu den Sternen hochgeblickt, als ich sie gestört hatte. Mein Herz schlug

einen Salto. Im ersten Moment wollte ich flüchten, doch dann blieb ich einfach stehen.

»Entschuldige, habe ich dich erschreckt?«, fragte Lou verlegen.

»Ein bisschen, aber das macht nichts«, sagte ich. »Bist du oft nachts hier?«

»Manchmal«, meinte Lou.

»Magst du es, alleine zu sein?« Ich staunte selbst über meinen Mut, sie so was zu fragen.

Lou blickte wieder hoch zu den Sternen und seufzte. »Als ich jünger war, konnte ich nie einen Moment lang alleine sein, immer waren meine fünf Geschwister um mich herum, ständig war irgendetwas los. So was macht es schwer, herauszufinden, wer man selbst ist. Verstehst du das?«

»Ja«, sagte ich. »Das verstehe ich. Hast du es denn herausgefunden ... wer du bist?«

Ihre Augen schimmerten in der Dunkelheit. »Vielleicht. Und du?«

»Ich arbeite daran«, sagte ich. Und dann lächelten wir uns an. So richtig.

Mir wurde warm durch und durch. Weil es in diesem Moment egal war, welche Zweitgestalten wir hatten. Weil wir uns einfach verstanden. Von mir aus hätten wir ewig hierbleiben und uns anlächeln können, doch leider stand Lou auf und wandte sich zum Gehen.

»Gute Nacht, Carag«, sagte sie.

»Gute Nacht«, flüsterte ich zurück – und schon war sie weg.

Der Winter war spät gekommen dieses Jahr, doch jetzt war er da. Fast täglich schneite es in dicken Flocken und ein eisiger Wind fegte durchs Tal. Wahrscheinlich hätten wir sowieso mit den heimlichen Lektionen draußen aufhören müssen, tröstete ich mich. Im Schnee sah man jede Spur deutlich.

»Ich hab jetzt keinen Bock mehr, ich hab genug von diesen verdammten Aufsätzen und Diktaten!«, rief Holly und warf ihr Englischbuch im hohen Bogen in Richtung ihrer Tasche. Es landete ganz oben auf einer Zimmerpflanze. Holly verwandelte sich, sprang als Rothörnchen hinterher und schubste es hinunter. Diesmal traf sie. *Wer hat Lust auf 'ne Schneeballschlacht?*, rief sie in die Runde.

»Wir!«, schrien Wing und Shadow sofort.

Brandon, Dorian und drei, vier andere waren auch dabei. Sogar Tikaani meldete sich, obwohl ihre Rudelgefährten sie dafür finster anblickten.

Holly turnte als Rothörnchen auf mich zu und stupste mich mit einer winzigen Faust in die Rippen. *Was ist mit dir, Carag?*

»Heute nicht«, sagte ich, obwohl ich große Lust auf eine Schneeballschlacht gehabt hätte. Aber es war wichtiger, den Verwandlungstrick auszuprobieren.

Also stapfte ich durch den schienbeinhohen Schnee an den anderen vorbei und schaute einen Moment lang neidisch zu. Vor dem Schulgebäude war schon ein heißer Kampf im Gange, der bestimmt in die Zeitung gekommen wäre, wenn er in Jackson Hole stattgefunden hätte. Dorian hatte sich als Junge in dicken Winterklamotten hinter Bertas breitem Grizzlyrücken verschanzt, der ihm Deckung vor Hollys Scharfschüssen gab. Viola, gerade in Mädchengestalt, versuchte, Tikaani Schnee ins Wolfsgesicht zu reiben. Dabei bekam sie Treffer von Shadow und Wing ab, die mit Munition in den Krallen über ihr flatterten. Lou hatte die winzige Maus Nell in eine weiße Kugel eingeknetet und warf sie vorsichtig Leroy zu, der sie mit Menschenhänden auffing.

Juchhu, Achterbahn!, quiekte Nell. *Noch mal!*

Brandon schaufelte mit seinem gewaltigen Bisonkopf einen Schneevorrat auf einen Haufen und merkte gar nicht, dass ihn Cookie von einem Baum hängend mit zehn winzigen Schneebomben pro Minute beschoss. Beleidigt stellte Cookie sich tot, was aber auch keiner merkte.

Mit einem letzten Blick und einem Seufzer ging ich weiter – und etwas Eiskaltes knallte mir in den Nacken!

»He!«, brüllte ich und fuhr herum. Soso, Holly war das gewesen! Breit grinsend und mit von der Kälte roten Backen stand sie da, den Arm noch erhoben. Na warte! Ich bückte mich, formte einen extragroßen Ball und pfefferte ihn in ihre Richtung. Sie drehte sich sauschnell weg. Nicht erwischt. Und jetzt tanzte sie auch noch im Schnee herum und rief: »Haha, Carag kann nicht werfen! Carag kann nicht werfen!«

»Kann ich wohl, du Misthörnchen«, rief ich zurück und der nächste Schneeball platzte ihr genau auf dem Hintern.

»Rache! Ich will Rache!«, grölte Holly, während sie sich nach einer neuen Handvoll Schnee bückte.

Leider konnte sie wirklich besser werfen als ich. Als ich endlich dazu kam weiterzugehen, sah ich aus wie Bigfoot, das Schneemonster aus den Bergen.

Egal. Ich musste mich jetzt wirklich darum kümmern, zwei Gerüche für den Trick zu finden.

Als prägenden Geruch brauchte ich etwas, das ich als Puma nicht dauernd roch – der Duft von Harz und Kiefernadeln stieg mir bei jeder Kletterpartie in die Nase, den bemerkte ich kaum noch. Es musste außerdem etwas sein, an das ich leicht herankam, wenn ich in den Bergen unterwegs war. Schnuppernd lief ich durch den Wald, kratzte hier und da mit Handschuhen den Schnee vom Boden weg, suchte. Schließlich entschied ich mich für Wacholder, der verstreut in dunkelgrünen, stacheligen Büschen wuchs. Ab jetzt würde mich Wacholdergeruch an meine Menschengestalt erinnern. Aber als zweiten Geruch fand ich einfach nichts. Sollte ich Bärentraube nehmen, ein Pflänzchen mit löffelförmigen Blättern, das auf dem Waldboden wucherte? Oder den duftenden Sumach, der aromatisch, aber auch ein bisschen eklig roch? Nein, das passte alles nicht.

Schließlich kam ich darauf. Pumapisse, und zwar meine eigene! Das war's. Wir markierten nicht umsonst unser Territorium damit. Es gab kein stärkeres Signal als meine eigene Markierung. Ein paar Tropfen auf einen Lappen und fertig. Natürlich luftdicht verschlossen in einem Beutel, damit kein Mensch oder Woodwalker in der Nähe die Krise bekam.

Gut gelaunt stopfte ich ein paar Hände voll Wacholder in einen Plastikbeutel und machte mich auf den Heimweg. Jetzt brauchte ich nur noch ein paar »Pumabeutel«.

Einer davon musste so klein sein, dass ich ihn in der Handfläche verstecken konnte. Den konnte ich mit zur Prüfung nehmen.

Daheim in meinem Zimmer bastelte ich mir die Pipi-Beutel und machte mich sofort ans Üben. Es ging besser als gedacht. Schon nach zehn Verwandlungen hatte ich das Gefühl, dass der Geruch für mich ein Signal geworden war. Zusammen mit dem Zauberwort funktionierte es prima. Aber würde es auch wirken, wenn mich jemand angriff?

In zwei Tagen waren die Zwischenprüfungen.

Zahn um Zahn

Wie schreibt man noch mal Ferien?«, flüsterte mir Holly zu. Ihr rotbraunes Haar hing ihr verschwitzt in die Stirn. »F-ä-h-r-i-e-n, oder?«

»Nee«, wisperte ich zurück, doch mehr konnte ich nicht sagen, schon unterbrach uns Sarah Calloways Stimme scharf: »Ruhe! Jeder arbeitet für sich.«

Die Prüfungen in Mathe, Physik und den anderen Menschenfächern lagen hinter uns, gleich hatten wir auch Englisch überstanden. Bisher hatte ich bei allem ein gutes Gefühl und auch bei Dorian und Brandon war es nicht übel gelaufen. Nur Hollys Stimmung wurde mit jedem Fach schlechter. Bitte, bitte fall nicht durch, beschwor ich sie lautlos, obwohl ich wusste, dass sie mich in Menschengestalt nicht hören konnte.

»Poah, das war verkackt schwer«, stöhnte Holly, nachdem sie ihren Aufsatz abgegeben hatte.

Gespannt warteten wir auf die Noten. Natürlich war Brandon in Mathe und Physik Klassenbester. Ich hatte auch ziemlich viele Einser, die ich schnell versteckte, als ich sah, wie sich Holly über ihre Vierer und die einzelne Drei in Mathe freute.

»Bei der großen Nussheit, ich hab bestanden!«, jubelte sie. »Man fällt nur mit 'ner Fünf durch!«

Dann war es so weit, die Wandler-Fächer wurden geprüft. Sei dein Tier war ziemlich einfach, jeder musste Fragen über

215

seine Tierart beantworten und ein paar typische Fähigkeiten zeigen. Ich sollte vorführen, wie man eine halb gefressene Beute richtig versteckt, damit die Konkurrenz sie nicht findet. Kätzchenspiel! Es war nur ein bisschen ungewohnt, einen großen geräucherten Schinken zu tarnen. In diesem Fach fiel niemand durch. Auch in Menschenkunde bestanden alle, nur Juanita und den Rabengeschwistern verpasste Sarah Calloway Note vier, weil sie nicht erklären konnten, was Weihnachten war. Cookie kam gerade noch mit einer Drei davon. Sie hatte behauptet, das sei ein Fest, bei dem Menschen einen Nadelbaum anbeten, was Sarah Calloway immerhin als halb richtig gewertet hatte.

Bei der Prüfung in Verhalten in besonderen Fällen mussten wir uns in einem Rollenspiel bewähren – James Bridger hatte für jeden von uns eine Situation vorbereitet. Meine war nicht sehr schwierig. Draußen im Wald spielte Theo einen Touristen, der das Versteck mit meinen Klamotten gefunden hatte und die Frechheit besaß, sie mitzunehmen. Aber das ließ ich nicht durchgehen. Als Theo abgelenkt war – oder so tat –, schlich ich mich an und stahl sie mir zurück.

»Hervorragende Pirschtechnik«, lobte mich James Bridger. »Hast du ihn bemerkt, Theo?«

»Nö«, sagte der Hausmeister. »Hab ihn nicht mal gewittert. Ist ein cleveres Kerlchen, unser Pumajunge.«

Höhepunkt der Prüfungswoche waren Kampf- und Verwandlungsprüfung. Als es so weit war, rief uns der Schulgong in die Aula und wir marschierten in einer Reihe los.

Neugierig blickte ich mich um. Wir standen in einem großen hellen Saal, dessen Decke aus grob gezimmerten Balken bestand, die nach oben hin spitz zuliefen. Das Licht kam von oben, durch Scheiben aus milchig-undurchsichtigem Glas, die

Licht durchließen, es aber unmöglich machten, uns hier drin zu beobachten.

Tief sog ich die Luft ein. Es roch nach frischem Fichtenholz und trockener Erde, denn daraus bestand der Boden in der Mitte des Saales. Und natürlich witterte ich eine Vielzahl von Tieren, von denen kein einziges zu sehen war – noch hatten wir alle unsere menschliche Gestalt. Am Rand der Aula saßen auf bequemen Kissen schon die Schüler aus dem zweiten und dritten Jahr. Die waren nach uns dran, wir als Neulinge mussten zuerst zeigen, was wir konnten. In der ersten Reihe waren die Ehrenplätze, hier thronten mit ernsten Gesichtern Lissa Clearwater und die anderen Lehrer.

Ich hatte Gänsehaut auf meinen Menschenarmen. Mein Blick streifte Lou. Sie trug eine grüne Tunika mit goldenem Gürtel, sah unglaublich hübsch aus und wirkte sehr ernst. Ob sie wohl Angst vor den Prüfungen hatte?

»Falls jemand eine Kamera oder ein Smartphone dabeihat, dann weg damit«, sagte Bill Brighteye nüchtern. »Ihr wisst, dass Verwandlungen nicht aufgezeichnet werden dürfen.«

Alle Schüler nickten.

»Und ihr wisst auch, dass ihr niemandem Tipps geben oder ihn anfeuern dürft«, fügte Sarah Calloway hinzu, die heute eine schimmernde silberne Robe trug, fast so eng anliegend wie ihre Schlangenhaut. »Also, haltet eure Gedanken bitte im Zaum.«

Als Allererstes kam die Kampfprüfung dran. Die Reihenfolge, in der wir antreten mussten, wurde ausgelost. Sherri Rivergirl zog die Zettel aus einer Glasschale und gab sie an Lissa Clearwater weiter.

»Brandon Herschel!«, verkündete sie. »In zweiter Gestalt, bitte.«

»Viel Glück!«, flüsterte ich Brandon zu, der eine käsig weiße Gesichtsfarbe hatte.

Vielleicht war es ganz gut, dass er so früh drankam. Dadurch konnte er nicht noch nervöser werden, als er sowieso schon war.

Als Brandon sich erhob, tat er es bereits auf den kurzen, kräftigen Beinen eines Bisons. Er hatte auch Verwandeln geübt in den letzten Wochen. Ganz langsam, einen Huf vor den anderen, ging der braune Koloss, der Brandon war, in die Mitte der Arena. Eine Helferin huschte herbei, holte seine Kleider und brachte sie in den Rückverwandlungsbereich. Eine Fliege summte um Brandons Kopf und eins seiner Ohren zuckte nervös.

Unser junger Kampflehrer Bill Brighteye trat vor. Barfuß und in lockeren hellgrauen Sporthosen schritt er in die Mitte der Arena und das Licht glänzte auf seinem kahl geschorenen Schädel. Breitbeinig, in perfekter Balance, stand er da und betrachtete Brandon einen Moment lang. Dann zog er sein Sweatshirt über den Kopf und warf es jemandem am Rand des Kampfbereichs zu. Sein Körper war schlank, aber muskulös. Er brauchte seine schwarzen Gürtel in

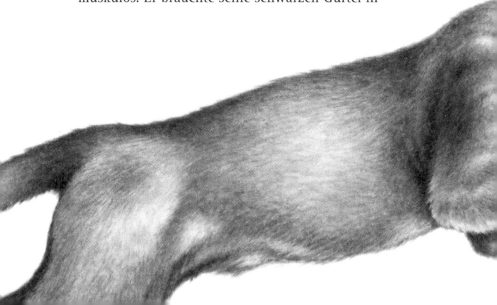

Karate und Taekwondo nicht zu tragen, wir wussten sowieso alle, dass er sie hatte.

Rasch nahm er seine zweite Gestalt an und ein großer Timberwolf stand dort, wo eben noch der Mann gewesen war.

Greif mich an, sagte er zu Brandon.

Ein Zittern durchlief meinen besten Freund und ich ballte unwillkürlich die Hände zu Fäusten. Hatten unsere Übungen etwas gebracht? Hatte sich der ganze Ärger mit dem Auto gelohnt?

Brandon senkte den Kopf und galoppierte schnaubend aus dem Stand an. Ich musste mir die Hände auf den Mund pressen, um nicht loszujubeln. Er hatte angegriffen! Jetzt musste er es nur noch schaffen, seine Wut unter Kontrolle zu behalten.

Bill Brighteye war unglaublich schnell und er schonte Brandon nicht. Schnappte nach den Sehnen seiner Hinterbeine. Versuchte, seine Nase mit den Zähnen zu packen. Umkreiste ihn knurrend und zwang Brandon, sich zu drehen und zu wenden, so rasch er konnte. Jedes Mal verteidigte sich Brandon gut.

Schließlich sah ich, wie Brighteye sich absichtlich eine Blöße gab, zu spät zurückwich. Und Brandon nutzte seine Chance. Noch einmal stürmte er voran und diesmal hätte er unseren Lehrer auf die Hörner nehmen können. Doch da ertönte schon der Gong – der Kampf war zu Ende.

Gut gekämpft, Brandon, sagte Bill Brighteye. *Note zwei. Wenn du nicht auf meinen Scheinangriff vorhin reingefallen wärst, wäre sogar eine Eins drin gewesen.*

Brandon sprang mit allen vier Hufen gleichzeitig in die Luft und bockte vor Freude wie ein Kälbchen. Holly und ich klatschten uns ab und die anderen Schüler applaudierten. Brandon trottete in den Rückverwandlungsbereich hinter einer Trennwand, wo schon seine Kleidung bereitlag, und setzte sich eine Minute später strahlend neben uns.

Schon war der nächste Schüler dran – Wing lieferte sich einen spannenden Luftkampf mit Trudy, der Eule. Trudy gewann knapp. Aus großen, runden Augen warf sie Jeffrey einen verliebten Blick zu, doch der schaute gelangweilt in eine andere Richtung.

Dann kam Lou dran und mein blödes Herz brach in einen wilden Galopp aus. Obwohl es wahrscheinlich nie was werden würde mit uns. Lou kämpfte in Menschengestalt gegen Viola und verlor, bekam aber noch eine Drei, weil sie sich gut gehalten hatte.

Dann waren Berta und Jeffrey an der Reihe, sie sollten zeigen, ob sie die menschlichen Kampftechniken beherrschten. Berta wurde Sieger und Jeffrey sah aus, als würde ihm das schwerwiegend die Laune verhageln. Aber bestanden hatten sie beide. Leider. Ich würde mich also auch im nächsten Schuljahr mit Jeffrey und seinen Kumpanen herumärgern müssen.

Holly trat als Rothörnchen gegen Cookie, das Opossum, an, doch es war ein kurzer Kampf. Nach wenigen Atemzügen lag Cookie auf dem Boden und stellte sich tot.

Heißt das, dass ich gewonnen habe?, fragte Holly fröhlich und machte auf Cookies Rücken einen Handstand. Lissa Clearwater seufzte.

»Cookie kommt noch einmal in Menschengestalt dran, das ist ihr letzter Versuch. Würde es dir etwas ausmachen, noch gegen Nimble zu kämpfen, Holly?«

»Kein Problem«, verkündete Holly und sprang auf und ab, vielleicht um sich warm zu machen. Mit Nimble hatte sie einen deutlich härteren Gegner, er trat sie mit den Hinterpfoten, als sei sie ein Punchingball. Genervt hüpfte Holly auf seinen Rücken, klammerte sich dort fest und zwickte ihn in eins seiner Langohren.

Aua! Ich gebe auf!, fiepte Nimble. Er bekam eine Drei und Holly freute sich über ihre Eins.

Als Nächstes kam Juanita dran, meine Spinnen-Verbündete. Als ihre Partnerin wurde eine Ameisen-Wandlerin aus dem zweiten Schuljahr ausgewählt. Die Lehrer mussten sich weit vorbeugen, um den Kampf beurteilen zu können, trotz der großen Lupe, die Theo aufgestellt hatte. Auch das Publikum robbte näher heran. Es lohnte sich. Juanita und die Ameise rangen miteinander. Wow, das sah nach einem echten Todesgriff aus! Was die Ameise machte, jedenfalls. Juanita blieb nichts weiter übrig, als panisch mit den Beinen zu zappeln. Doch dann trat sie, wahrscheinlich aus Zufall, mit einem davon ihre Gegnerin ins Auge. Die revanchierte sich mit einem kräftigen Strahl Ameisengift aus ihrer Drüse.

»Disqualifiziert! Chemische Hilfsmittel sind nicht erlaubt«, verkündete Lissa Clearwater und Juanita führte einen achtbeinigen Freudentanz auf. Sie wusste genauso gut wie jeder andere, der nah genug dran gewesen war, dass sie sonst verloren hätte.

Kaum hatten sich die beiden zurückverwandelt, ging die Tür der Aula auf. Alle Köpfe wandten sich neugierig in diese Richtung.

»Ich dachte, es ist verboten, die Prüfungen zu stören«, flüsterte ich Holly ungläubig ins Ohr. »Wer kann denn ...«

Die Worte vertrockneten mir in der Kehle. Denn wer hereinkam, war niemand anders als ... *Andrew Milling!* An seiner Seite gingen ein muskulöser, schwarz gekleideter Woodwalker, wahrscheinlich sein Leibwächter, und die Schlangenfrau, die mich damals abgeholt hatte.

Er verbeugte sich mit untadeliger Höflichkeit vor den Lehrern und lächelte in die Runde. Und das Schlimmste war – er bekam von fast allen ein Lächeln zurück! »Danke, Miss Clearwater, dass Sie mir erlaubt haben, meinen Schützling in der Prüfung zu erleben.«

»Es ist uns eine Ehre«, sagte Lissa Clearwater. »Aber ich fürchte, Ihre Leute müssen draußen bleiben.«

Mit einer Handbewegung scheuchte Milling seine Bodyguards nach draußen, dann ließ er sich auf einem freien Platz neben den Lehrern nieder. Sarah Calloway schenkte ihm einen schwärmerischen Blick, bei dem mir fast übel wurde.

Meine Gedanken jagten umher wie aufgescheuchte Kaninchen. Himmel, das durfte doch nicht wahr sein! Milling war hier, in der Schule! Allein der Gedanke machte mich fertig. Was hatte er vor? Es konnte kein Zufall sein, dass er sich ausgerechnet die Kampfprüfung anschaute! Wollte er überprüfen, ob ich immer noch der richtige Schützling für ihn war? Ob ich geeignet war für seine finsteren Pläne?

Ein »Carag!« dröhnte durch den Saal. »In zweiter Gestalt bitte.«

Ich war dran.

Es war still, so furchtbar still in der Aula der Clearwater High.

Völlig durcheinander stand ich auf und spürte den Boden

kaum unter meinen Füßen. Ohne es zu wollen, schaute ich zu Milling hinüber. Den anderen Wandlern hatte er zugelächelt, doch als er mich betrachtete, war sein Blick kühl und abschätzend.

»Los, du musst dich verwandeln!«, zischte mir Brandon beunruhigt zu. »*Zweite Gestalt,* hat sie gesagt!«

»Mach schon!«, wisperte Holly.

Konnte ich jetzt überhaupt kämpfen? Meine Knie waren weich wie Schilfgras – und vielleicht war das gar nicht so schlecht. Vielleicht war das hier eine Möglichkeit, Milling loszuwerden! Wenn ich schlecht kämpfte und verlor, würde er bestimmt das Interesse an mir verlieren. Dann wollte er sicher nicht mehr, dass ich sein Helfer wurde, und gab mich endlich frei.

Aber wenn ich verlor, rasselte ich bei den Zwischenprüfungen durch! Dann konnte ich nicht in dieser Klasse bleiben, sondern musste mit allen Neuen, die in nächster Zeit in der Schule eintrudelten, noch einmal von vorne anfangen. Und wenn ich schlecht kämpfte, wäre nicht nur Andrew Milling enttäuscht, sondern auch Lissa Clearwater, die mir so viele Chancen gegeben hatte. James Bridger. Theo. Und natürlich meine Freunde. Nur Jeffrey und seine Wölfe würden vor Freude anfangen zu sabbern, wenn sie sahen, dass ich es nicht packte ...

»Carag? Wir warten.« Lissa Clearwaters klare Stimme.

So oder so, ich musste da jetzt durch. »Timbuktu«, flüsterte ich und stellte mir vor, wie ich als Puma aussah. Wie es sich anfühlte, einen Pelz zu tragen. Schon spürte ich, wie mein Körper sich veränderte und ich wieder einmal zur Raubkatze wurde.

Als einer von ganz wenigen Schülern musste ich gegen Bill Brighteye selbst antreten. Die anderen Wölfe hatten sich nur zu zweit getraut, sich mit mir zu duellieren, doch Brighteye brauchte keine Helfer. Der große schwarze Wolf mit den gelben Augen, der mir gegenüberstand, hätte vielleicht sogar meinem Vater Angst gemacht.

Aber ich musste es ja nicht wirklich mit Brighteye aufnehmen.

Ich musste nur gegen ihn verlieren.

Los, sagte Brighteye zu mir.

Mit einem Sprung stürzte ich mich auf ihn. Doch als ich landete, war mein Gegner längst ganz woanders. Lautlos und geschmeidig, mit gesträubtem Nackenfell, attackierte er mich nun selbst und schien überall zugleich zu sein. Ich duckte mich und schlug mit eingezogenen Krallen nach ihm, als wollte ich ihn mit der Pranke aus dem Gleichgewicht bringen. Doch ich tat es absichtlich viel zu langsam. Nur einmal streifte ich ihn.

Brighteye startete einen Gegenangriff und versuchte, an meine Kehle heranzukommen. Das war die richtige Gelegenheit, um als Loser dazustehen! Ich ließ mich umstoßen und krallte auf dem Rücken liegend mit allen vier Pfoten nach Brighteye, was bestimmt richtig albern aussah. Er ließ von mir ab, ich sprang wieder auf und zog mich ein Stück zurück.

Ein Raunen stieg aus dem Publikum auf. Die erste Runde hatte ich klar verloren. Wahrscheinlich fragten sich jetzt alle, was mit mir los war. Mieses Gefühl. Doch als mein Blick Andrew Milling streifte, sah ich, dass sein Mund ein schmaler Strich geworden war. Mein Plan ging auf – das war ein kleiner Trost.

Die Verschnaufpause dauerte nur einen Moment, dann stürmte ich wieder auf Bill Brighteye zu und tat, als wollte ich ihn am Nacken erwischen. Mühelos wich er aus.

Was ist mit dir los, Junge? Kämpf endlich richtig!, fuhr er mich an, doch ich schwieg. Wenn ich verriet, was ich vorhatte, dann war alles vergeblich gewesen!

Bill Brighteye wütend zu machen, war nie eine gute Idee und nun war er richtig sauer auf mich. Als ich noch einmal meine Deckung vernachlässigte, hielt er sich nicht zurück und zog mir die Zähne über die Schulter. Ich zuckte vor Schmerz zusammen. Erstauntes Murmeln im Publikum. Wahrscheinlich war es noch nie vorgekommen, dass ein Lehrer einen Schüler beim Prüfungskampf absichtlich verletzte.

Wie kam dieser verdammte Wolf dazu, mich zu beißen? Etwas in mir schlug um. Ich hörte auf zu denken. Wilde Kraft strömte durch meinen Körper. Ja, der Kerl da war groß, aber ich war ein Berglöwe!

Bevor Brighteye ganz begriffen hatte, was los war, war ich bei ihm und riss ihn mit einem machtvollen Prankenschlag von den Füßen. Noch während er über den Boden rollte, stürzte ich mich auf ihn und berührte seinen Hals mit den Fangzähnen.

Der Gong ertönte. Ich hatte gesiegt.

Ich hatte ... *verdammt, nein!*

Jubel brach los und Lissa Clearwater verkündete zehn Minuten Pause.

Himmel, wie in aller Welt hatte ich so blöd sein können, diesen Kampf zu gewinnen? Ich war so nahe dran gewesen zu verlieren und dann hatten meine dämlichen Instinkte mir einen Strich durch die Rechnung gemacht!

Als wir uns wieder zurückverwandelt und etwas angezogen hatten, klopfte Bill Brighteye mir grinsend auf die unverletzte Schulter. »Na also. Aber nur eine Zwei, weil du so lange gebraucht hast, bis du in Gang warst.« Blutende Krallenspuren zogen sich über seine Seite. Erst als ich das sah, wurde mir richtig klar, dass ich eben einen *Lehrer* verletzt hatte.

»Es tut mir leid, ich wollte Sie wirklich nicht ...«

Bill winkte ab. »Ich bin's, der sich entschuldigen muss. Schließlich hab ich angefangen. Aber ich konnte einfach nicht mit ansehen, wie mein bester Schüler durch diese verdammte Prüfung fällt.«

»So, er ist also Ihr bester Schüler?« Auf einmal stand Andrew Milling neben uns. Er blickte drein wie eine Katze, die gerade eine Schale Sahne leer geschleckt hat. Väterlich legte er mir den Arm um die Schulter. Am liebsten hätte ich diesen Arm abgeschüttelt, aber ich hielt still. Es war alles schon schlimm genug.

»Allerdings«, sagte Bill Brighteye. »Schnell mit den Krallen und schnell im Kopf, das ist 'ne gute Kombination. Er könnte jeden Woodwalker hier an der Schule erledigen. Selbst mich – haben Sie ja gesehen.« Gut gelaunt streifte er sich sein T-Shirt über, obwohl es dadurch Blutflecken bekam.

Andrew Milling wirkte noch zufriedener. »Bestens. So, ich glaube, es geht jetzt mit der Verwandlungsprüfung weiter. Viel Glück, Carag. Wir reden später.«

Ich schaffte nur ein Nicken, während Sherri Rivergirl mich verarztete. Noch nie war ich so wütend auf mich selbst gewesen. *Idiot, Idiot, Idiot,* pochte es in mir, ein anderer Gedanke passte nicht mehr in meinem Schädel.

»Du warst toll!« Holly umarmte mich. »Echt clever, dass du erst so getan hast, als wärst du ein Volldepp! Als du dann losgelegt hast, war er völlig überrascht.« Brandon lächelte mir zu und Dorian zeigte mir den erhobenen Daumen.

Bei der Kampfprüfung war ich der Letzte gewesen, aber bei der Verwandlungsprüfung bestimmte mich das Los als einen der Ersten. Auch das noch! Mr Ellwood stand schon in der Mitte der Aula bereit, die Arme verschränkt, der Blick kühl.

Neugierig tuschelnd warteten die anderen Schüler darauf, dass ich ebenfalls nach vorne ging.

»Brauchst du noch ein paar Minuten Pause?« Besorgt blickte Lissa Clearwater mich an. Hätte ich ihr gesagt, warum es mir in diesem Moment schlecht ging, hätte sie mir nicht geglaubt. Sie hielt Andrew Milling ja für den tollsten Kerl der Welt!

»Moment, ich ... ich bin gleich so weit.« Ich kramte hektisch zwischen meinen Sachen herum. Da waren die Mini-Tüten mit dem Wacholder und meinem Puma-Urin! Ich legte mir eine in jede Handfläche. Sie würden zu Boden fallen, wenn ich mich verwandelte, aber egal. Die waren nur zur Sicherheit, ich hatte mich ja heute schon verwandelt und es hatte gut geklappt.

»Ich bin gespannt, was mein Kollege dir Schönes beigebracht hat«, raunte Ellwood mir zu. Es klang nicht sehr freundlich. Dann fiel sein Blick auf meine verkrampften Hände. »Was hast du da? Etwa Spickzettel?«

»Nein, das ist nur ...«

Aber da hielt Ellwood die beiden Tütchen bereits in den Fingern. Stirnrunzelnd untersuchte er den Beutel mit dem Wacholder, roch daran, öffnete dann den andern Plastikbeutel. Mit einem deftigen Huftier-Fluch fuhr er zurück, als ihm der Geruch in die Nase stieg. »Das ja widerlich, *was ist das?*«

»Carag, es tut mir leid, bei der Prüfung sind keine Hilfsmittel erlaubt«, ließ Lissa Clearwater verlauten.

Ohne ein Wort warf ich Holly die Tütchen zu. Dummerweise steckte sie prompt die Nase in das mit dem Pumageruch – und sank ohnmächtig um. Dieses Blödhörnchen.

Ich stellte mich Ellwood gegenüber in Position, leider fiel mein Blick von hier aus direkt auf Andrew Milling. Grausame Augen. Was für grausame Augen er hatte.

Er wird mich nie mehr gehen lassen nach dem, was Brighteye über mich gesagt hat, schoss es mir durch den Kopf. Nie mehr ...

»Fangen wir mal leicht an – zeig uns deine zweite Gestalt, Pumajunge«, sagte Ellwood mit einem leicht hämischen Unterton.

Zwei Stühle von Milling entfernt saß James Bridger. Ich spürte, wie besorgt er war. Es tat mir gut, dass er da war, ohne ein Wort erinnerte er mich an unsere Lektionen im stillen, nebligen Wald. Mühsam entspannte ich mich, so wie er es mir beigebracht hatte. Dann suchte ich in mir nach dem Puma, der eben noch Bill Brighteye besiegt hatte. Nur leider quatschte mir eine Stimme ständig dazwischen. Eine Stimme tief aus meinem Inneren.

Warum konntest du nicht einfach verlieren, du Trottel!

Timbuktu, flüsterte ich lautlos zurück.

Jetzt bist du Milling ausgeliefert!

Timbuktu!

Eben hättest du deine Chance gehabt, ihn loszuwerden. Weg, vorbei ...

Der Puma hatte sich tief in mir versteckt. So tief, dass ich ihn nicht mehr fand.

»Es tut mir leid«, sagte ich zu Isidore Ellwood und dann setzte ich mich wieder.

Ich war in der Verwandlungsprüfung durchgefallen.

Entscheidung

Von den Prüfungen der anderen bekam ich nicht viel mit. Ich schrak erst auf, als endlich alle durch waren. Kaum waren die Lehrer würdevoll abgezogen, war es mit der Stille vorbei. Überall sprangen Schüler auf, drückten sich und fingen an, sich über ihre Prüfungen auszutauschen. Manche spielten die besten Teile ihrer Kämpfe nach (Leroy, Cliff) oder beschwerten sich lautstark darüber, dass man ihnen einen schlechten Partner zugeteilt hatte (Jeffrey). Es war ein Höllenlärm.

Aber ich hörte trotzdem, was Jeffrey mir ins Ohr raunte: »Ich wusste schon immer, dass du ein Loser bist!«

Die richtige Antwort fiel mir wenige Atemzüge später ein: »Na klar, ein Loser, der Bill Brighteye besiegt hat!« Leider war Jeffrey da schon wieder weg, um mit seinen Wolfskumpels zu feiern.

Ich wollte auf mein Zimmer verschwinden, doch Andrew Milling hielt mich auf. »Können wir unter vier Augen reden?«, fragte er.

Das ging wohl nicht anders, vorher würde er die Schule sicher nicht verlassen. Also nickte ich.

Mit seinen Leibwächtern im Schlepptau führte er mich in den Klassenraum, in dem normalerweise Menschenkunde stattfand. Jetzt war er verlassen und still.

»Ihr wartet draußen«, wies Milling seine Leute an und sie postierten sich vor der Tür.

Als hätte ich sie nie zuvor gesehen, betrachtete ich die Plakate berühmter Filme an der Wand, das Schaubild, welche Menschenfrisur was signalisiert, und unsere Gemeinschaftscollage zum Thema »Was wir in der Menschenwelt oder am Menschsein besonders mögen«. Ich hatte ein Bild von Händen und eins von Schokoladeneis ausgeschnitten und aufgeklebt. Von Shadow und Wing stammte das Bild der Achterbahn, von Leroy der Fernseher, auf dem gerade ...

»Setz dich.« Eine harte, sehnige Hand drückte mich auf einen Stuhl.

Ich schaute noch immer starr das Schokoeis an. Dieses Zeug hatte mich dazu gebracht, die Welt der Menschen toll zu finden ... wie klein und naiv ich damals gewesen war!

Andrew Milling platzierte sich mir gegenüber.

»Also, das mit der Verwandlung war Pech«, sagte er, zog einen Schokoriegel aus der Tasche und verschlang ihn mit zwei Bissen. »Aber es gibt Schlimmeres. Du bist noch jung, ich hatte meine Gestalten auch erst mit sechzehn oder so richtig im Griff.« Achtlos ließ er die Verpackung auf den Boden fallen.

Ich sah Milling zum ersten Mal richtig an. »Im Ernst?«

»Todernst. Worauf es mir ankommt, ist, dass du dich entscheidest.«

»Wofür?«, fragte ich müde.

»Ob du für oder gegen mich bist.«

Er hatte kein bisschen vergessen, wie ich aus dem Restaurant gerannt war!

»Ich kann deine Hilfe gebrauchen bei dem, was ich vorhabe«, erklärte er und sein Blick war so intensiv, dass ich nicht mehr wegschauen konnte. »In den letzten Jahren habe ich viele Verbündete gewonnen, Hunderte von Wandlern stehen schon auf meiner Seite. Im ganzen Land sind es Tausende. Wir sind stark und werden mit jedem Tag stärker. Aber es sind noch längst nicht genug und besonders wertvoll sind Raubtiere wie du. Puma-Wandler sind selten, aber sie sind die besten Verbündeten für mich.«

Ein Schauer überlief mich. »Sie wollen Menschen töten. So viele, wie Sie können, nicht wahr?« Kaum war es raus, konnte ich nicht glauben, dass ich ihm das ins Gesicht gesagt hatte. Was würde er jetzt tun – mich umbringen, damit ich nichts verraten konnte?

Andrew Milling lachte. Er hatte ein angenehmes Lachen, tief und warm. »Du kennst die Menschen nicht gut genug, Carag. Du hast keine Ahnung, wie man ihnen als Wandler wirklich schaden kann. Sie zu töten, wäre viel zu einfach.«

Holly hätte wahrscheinlich geantwortet: »Ja, man kann sie viel härter treffen, wenn man ihnen die beknackten Fernseher kaputt macht!« Aber mir war nicht nach Witzen zumute. Mein Mund war völlig ausgetrocknet, ich hätte dringend einen Schluck Wasser gebraucht. Hatte ich falsch geraten, hatte Milling doch keine tödlichen Pläne? Ich wurde nicht schlau aus dem, was er eben gesagt hatte.

»Was war mit diesem Messer, das Sie mir geschenkt haben?«, fragte ich.

Auch diese Frage brachte ihn nicht aus der Ruhe. »Nur ein kleiner Mechanismus. Nichts Schlimmes.«

»Es ist unter Wasser explodiert!«

»Ja, und? Gut, es war eine Vorrichtung eingebaut, um mehr über dich zu erfahren. Über das, was du tust oder redest. Das ist leider schiefgegangen. Macht nichts.« Er zuckte lächelnd die Schultern.

Ich starrte ihn an. Er hatte zugegeben, dass er mir ein Überwachungsgerät untergejubelt hatte ... aber was nützte mir das?

»Du fragst dich, was du davon hast, wenn du dich mir anschließt.« Andrew Milling beobachtete mich noch immer genau. »Ich habe einen Vorschlag für dich, Carag. Du hast mir erzählt, wie traurig es dich macht, dass deine Familie verschwunden ist. Falls du es vergessen hast, ich bin ein mächtiger Mann ... und ein mächtiger Berglöwen-Wandler. Wenn du dich für mich entscheidest, dann helfe ich dir, deine Eltern zu finden.«

Etwas Scharfes, Spitzes traf mich mitten ins Herz. Oder so fühlte es sich jedenfalls an. »Wissen Sie, wo sie sind?«

»Nein, aber ich könnte es herausfinden. Was du nicht geschafft hast und sicher auch alleine nicht schaffen wirst.«

Das Heimweh traf mich so heftig, dass ich mich auf meinem Stuhl krümmte. Heimweh nach den Bergen, nach meinen Eltern, nach Mia. Nach den wilden Spielen im Unterholz, nach dem gemütlichen Beisammenliegen in einem Nest aus trockenem Gras, nach dem Nervenkitzel einer gemeinsamen Jagd.

»Denk darüber nach und sag mir Bescheid. Mein Angebot gilt bis morgen Abend.« Andrew Milling stand auf. »Du weißt, wo du mich findest.«

Ich sollte mich bis morgen entscheiden? Das war völlig verrückt, das war ...

Bevor ich irgendetwas erwidern konnte, war er schon weg. Ich hörte, wie sich seine Schritte und die seiner Bodyguards entfernten.

Kraftlos sank ich zusammen, stützte den Kopf in die Hände und die Ellenbogen auf die Knie. Für das alles gab es nur ein Wort, das passte: »Pumakacke!«

»Gibt's die hier?« Die Tür war aufgegangen und Brandons gutmütiges Gesicht lugte hindurch. »Endlich haben wir dich gefunden! Was machst du hier drin, versuchst du noch mal, die Menschen zu verstehen?«

Wortlos schüttelte ich den Kopf. Als ich aufstand, merkte ich, dass ich am ganzen Körper zitterte. »Ich muss hier raus. Den Kopf freikriegen oder wie man das nennt.« Es war alles zu viel gewesen. Ich konnte nicht mehr. Nichts wie weg hier, ab in die Wildnis. Dort konnte ich nachdenken und mir überlegen, wie ich aus dieser Nummer wieder herauskam!

»Raus? Jetzt?« Brandon schaute aus einem der Fenster. Die Prüfungen hatten lange gedauert und draußen war es dunkel geworden.

»Ja, jetzt.« Ich ging zur Tür.

Zweifelnd sah er mich an. »Willst du, dass ich und Holly mitkommen? Ja, genau, wir kommen mit. Das ist echt besser für dich nach dieser blöden Prüfung – das war wirklich totales Pech ...«

Brandon war ein echter Freund, doch ich musste jetzt allein sein. Er zog ein langes Gesicht, als ich es ihm sagte.

»Aber ich könnte dich beschützen. Das weißt du. Ich bin stark!«

»Ich weiß.« Ich musste ein kleines bisschen lächeln. Spontan umarmte ich ihn. »Du hast immer zu mir gehalten. Danke.«

»Sag doch so was nicht, das klingt wie ein Abschied«, murmelte Brandon.

»Grüß die anderen von mir«, sagte ich. Dann machte ich mich auf den Weg in die tintenblaue, sterngefleckte Finsternis der Rocky Mountains. Meine Klamotten ließ ich in Hollys Proviantversteck. Hier draußen fiel mir die Verwandlung leicht, wieso nur hatte es bei der verdammten Prüfung nicht geklappt?

Der Schnee fühlte sich fedrig-weich an unter meinen Pfoten. Über mir leuchtete der Vollmond so hell, dass die Kiefern einen Schatten warfen. Es war wunderbar still, nur hin und wieder knackte ein Baumstamm in der Kälte oder fiel etwas

Schnee von einem Ast. Tief sog ich die eisig klare Luft ein und einen Moment lang war es so, als wäre ich nie fortgewesen aus dieser Welt, die keine Häuser kannte, keine Betten, keine Stundenpläne, keine Prüfungen. Als hätte ich nie die verrückte Entscheidung getroffen, dass ich als Mensch leben wollte.

Aber damals in meinem alten Leben hatte ich nicht so viel nachdenken müssen und jetzt quoll mein Kopf vor Gedanken nur so über. Gedanken, die mich vorantrieben, als stünde jemand mit einer Peitsche hinter mir.

War ich auf der falschen Spur gewesen? Hatte Milling gar nicht vor, Menschen zu töten, wollte er ihnen nur eine harte Lektion erteilen? Sonst hätte er doch irgendwie reagiert, als ich ihm diese Vorwürfe gemacht hatte! Aber er hatte überhaupt nicht ertappt gewirkt. War es das Beste, wenn ich wirklich sein Verbündeter wurde? Dann hatte ich endlich eine echte Chance, meine Familie wiederzufinden! Was machte es schon, dass ich Andrew Milling nicht mochte. Mochte ich etwa die Ralstons? Beim Ausflug nach Yellowstone hätte mich Marlon beinahe umgebracht und hatte er sich an den folgenden Wochenenden etwa entschuldigt? Natürlich nicht!

Vielleicht war Milling der Einzige, der meine Familie auf- spüren konnte. Ich traute ihm zu, dass er es schaffte. Wenn ich ihm absagte, verlor ich diese Hoffnung. Außerdem wurde mir ganz komisch zumute, wenn ich daran dachte, sein Ange- bot abzulehnen. Dann hatte ich keinen Verbündeten mehr ... und stattdessen einen Feind. Wahrscheinlich konnte Milling ein furchtbarer Feind sein, vielleicht sogar ein tödlicher. Wie blöd musste man sein, sich mit jemandem wie ihm anzulegen?

Es war mir egal, wohin ich lief. Weiter, nur weiter. Tie- fer hinein in den Wald, höher den Hang hinauf. Schneeflo- cken schwebten aus dem Himmel herab, landeten auf meiner

Schnauze und schmolzen dort. Wen würde es schon interessieren, wenn ich morgen wegblieb? Die Lehrer würden nur die Achseln zucken, schließlich war ich durchgefallen, es war nicht mehr sonderlich eilig, dass ich wieder zum Unterricht erschien. Alle anderen in der Klasse würden weiterkommen, nur ich nicht.

Am liebsten wäre ich für immer hier im Wald geblieben. Hätte mir ein Revier gesucht, das mit dem Töten so lange geübt, bis es klappte, und wieder wie ein Puma gelebt. Aber ich war nicht nur ein Puma, ob ich das wahrhaben wollte oder nicht. Ich brauchte meine Familie.

Und bis morgen musste ich mich entscheiden!

Über mir färbte das erste Licht des frühen Morgens den Himmel orange. Eine ganze Nacht war ich schon unterwegs, aber mir war nicht kalt, mein dichtes Fell hielt mich warm.

Moment mal. Ich hielt inne, wandte den Kopf und lauschte. Was war das für ein Geräusch gewesen? Fast sofort erkannte ich es. Fernes Hundegebell, mehrstimmig. Das Bellen klang eifrig, fast rasend. So bellten Jagdhunde, die einer Fährte folgten. *Ich krieg dich, ich krieg dich!,* stießen sie wie besessen hervor. Bestimmt hatten die es auf Wapitis abgesehen. Oder auf Dickhornschafe. Sicher nicht auf mich!

Oder etwa doch? Mir fiel ein, dass Wapitis, Bisons und andere Huftiere nicht mit Hunden gejagt werden. Die Typen mit den Knarren warten einfach ab, bis sie welche sehen, und knallen sie ab. Das funktioniert bei uns Raubkatzen nicht – wenn wir nicht gesehen werden wollen, dann sieht uns auch keiner! Aber wenn ein Jäger im Schnee auf eine frische Spur stößt und seine Hunde losschickt, dann kann er einen von uns finden ...

So langsam wurde ich nervös. In Kampf und Überleben hatte ich erfahren, dass die Jagdsaison für Pumas von Oktober bis März dauert. Um einen von uns zu erschießen, brauchte man nur eine Lizenz. Und die bekam jeder, der eine haben wollte.

Unruhig blickte ich mich um. Wieso war ich Depp blindlings in die Wildnis hineingelaufen? Den sicheren Bereich der Schule hatte ich längst hinter mir gelassen und vermutlich war ich auch außerhalb des Grand-Teton-Nationalparks. Mein Schwanz peitschte nervös.

Sollte ich mich verwandeln? Besser wäre es wohl. Aber ich hatte keine Klamotten hier und ich war weit entfernt vom nächsten Ort. Mein Menschenkörper würde Erfrierungen abbekommen, wenn er stundenlang nackt und ohne Schuhe durch den Schnee marschierte.

Besser, ich blieb noch eine Weile in meiner Pumagestalt – und scherte mich hier weg!

Hetzjagd

Als Erstes verließ ich mit einem Riesensprung zur Seite meine Fährte und wechselte die Richtung. Hoffentlich verloren die blöden Kläffer dadurch die Spur. Sie hatten zwar gute Nasen, aber in ihrem Köpfchen war nicht viel los.

Kurzer Blick zum Himmel, um die Richtung zu peilen. Bis zur Schule war es zu weit, schließlich war ich die ganze Nacht lang durch die Gegend gewandert. Besser, ich peilte den National-park an. Dafür musste ich hinab ins Tal. Ich legte einen Zahn zu und trabte mit langen Schritten durch den Schnee, der um meine Pfoten stob. Dadurch kam ich gut voran. Bestimmt hatte ich die Meute bald abgeschüttelt.

Inzwischen war ich sicher, dass das Bellen näher kam. Die jagten *mich*, so viel war jetzt klar. Wie viel Zeit hatte ich, die Biege zu machen? Dem Klang nach waren die Jagdhunde noch ein paar Kilometer entfernt, doch sie holten erstaunlich schnell auf. Besorgt lauschte ich auf ihre Stimmen, während sie mei-ner Spur folgten.

Waren Menschen bei ihnen? Viele Jäger waren zu Fuß und brauchten Stunden, um ihre Hunde einzuholen, das wusste ich aus dem Unterricht. Aber manche folgten ihnen auch auf lauten, stinkenden Schneemobilen, die wie Schlitten mit Motor aussahen. Während ich lief, lauschte ich immer wieder – und ja, das klang eindeutig nach einem dieser Schneemobile.

Ich sichtete ein kleines Blockhaus, das jemand hinter einem Felsvorsprung zwischen zwei Douglasfichten gebaut hatte. Es kam kein Rauch aus dem Schornstein, aber vielleicht war trotzdem jemand daheim! Jemand, der mich schützen konnte, wenn ich behauptete, dass ich mich beim Wandern verirrt hatte. Ja, okay, ich würde nackt sein, das wäre peinlich und würde ziemlich komisch wirken, aber egal, Hauptsache ich war außer Gefahr.

Es war etwas mühsam, mich zu verwandeln – tief atmen, ganz tief! –, aber beim zweiten Versuch klappte es. Mit einer meiner Menschenhände klopfte ich an der Tür. Keine Reaktion. Nervös rüttelte ich am Türgriff, hämmerte gegen das alte, abgesplitterte Holz. Abgeschlossen! Half nichts, ich musste weiter.

In Pumagestalt schlich ich davon, lautlos, aber nicht ohne jede Spur. Leider. Dieser verdammte Schnee, er verriet mich mit jedem Pfotenabdruck!

Ich war ein bisschen stolz darauf, wie leicht ich mich gerade zurückverwandelt hatte. Prüfung hin oder her, James Bridger hatte mir ein paar gute Tricks beigebracht.

Doch der Stolz verging mir schnell wieder. Die Köter kamen immer näher, mein Vorsprung schrumpfte rasant zusammen. Wenn das so weiterging, hatte ich nicht mehr als eine halbe Stunde Zeit, bevor sie mich sichteten. Kein Nebel konnte mich verbergen, über mir spannte sich ein blassblauer Himmel. Für Menschen war es ein perfekter Tag.

In diesem Moment hörte ich, wie die Hunde zögerten. Ihre Stimmen veränderten sich, das *Ich krieg dich!* erstarb, stattdessen schienen sie untereinander zu diskutierten. Aha, jetzt waren sie an der Stelle, wo ich mit dem großen Sprung von meinem Weg abgewichen war. Ich hielt den Atem an.

Ihr habt keine Chance, vergesst es einfach, ich bin weg, versuchte ich, ihnen einzuflüstern.

Es half nichts. Nach kurzer Zeit hatten sie die Spur wiedergefunden und sangen wieder ihr Lied. Mich zu hetzen, machte den Mistviechern richtig Spaß.

Zeit für den nächsten Trick. Ich fand einen sehr tiefen, mit Schlamm gefüllten Graben. Quer darüber lag der Stamm einer umgestürzten Drehkiefer, lang und gerade wie ein riesiger Zahnstocher. Perfekt! Mühelos und elegant lief ich darüber, wie alle Katzen war ich sehr gut im Balancieren. Mal schauen, wie die Hunde damit klarkamen! Ich legte mich an einer Stelle mit bestem Blick auf die Lauer.

Der braune Leithund erreichte die quer liegende Kiefer, zögerte und winselte. Er roch, dass ich darüber gelaufen war, aber er hatte keine Lust, es nachzumachen. Notgedrungen wagte er es und die anderen drei Hunde folgten ihm. Ungeschickt ging der braune ein paar Schritte auf dem Stamm. Dann rutschte er mit einer Hinterpfote ab und wackelte einen Moment lang mit dem Po, als würde er einen neuen Tanz üben. Bis er aufjaulend das Gleichgewicht verlor und mit einem *Knack-platsch* im halb gefrorenen Sumpf landete. Es würde eine Weile dauern, bis er auf die andere Seite gewatet war.

Ich schnurrte und wartete auf die nächste Clownnummer. Der zweite Hund, ein braun-schwarzer, schaffte es nicht viel länger als sein Kollege. Er schlug einen Salto in der Luft. Das konnte der dritte Hund nicht mehr toppen, aber es war lustig anzusehen, wie er auf dem Bauch vorankroch und dann doch herunterplumpste wie Fallobst.

Nur der vierte Hund schaffte es mit viel Gewinsel über den ganzen Stamm.

Ich wollte mich gerade aus dem Staub machen, da sah ich,

wie das Schneemobil heranschoss. Ups! Hier gab es zwar keine Strafzettel, aber dafür Denkzettel. Der Jäger schrie irgendwas und warf sich seitlich aus dem Sitz, kurz bevor seine Maschine voll in den tiefen, matschigen Graben rauschte. Den hatte der Mann mit der Knarre wohl nicht gesehen.

Höchste Zeit, wieder an meinem Vorsprung zu arbeiten, denn so lustig das eben gewesen war, ich schwebte immer noch in Gefahr. In weiten Sprüngen rannte ich talwärts – und erschrak, als ich schon nach sehr kurzer Zeit wieder das Bellen hinter mir hörte. Matschverklebt oder nicht, die Hunde waren wieder auf meiner Spur ... sie kamen näher.

Vorsichtig war ich nicht mehr. Wen interessierte schon Deckung! Es war mir egal, ob irgendein Wanderer mich sah und den Schreck – oder das Foto – seines Lebens bekam. Obwohl ich versucht hatte, es zu vergessen, musste ich daran denken, was Andrew Milling mir erzählt hatte. Wie seine Frau und seine Tochter gestorben waren, als Trophäe eines Jägers. Ich wollte keine Trophäe werden! Beim Gedanken, dass ich als Fell an irgendeiner Zimmerwand enden könnte, wurde mir schlecht.

Würden sie Kettenanhänger aus meinen Eckzähnen machen? Damit prahlen, wie sie mich erlegt hatten? Näher und näher kamen die Hunde. Angst krallte sich in meinen Magen. Wie hatte ich es mal selber gedacht? »In der Wildnis steht auf Dummheit oft die Todesstrafe.« Und ich war dumm gewesen, als ich einfach blindlings weggelaufen war. Wenn ich jetzt erschossen wurde, war es nicht nur die Schuld der Menschen, sondern auch meine eigene. Hätte ich doch wenigstens Brandon und Holly mitgenommen! Die hätten vielleicht irgendwie Unterstützung organisieren können. Zu dritt hätten wir eine Chance gehabt. Lautlos rief ich um Hilfe, versuchte, meine Gedanken hinauszuschicken zu irgendjemandem, der mich hören konnte. Doch es kam keine Antwort, es war kein Woodwalker in der Nähe und von der Clearwater High war ich viel zu weit entfernt.

Was hatte mein Vater damals gemacht, als er gejagt worden war? Hätte ich nur besser zugehört! Dafür hatte ich in James Bridgers Unterricht umso besser aufgepasst und einer seiner Ratschläge hallte noch in mir nach: *Wenn ihr mal von Hunden verfolgt werdet – führt sie zum Fluss!*

Ja, im Tal floss ein Fluss, durch den ich mit etwas Glück die Hunde abschütteln konnte. Die Frage war nur – würde ich es schaffen, ihn zu erreichen? Hunde haben leider eine Menge Ausdauer und ich war eher der Sprintertyp. Ich spürte, wie meine Energie nachließ, meine Muskeln fühlten sich immer lahmer an. Immer wieder musste ich kurz anhalten und verschnaufen. Inzwischen keuchte ich und mein Atem stand in einer Wolke vor meinem Gesicht. Es war so kalt, dass sich auf meiner Nase Raureif bildete.

Zum Fluss. Zum Fluss! Der Gedanke pochte in mir und irgendwie schaffte ich es weiter. Ich war schon fast im Tal angekommen und raste durch dichten Kiefernwald. Vielleicht spürten die Hunde, dass ich müde wurde, vielleicht sahen sie es daran, dass meine Schritte immer kürzer wurden, oder vielleicht konnten sie es riechen. Jedenfalls bellten sie noch lauter. Ihr Krach dröhnte mir in den Ohren. *Ich krieg dich, ich krieg dich!* Das machte mich fertig. Der Lärm war fast so schlimm wie die Angst, die mir eisig durch den ganzen Körper kroch.

Eine verhauene Prüfung? Wen interessierte schon eine verdammte Prüfung! Oder eine Entscheidung, die ich treffen musste? Jetzt ging es um mein Leben!

Grimmig probierte ich einen anderen Trick aus, von dem ich in der Schule gehört hatte. Elegant drehte ich mich auf der Stelle. Dann spannte ich jeden Muskel an, konzentrierte mich und ging in meiner eigenen Spur zurück. Da ich als Puma auch sonst die Hinterpfoten genau dorthin setzte, wo meine Vorderpfoten den Boden berührt hatten, war das nicht so schwierig. Ein Mensch hätte vielleicht gemerkt, dass mit dieser Spur etwas nicht stimmte, doch für die Hunde musste es so aussehen, als ende die Fährte im Nichts. Nach ein paar Hundert Metern sprang ich aus der doppelten Spur heraus auf einen Baum und von dort aus auf einen Felsen. Viel Spaß beim Rätselraten, blödes Pack!

Und da war er, der Fluss, endlich! Etwa eine halbe Baumlänge breit, das Ufer kieselig, mit ein paar Weidenbüschen bewachsen. Meine Pfoten brachen durch dünnes Eis nahe dem Ufer, dort, wo das Wasser langsam floss. Eulendreck, musste ich da wirklich rein? Ja, verdammt, das musste ich, vielleicht war dieses Wasser meine einzige Chance! Im Wasser verlor sich meine Witterung, es gab keine Spur mehr. Sie würden es schwer haben, meine Fährte auf der anderen Seite wieder aufzunehmen – wenn sie es überhaupt schafften.

Ich watete in das scheußliche Nass hinein. Dass ich schwimmen konnte, wusste ich, früher hatte ich hin und wieder mit meiner Familie Flüsse überquert. Meiner Schwester machte die

Schwimmerei sogar Spaß, ein feuchtes Fell hatte ihr nie etwas ausgemacht. Also los!

Das Wasser war eisig und mein Körper wurde fast sofort taub. Vollgesogen und schwer schien mein Fell mich nach unten zu ziehen – oder kam mir das nur so vor? Verzweifelt ruderte ich weiter mit den Pfoten und tatsächlich, ich blieb oben. Aber die starke Strömung riss mich mit und trieb mich den Fluss hinunter. Ich wehrte mich nicht dagegen. Es wäre auch blöd gewesen, einfach nur quer über den Fluss zu schwimmen und auf der anderen Seite weiterzurennen. Der Sinn war ja nicht, sich mit den Hunden einen Schwimmwettkampf zu liefern, sondern ihnen zu entkommen. Besser, ich kam an irgendeiner Stelle weiter flussabwärts wieder heraus. Und zwar an einer möglichst steinigen Stelle, an der meine Spur schwer zu erkennen war. Oder sollte ich auf der gleichen Seite raus, auf der ich ins Wasser gegangen war? Damit rechneten sie bestimmt nicht.

Da! Da vorne war eine gute Stelle am gegenüberliegenden Ufer. Ich paddelte heftiger und zog mich auf einen großen Stein am Ufer. Doch der war so von Algen überzogen, dass ich darauf ausglitt und in den Fluss zurückrutschte. Einen Moment lang tauchte mein Kopf unter, eisiges Wasser lief mir in die Ohren. Hilfe! War ertrinken wirklich so viel angenehmer als erschossen werden?

Doch ich ertrank nicht, meine Pfoten bewegten sich instinktiv weiter. Ich kam wieder an die Oberfläche und schnappte nach Luft. Kurz darauf war ich an Land und schüttelte mich wie einer dieser verdammten Hunde. Es half, mein Fell war nur noch nass und triefte nicht mehr. Trotzdem hatte ich bestimmt gleich Eiszapfen am Bauch.

Ich war keinen Augenblick zu früh ins Wasser gegangen. Schon hörte ich, dass die Hunde am Ufer angekommen waren, aber der breite Strom würde sie mit etwas Glück eine Weile aufhalten. Und mit einem Schneemobil kam man überhaupt nicht drüber, haha, der Jäger würde erst die nächste Brücke suchen müssen, und das konnte dauern.

Mit letzter Kraft machte ich mich durchs Gebüsch davon. Eigentlich hätte ich dringend verschnaufen müssen, aber das durfte ich mir nicht erlauben. Nur für den Fall, dass die Kläffer meine Spur auf der anderen Seite wieder aufnahmen.

Doch das würden sie bestimmt nicht fertigbringen.

Auf Leben und Tod

Das ratlose Gekläff hinter mir war nun leiser. Ich atmete tief durch und blieb einen Moment lang stehen, um mich umzuschauen. Meine linke Pfote schmerzte, aber ich beachtete es nicht. Von hier aus waren es nur noch ein paar Kilometer bis zum Rand des Nationalparks, das konnte ich schaffen. Nein, das *musste* ich schaffen. Denn es würde bestimmt keiner meiner Freunde aus dem Gebüsch springen, »Überraschung!« rufen und mir zu Hilfe kommen. Niemand wusste genau, wo ich war. Wahrscheinlich schliefen Holly, Brandon und Dorian noch – der Tag nach den Prüfungen war frei. Oder sie waren gerade erst auf dem Weg zum Frühstück und hatten keine Ahnung, wie weit weg und in was für Schwierigkeiten ich mich gerade befand.

Also weiter, nur schnell weiter. Nicht mehr lang und ich war in Sicherheit. Dann konnte ich ausruhen und später, wenn der Jäger aufgegeben hatte, ganz gemächlich zur Schule zurückkehren. Am besten in der nächsten Nacht, denn Menschen jagten tagsüber.

He, Moment mal. Ich traute meinen Ohren nicht. Das Gebell war wieder lauter geworden. Die Hunde mussten ebenfalls über den Fluss geschwommen sein ... und hatten es geschafft, meine Spur wiederzufinden! Das durfte doch echt nicht wahr sein!

Irgendwoher nahm ich die Kraft, um wieder loszusprinten. Ich lief, bis ich völlig außer Atem war, und trotzdem war ich noch ein Stück vom Nationalpark entfernt. Außerdem – wer garantierte mir, dass dieser Jäger sich an die Regeln hielt? Die Ranger konnten nicht überall sein und Zeugen für Wilderei im Nationalpark gab es keine.

Nun hatte ich keine Wahl mehr: Ich musste mich verwandeln und dann die Hunde verscheuchen! Menschen waren sie gewohnt, aber nicht als Beute, sondern als Herren. Wenn einer dieser Herren auftauchte – wenn auch ohne Klamotten – und sie beschimpfte, dann holte sie das vielleicht raus aus ihrem bescheuerten Jagdfieber und sie zogen ab. Das war meine letzte Chance. Sonst war ich tot.

Mein Atem kam stoßweise und meine Flanken zitterten vor Erschöpfung. Weiter konnte ich ohnehin nicht mehr fliehen.

Timbuktu, wisperte ich und stellte mir vor, wieder ein Junge mit sandfarbenem Haar und grüngoldenen Augen zu sein. Mit letzter Hoffnung wartete ich auf das Kribbeln.

Timbuktu!

Nichts passierte.

Meine Krallen furchten den Waldboden, als ich in Panik um mich schlug. Wieso funktionierte das wieder mal nicht? Das musste doch verdammt noch mal funktionieren! Ich wollte nicht sterben! Als Mensch hätte ich gebrüllt und geweint, doch als Puma brachte ich nur eine Art schrilles Miauen hervor. James Bridger hatte recht gehabt: Wenn ich Todesangst hatte, wirkte mein Zauberwort nicht!

Da waren sie schon, die vier Hunde. Sie stürmten mit wehenden Ohren und offenem Maul herbei, nicht zu bremsen vor lauter Jagdbegeisterung. Über ihren hechelnden Mäulern stieg ihr Atem als Dampf empor. Als sie mich zum ersten Mal sahen, jaulten und bellten sie wie von Sinnen. Der Jäger war zum Glück nicht in Sicht, aber er würde so schnell herkommen, wie er konnte – und lange suchen musste er nicht, zwei der Hunde trugen einen Sender am Halsband.

Böse fauchend stellte ich mich ihnen entgegen, nannte sie haarlose Schrumpfwölfe und drohte ihnen in meiner Sprache mit dem Tod, wenn sie mir zu nahe kamen. Aber sie waren zu viert und ich war alleine. Wild kläffend umkreisten sie mich, griffen von allen Seiten an. Ich erwischte einen von ihnen mit einem Prankenschlag, sodass er ins Gebüsch kullerte, einem anderen verpasste ich ein blutiges Ohr. Winselnd zog er sich einen Moment lang zurück, bevor er sich wieder ins Getümmel stürzte.

Plötzlich hörte ich einen Ruf in meinem Kopf, jemand schrie meinen Namen. Gleich darauf rauschten aus dem Himmel zwei große schwarze Vögel herab. Ich erkannte sie sofort.

Shadow! Wing!, rief ich erleichtert. Wie hatten sie mich gefunden?

Ich glaube, du hast hier ein kleines Problem, kann das sein?, fragte Wing und stürzte sich mit vorgerecktem Schnabel auf einen der verblüfften Hunde. Shadow krallte sich ins Rückenfell eines anderen Hundes und pikte ihn mit dem Schnabel. Jaulend drehte sich der Jagdhund im Kreis und versuchte, meinen Rabenfreund abzuschütteln, der flatternd das Gleichgewicht hielt. Es sah aus wie ein Rodeo.

Vier schaffen wir nicht, fürchte ich, meinte Wing und flatterte auf. *Besser, ich fliege Hilfe holen!*

Ja, mach das, Schwesterchen. Vergnügt riss Shadow dem Hund, auf dem er hockte, ein Büschel Fell aus. *Los, Carag, gib ihnen Saures!*

Leider waren die Hunde noch topfit und ich war total erschöpft. Selbst mit Shadows Hilfe wurde nichts aus der Sache mit dem Sauren. Und bis aus der Clearwater High Verstärkung kam, würde es noch dauern. Schließlich gab ich auf und kletterte auf den nächstbesten Baum. Dorthin konnten die Hunde mir nicht folgen und ich konnte verschnaufen.

Shadow hockte sich neben mich auf einen Ast. Vorsichtig berührte er mich mit dem Schnabel und sah mich an. *Oh Mann, siehst du fertig aus! Wir haben die Hunde gesehen und dann haben wir dich entdeckt ...*

Danke, sagte ich ihm aus vollem Herzen. *Danke, dass ihr mich gesucht habt.*

Er legte den Kopf schief und betrachtete mich mit seinen blanken schwarzen Augen. *Ach, kein Problem, die ganze Fliegerstaffel ist ausgeschwärmt. Ich hab ja gewettet, dass Lissa mit ihren Adleraugen dich zuerst entdeckt, aber sie sucht in einer anderen Gegend.* Shadow schaute auf die Hunde herab und hackte dann mit dem Schnabel ein Stück Rinde von meinem Baum. *Hier darfst du nicht bleiben, zu gefährlich!*

Ich weiß – ich versuche gleich noch mal, mich zu verwandeln, gab ich zurück. Jäger rechneten damit, dass ihre Hunde den Puma auf einen Baum trieben und sie ihn dort in aller Ruhe runterschießen konnten. Allerspätestens wenn der Jäger sich näherte, musste ich weg hier. Wenn ich sein Schneemobil hörte, hieß es abhauen.

Aber vielleicht hatte ich es bis dahin schon geschafft, meine Menschengestalt anzunehmen. Ich schloss einen Moment lang die Augen und konzentrierte mich auf meinen Atem. Sprach die Beruhigungsformeln, die wir geübt hatten. Stellte mir vor, ich wäre in der gemütlichen Cafeteria, in meinem Zimmer mit dem bunten Flickenteppich, in einem Klassenraum.

Langsam beruhigte sich mein Puls. Ich spürte sogar ein leichtes Kribbeln, als ich mein Zauberwort sprach, ja, diesmal wurde das was ...

Achtung!, kreischte Shadow in meinem Kopf, ich hörte ihn wegflattern.

Und dann peitschte der Schuss auf.

Der verschneite Wald sah verschwommen aus, so schnell hatte ich die Augen aufgerissen und drehte den Kopf hin und her. Da war der verdammte Jäger, eine rundliche Gestalt in dicker Tarnjacke. Ohne sein Schneemobil! Vielleicht hatte er nicht geschafft, es aus dem Graben zu ziehen.

Jetzt saß ich hier auf dem Baum in der Falle. Wenn ich nicht ganz schnell etwas unternahm.

Du musst springen, rief Shadow, der über den Baumwipfeln flog und zu mir herabspähte. *Sonst erwischt er dich! Spring, spring!*

Ich peilte die Lage. Dort vorne ging es einen schroffen Abhang hinunter, da musste ich entlang, selbst wenn ich mir dabei alle Knochen brach. Entschlossen spannte ich meine Muskeln an, zog die Hinterbeine unter meinen Körper ...

Ein zweiter Schuss. Und diesmal wusste ich sofort, dass ich getroffen war. Der Schuss schleuderte mich ein Stück zur Seite, aber ich grub die Krallen in den Ast und konnte einen Sturz verhindern. Im ersten Moment fühlte sich die Stelle an meinem Rücken einfach nur taub an, dann brannte ein fieser Schmerz durch meinen Körper. Trotzdem sprang ich, wie ich noch nie gesprungen war. In einem riesigen, verzweifelten Satz über die Köpfe der Hunde, über den Jäger, über das Unterholz hinweg.

Als Mensch wäre ich wahrscheinlich vom Baum gefallen und nicht wieder aufgestanden. Aber ich war gerade kein Mensch, ich war ein Puma, zäh und sehnig, gewohnt, in der Wildnis zu überleben. Halb kollerte, halb sprang ich den Abhang hinunter. Das würde sie eine Weile aufhalten, der Jäger würde sich abseilen müssen, um es nach unten zu schaffen, und die Hunde mussten einen Umweg laufen.

Carag! Alles okay?, fragte Shadow besorgt. *Bist du verletzt?*

Fürchte schon. Nur mit Mühe brachte ich einen klaren Gedanken zusammen. *Was meinst du, wann kommt Rettung?*

Ich weiß nicht. Shadow klang kleinlaut. Er wusste genauso gut wie ich, dass es zu lange dauern würde, bis Hilfe aus der Schule eintraf. Bis dahin war ich wahrscheinlich tot.

Ich musste Wacholder finden! Wenn der Signalgeruch mir half, würde ich es vielleicht schaffen, mich zu verwandeln, vorhin hatte es ja fast geklappt! Doch jetzt ging es mir noch mieser als vorhin. Der Jäger wusste sicher genau, dass ich es angeschossen nicht mehr weit schaffen würde. Er brauchte mich nur noch aufzusammeln und mir den Rest zu geben.

Halt durch, halt durch! Shadow schwebte über mir und konnte mir doch nicht helfen.

In Panik taumelte ich durch den Espenwald und fühlte, wie Blut durch mein Fell sickerte. Es tat so furchtbar weh und ich hatte keine Kraft mehr, jeden Moment würde ich zusammenbrechen. Und nirgendwo in diesem verfluchten Wald schien es Wacholder zu geben.

Ich brauche Wacholder, hilf mir, Wacholder zu suchen, bitte!, bat ich Shadow verzweifelt und schickte ihm ein Bild von mir, wie ich an dem Zeug schnupperte und mich verwandelte. Das ging schneller, als es zu erklären.

Der wächst nur in den Bergen, glaube ich! Shadow klang fast so fertig wie ich. *Jedenfalls eher im Nadelwald! Schaffst du es noch ein Stück weit?*

Keine Ahnung. Mit letzter Kraft schleppte ich mich weg aus der Flusslandschaft, die mir vorhin noch wie die Rettung vorgekommen war. Da hörte ich schon die Hunde wieder. Sie bellten hysterisch durcheinander, nicht so klar und tief, wie sie es auf einer Fährte taten. Aber sie klangen furchtbar nah.

Hinlegen. Ausruhen. Aufgeben ...

NEIN! Auf gar keinen Fall! Noch war ich nicht tot!

Ich hab einen, brüllte Shadow lautlos. *Carag, ich seh einen Wacholder, komm hier entlang, schnell!*

So rasch ich konnte, hinkte ich in die Richtung, die er mir zeigte. Suchte, witterte, fand nichts ... und dann sah ich ihn. Den kleinen dunkelgrünen, stacheligen Busch mit den hellblauen Beeren daran. Ich warf mich einfach mitten hinein, knackend brachen ein paar Zweige ab. Der würzige Geruch stieg mir in die Nase. *Timbuktu!,* rief ich in Gedanken und stellte mir vor, als Junge im Klassenzimmer zu sitzen. Fast sofort spürte ich das Kribbeln, als sich mein Körper verwandelte. Vor Erleichterung schluchzte ich auf. Rotz und Wasser liefen mir übers Gesicht. Meine Schusswunde brannte unerträglich und ich schlotterte vor Kälte, aber ich war wieder ein Mensch. Ich hob meine Menschenhände, spreizte die Finger, konnte mich kaum sattsehen daran. Tastete über mein Menschengesicht, meine kleine Nase, meine Lippen, meine Stirn. Hörte Shadow in meinem Kopf jubeln, wie nur ein Rabe es kann, krächzig und rau.

Jetzt konnten die Hunde kommen!

Und da waren sie auch schon. Mit der Nase auf dem Boden rannten sie durch den Wald ... und stutzten, als sie schließlich auf die Idee kamen, hochzuschauen. Selten hatte ich verblüfftere Hunde gesehen. Sie hatten eine Katze verfolgt, eine schöne große Katze, die lecker nach Blut roch ... und auf einmal stand hier einer der Herren und funkelte sie wütend an. Einer der

Jagdhunde, hellgrau mit schwarzen Flecken und Schlappohren, schaute mich an und wedelte zögerlich mit dem Schwanz. Die anderen schnupperten ratlos in meine Richtung. Dem braunen Leitrüden war ich nicht geheuer, er knurrte mich an.

Ich richtete mich zu ganzer Größe auf und stemmte die Hände gegen die Hüften. »Haut ab, ihr Scheißköter!«, brüllte ich. »Ihr habt hier nichts zu suchen! Weg mit euch, ihr mieses Pack!«

Einer der vier kniff den Schwanz ein und wich zurück. Der braune Rüde zuckte zusammen, hörte aber nicht auf zu knurren. Ich warf ein herumliegendes Aststück nach ihm und er verlor die Lust daran, sich mit mir abzugeben. Sein hellgrauer Kollege hatte auch genug, schließlich hatte ich weder Leckerlis noch Streicheleinheiten ausgeteilt. Er wandte sich um und begann, ziellos auf dem Waldboden herumzusuchen. Wo ihn im Tiefflug ein wütender Rabe angriff.

Blutend hinkte ich durch den Wald und hoffte, dass der Jäger noch sehr lange brauchen würde, bis er wieder bei seinen Hunden war. Shadow führte mich zur nächsten Straße und ließ mich von oben keinen Moment lang aus den Augen.

Sie kommen!, kündigte er mir an, noch bevor ich das Motorengeräusch hörte. Und da war er auch schon, der alte Kombi der Schule. Mit quietschenden Reifen hielt er neben mir.

James Bridger sprang heraus und rannte erschrocken auf mich zu. »Carag!«

Es war gut, dass er schnell bei mir war, sonst wäre ich nämlich platt aufs Gesicht gefallen.

Bridger und Sherri Rivergirl wickelten mich in eine Decke und verfrachteten mich auf den Rücksitz des Wagens. Jemand pikte mir eine Spritze in den Arm. Irgendjemand anders sagte etwas von einem Streifschuss.

»Keine Sorge«, hörte ich Bridgers Stimme. »Gleich haben wir dich in der Krankenstation der Clearwater High, Carag. Das wird wieder.«

Daheim, war mein letzter Gedanke, bevor ich wegdämmerte. Ich lebe noch und gleich bin ich daheim.

Ein Feind und eine Feier

Als ich aufwachte, war es sehr still. Mit geschlossenen Augen bewegte ich die Finger. Dann die Zehen. Alle noch dran. Ich seufzte tief vor Erleichterung. Nichts erfroren und kein Teil von mir war zur Trophäe geworden. Ja, okay, mein Rücken tat krass weh, aber das war nicht anders zu erwarten bei einem Streifschuss. Ich konnte von Glück sagen, dass der Jäger anscheinend kein guter Schütze gewesen war. Wegen dieses Mistkerls würde ich eine Weile auf dem Bauch schlafen müssen.

Wieso roch es hier eigentlich so gut? Irgendwie appetitlich. Nicht gerade das, was ich von der Krankenstation gewohnt war. Ich schnupperte, schlug die Augen auf ... und bekam einen Schreck.

Auf einem Stuhl neben meinem Bett saß Lou Ellwood!

»Du schaust, als wäre ich ein Drache oder so was«, sagte sie. Aber sie klang nicht beleidigt, sondern eher verlegen. »Das ist meine Schuld, oder? Ich war noch nie richtig nett zu dir.«

Ich wusste nicht genau, ob ich nicken oder den Kopf schütteln sollte. Also wälzte ich mich einfach nur auf die Seite, um sie besser ansehen zu können.

»Du kannst ja nichts dafür, dass du ein Puma bist ... ich hätte dich nicht behandeln sollen, als wärst du an irgendetwas schuld«, sagte Lou und schaute auf den Boden, sodass ihre langen dunkelbraunen Haare nach vorne fielen und ihre Wangen verbargen. »Du warst einfach nur nett ... und ich werde ab jetzt auch nett zu dir sein.«

Es war so wunderbar, dass sie sich entschuldigte. Es fühlte sich an wie Schokoeis auf der Zunge. Nein, noch zehnmal besser als Schokoeis.

»Ich wollte dir noch was sagen ...«, fuhr Lou fort. Erstaunt sah ich, dass sie rot geworden war. Mit einer schnellen Handbewegung strich sie ihr Haar zurück. »Als du gestern weg warst ... da hatte ich, so ungefähr als die Sonne aufging und auch noch danach, ein ganz schlechtes Gefühl. Ich weiß auch nicht, wieso. Irgendwie wusste ich, dass mit dir gerade etwas nicht stimmt.«

Bei Sonnenaufgang hatten die Hunde meine Spur gefunden und begonnen, mich zu hetzen. Hatte Lou das gespürt? Mein Herz schmolz. Und das fühlte sich gar nicht mal so unangenehm an.

»Da war ich gerade in Gefahr«, sagte ich leise.

»Hab ich mir fast gedacht«, sagte Lou ebenso leise.

Konnte es sein, dass sie mich mochte? Heiliger Flohbiss! Das war fast zu schön, um wahr zu sein.

»Dieser Mann, der deine Prüfung angeschaut hat ... wer war das eigentlich?«, fragte sie dann.

»So eine Art Mentor, er heißt Andrew Milling«, erklärte ich. »Er ist total reich und mächtig, aber ich habe Angst vor ihm. Milling will, dass ich ihn unterstütze, aber ich glaube nicht, dass ich das machen werde.«

»Wenn du Angst vor ihm hast, solltest du das ernst nehmen«, sagte Lou und hob endlich den Kopf. Ihr Blick war sehr nachdenklich. »Du weißt ja, dass wir bessere Instinkte haben als Menschen.«

Ich seufzte tief. »Aber wenn ich Nein sage ... er wird wü-

tend auf mich sein. Und ich verliere damit eine große Chance.«
Schnell erzählte ich, was er mir angeboten hatte.

»Verstehe.« Sie nagte an ihrer Unterlippe und betrachtete
mich. »Was genau macht dir an ihm Angst?«

»Er ist so voller Hass gegen Menschen. Alle Menschen.«

Lou überlegte lange, dann meinte sie: »Ich glaube, du tust
das Richtige, wenn du ihm Nein sagst. Wenn er dich so unter
Druck setzt, ist er ein Mistkerl. Es kann gut sein, dass er überhaupt nicht vorhat, sein Versprechen zu halten. Oder dass er
gar nicht schafft, deine Familie zu finden.«

»Das stimmt.« Ich warf ihr einen dankbaren Blick zu. Sie war
erst die zweite Person, die ich kannte, die es überhaupt nicht
interessierte, wie viel Einfluss Milling hatte. Oder wie viele
Unternehmen, Firmenjets und Swimmingpools er besaß.

Wir quatschten noch eine Weile, doch dann ging die Tür
auf und Lissa Clearwater kam herein. Sofort setzte sich Lou
kerzengerade hin.

»Hallo, Miss Clearwater«, sagte sie verlegen und ein paar
Atemzüge später war sie geflüchtet.

Lissa Clearwater nahm sich den Stuhl, der bestimmt noch
warm war von dem schönsten Wapitimädchen der Welt. Sie
lächelte mich an. »Freut mich zu sehen, dass es dir besser geht.
Wie fühlst du dich?«

»Als hätte mich jemand verprügelt«, gestand ich und Lissa
Clearwaters strenges, klares Gesicht verdüsterte sich. »Falls es
dich interessiert, ich habe Bill Brighteye eine Verwarnung er-
teilt. Er hatte kein Recht, dich bei der Prüfung zu verletzen,
und ...«

»Nein!«, rief ich erschrocken. »Bitte, können Sie die wieder
zurücknehmen? Er hat mich ... wenn er das nicht gemacht
hätte, hätte ich verloren.«

Überrascht blickte die Schulleiterin mich an. »Aber bist du nicht deswegen davongelaufen?«

Heftig schüttelte ich den Kopf.

»Na gut, wenn das so ist, hebe ich die Verwarnung wieder auf. Und jetzt erzähl mir mal, was passiert ist. Wir waren alle halb verrückt vor Sorge und ein Dutzend Schüler und Lehrer waren unterwegs, um nach dir zu suchen.«

Nachdem ich ihr berichtet hatte, wie ich gejagt worden war und mich gerettet hatte, wurde Lissa Clearwater sehr nachdenklich.

»Du lebst noch, weil du alles richtig gemacht hast«, sagte sie langsam. »Natürlich hättest du den Baum sofort wieder verlassen müssen, aber ohne diese Atempause wärst du sowieso nicht mehr weit gekommen.« Sie stand auf. »Ich möchte mich kurz mit den anderen Lehrern besprechen. Entschuldigst du mich einen Moment?«

Mit den anderen Lehrern besprechen? Was genau meinte sie damit?

Als sie den Raum verlassen hatte, ließ ich mich wieder in die Kissen sinken. Sherri Rivergirl kam an mein Bett, lächelte mich an, rammte mir eine Spritze in den Arm und tätschelte mir den Kopf. Ich wartete nur noch darauf, dass sie so was wie »Guter Puma, lieber Puma« von sich gab. Aber sie brummte nur »Bald mal wieder Haare waschen, ja?« und stellte mir neue Schmerzmittel auf den Nachttisch.

Na toll. Jetzt gab mir sogar schon die Köchin Fellpflege-Tipps.

Schon ging die Tür wieder auf. Lissa Clearwater wurde von Isidore Ellwood begleitet. Sie sah gut gelaunt aus und Ellwood so, als hätte er eine Made in seiner Suppe entdeckt. Eine lebende.

»Carag, es wird dich sicher freuen, was wir dir mitzuteilen haben«, sagte die Schulleiterin. »Wir finden es alle bemerkenswert, dass du es in höchster Gefahr geschafft hast, dich zurückzuverwandeln. Und das, obwohl du schon verletzt warst. Eine reife Leistung. Deswegen haben wir entschieden, dass du die Zwischenprüfung nachträglich bestanden hast.«

Ellwood nickte säuerlich.

Ich stammelte ein Dankeschön. Konnte das wirklich wahr sein? Würde ich mit den anderen weiterkommen? Das war ein Geschenk nach meinem Geschmack! Eins, das man nicht auspacken musste und über das man sich halb zum Himmel freute!

An diesem Tag musste ich noch ein Dutzend Mal erzählen, was passiert war. Holly, Brandon, Dorian, Nimble und noch viele andere kamen vorbei, um mich zu besuchen. Und natürlich Shadow und Wing, meine pechschwarzen Schutzengel.

»Ihr wart toll, die besten Luftretter, die es gibt«, sagte ich und die beiden strahlten verlegen.

Am wichtigsten war mir, dass auch James Bridger nach mir sah.

»Himmel, hatte ich Angst um dich«, gestand er und atmete tief durch. »Wie viele Hunde hatte der Kerl?«

»Vier«, antwortete ich. »Und 'ne Knarre und 'n Schneemobil.«

Er stöhnte. »Warum genau bist du abgehauen, wegen der beschissenen Prüfung?«

»Nicht nur.«

»Mann, ich hätte dich am liebsten in einen Kübel mit Pferdemist getunkt, als du da standst und es wieder nicht klappte. Denn eigentlich kannst du es ja.«

Das brachte mich zum Grinsen. Aber ich wurde schnell wieder ernst, weil es etwas gab, das ich ihm sagen musste. »Mr Bridger ...«

»Ja?«

»Ihre Tipps. Ich glaub, die haben ... tja, ähm. Mir das Leben gerettet.«

Bridger grinste schief und kratzte seine Bartstoppeln. Er hatte wirklich ein *sehr* haariges Gesicht. »Na, dann hat sich's ja gelohnt, ein paar Wochen lang etwas später zu frühstücken.«

Ich nickte. »Könnten Sie mir bitte ein Telefon bringen?«, bat ich ihn. »Ich muss noch was erledigen.«

»Klar doch.« Er reichte mir sein Smartphone, welche Ehre.

»Und ich bräuchte noch was aus meinem Zimmer. Ich beschreib Ihnen, wo es ist.«

Ein paar Minuten später brachte er mir die schon etwas abgewetzte und verknickte Karte, auf der Millings Privatnummer stand. Mühsam, weil sich meine Finger noch etwas steif anfühlten, tippte ich die Nummer ein.

»Also, ich geh dann mal«, brummte Bridger und erhob sich.

Doch ich schüttelte den Kopf und mit hochgezogenen Augenbrauen setzte er sich wieder. Ich stellte das Smartphone auf Lautsprecher. Als ich mich meldete, ließ mich Andrew Milling gar nicht erst zu Wort kommen.

»Freut mich zu hören, dass du dein kleines Abenteuer überlebt hast.«

Mir fiel die Kinnlade runter. Erstens, weil er schon wusste, was passiert war – ja, er musste einen Spion in der Schule haben! –, und zweitens, weil er das Ganze ein *kleines Abenteuer* nannte.

»Äh, ja«, sagte ich. »Ich weiß, dass die Frist für meine Antwort abgelaufen ist.«

»Kein Thema. Du warst beschäftigt. Aber antworte mir jetzt.«

»Okay.« Ich schluckte. »Die Antwort lautet Nein. Ich möchte Sie nicht unterstützen, Mr Milling.«

Einen Moment lang herrschte tiefes Schweigen.

Als Milling wieder sprach, war seine Stimme leise und kalt. »Das wirst du noch bereuen, Carag. Das wirst du bitter bereuen, du kleiner Mistkerl.«

Klick. Er hatte aufgelegt.

Wahrscheinlich war ich ziemlich blass. Einen Moment lang sagte keiner etwas. Dann knurrte Bridger: »Das war mutig von dir.«

Ich zog eine Grimasse und gab ihm sein Smartphone zurück. »Weiß ich nicht. Vielleicht bringt mir das nur eine Menge Ärger ein.«

Aber daran wollte ich jetzt nicht denken. Ich wollte einfach nur gesund werden und danach mit meinen Freunden feiern, dass wir alle die Prüfung bestanden hatten! Nur drei Schüler aus allen bisherigen Jahrgängen mussten wiederholen, einer davon würde nach den Ferien in unserer Klasse anfangen.

Erschöpft ließ ich mich im Bett zurücksinken. Es war völlig still im Krankenzimmer, nur eine Fliege summte um die Deckenlampe. Ich hörte das leise Klappen der Tür, als Bridger mich allein ließ. Durch das gekippte Fenster kam Frischluft herein.

Moment mal. Bridger war weg ... aber es fühlte sich immer noch so an, als sei ein Wandler im Zimmer. Das war doch nicht möglich? Das Gefühl war nur sehr schwach, aber durch die Zeit in der Schule hatten sich meine Instinkte geschärft. Der Woodwalker musste ein sehr kleines Tier sein. Juanita vielleicht oder die Ameisen-Wandlerin aus dem zweiten Jahr? Aber was hatten die in der Krankenstation zu suchen?

Da wurde es mir mit einem Schlag klar: die Fliege!

Plötzlich wusste ich Bescheid. Brandon schwirrten oft irgendwelche Fliegen um den Kopf, so wie allen Huftieren. Irgendwann hatte ich nicht mehr darauf geachtet. Ich Idiot! Und weil immer andere Wandler in der Nähe gewesen waren, hatte ich auch nichts gespürt. – Nicht Brandon hatte mich verraten, der Spion war einer seiner unerwünschten Begleiter! Weil Brandon und ich so oft zusammen waren, hatte dieser Fliegenspion Milling jede Menge berichten können. Jedenfalls, wenn es stimmte, was ich vermutete.

Mühsam stand ich auf, als wollte ich zum Waschbecken gehen. Im letzten Moment wechselte ich die Richtung, so schnell ich es fertigbrachte, hastete zum Fenster und knallte es zu. Die Fliege geriet in Panik. Wild sauste sie umher, doch sie suchte vergeblich nach einem Fluchtweg.

»Mr Bridger!«, brüllte ich. »Miss Rivergirl! Kommen Sie schnell!«

Kojoten haben feine Ohren und wahrscheinlich war James Bridger noch nicht weit weg. Er und Sherri kamen hereingestürmt.

»Die Tür zu, schnell!«, rief ich und deutete auf die Fliege. »Ich glaube, die da ist ein Spion!«

Niemand lachte mich aus und niemand stellte eine überflüssige Frage.

James Bridger beobachtete die Fliege und lauschte in sich hinein. »Du hast recht. Das ist ein Woodwalker! Ein männlicher, glaube ich. Aber kein Mitglied dieser Schule. Ist ja ein Ding! Ich hole Lissa. Und für den Fall, dass der Kerl Ärger macht, auch noch Bill Brighteye.«

Kurz darauf richtete die Leiterin der Clearwater High ihren durchdringenden Blick zur Decke. Die Fliege hatte versucht, durch die sich öffnende Tür zu entkommen, es aber nicht geschafft. Nun hatte sie sich in einen Winkel hinter der Lampe verkrochen.

»Sie haben keine Chance mehr, hier rauszukommen«, sagte Lissa Clearwater kalt und legte eine Decke auf dem Boden bereit. »Verwandeln Sie sich oder ich muss leider über andere Maßnahmen nachdenken.«

Was für Maßnahmen?, fragte eine leise Stimme in meinem Kopf.

Der Spion hatte zum ersten Mal gesprochen!

»Fliegenklatsche«, schlug Sherri vor und verschränkte grimmig die Arme.

Lissa Clearwater hob eine Augenbraue, widersprach aber nicht.

Kurz darauf stand ein junger, blasser und ziemlich dünner Mann in eine Decke gehüllt vor uns und blickte uns mit trotzigem Gesichtsausdruck an. »Von mir erfahren Sie nichts, nur dass das klar ist«, sagte er.

»Wieso sind Sie hier?«, fuhr Bill Brighteye ihn an. »Wer hat Sie geschickt?«

Doch der Spion sagte tatsächlich kein Wort mehr.

Mein Gehirn lief auf Hochtouren. Mir wurde langsam klar, dass es mehr Spione um die Schule herum geben musste als nur diese Fliege. In der ersten Nacht, als Brandon sich im Schlaf verwandelt hatte, war vor dem Fenster irgendetwas weggehuscht – vielleicht ein Kurier, der Neuigkeiten der Fliege weitertrug zu Milling?

»Wer spioniert hier noch?«, fragte ich den Fliegen-Wandler, doch er tat, als hätte er nichts gehört.

»Wir können ihn hier nicht gefangen halten«, sagte Lissa Clearwater verkniffen. »Und wenn wir ihn als Einbrecher der Polizei übergeben, macht er einfach die Flatter.«

Der junge Mann grinste unverschämt.

Die ganze Nacht versuchten Bridger, Brighteye und Clearwater noch, etwas aus ihm herauszubekommen, dann fotografierten sie ihn, nahmen seine Fingerabdrücke und ließen ihn gehen.

Hatten wir damit Millings wichtigsten Spion enttarnt? Oder nur einen von vielen?

Zwei Tage später, kurz bevor wir alle in die Weihnachtsferien fahren würden, stieg die große Abschlussparty. Keine Ahnung, was mir Sherri Rivergirl verabreicht hatte, aber es hatte gewirkt. Ich durfte wieder aufstehen und – noch viel wichtiger – mitfeiern!

Lissa Clearwater hatte uns erlaubt, das Kellergeschoss zu benutzen, und die anderen Schüler waren schon eifrig dabei gewesen, die beiden freien Räume und den Flur zu dekorieren. Staunend schaute ich mich um.

»Und, voll nussig, oder?«, fragte Holly.

»Total!«, versicherte ich.

Sie hatten Ecken und Wände mit Wolken aus weißer Watte dekoriert und Lichterketten hindurchgezogen, sodass man sich vorkam, als würde man im Himmel schweben. Überall hingen Bonbons und andere leckere Kleinigkeiten von der Decke und den Wänden, man konnte sie einfach pflücken, wenn man Appetit hatte. Für diejenigen, die durstig waren, stand eine riesige Schüssel mit Orangen-Zimt-Bowle bereit, die mit einer Taschenlampe von unten angeleuchtet wurde und aussah wie die aufgehende Sonne. Auch die beiden Buffets sahen superlecker aus. Mir stieg der Duft von Chickenwings in die Nase und gerade schleppte ein Otter-Wandler aus dem zweiten Schuljahr eine Platte mit Lachshäppchen heran.

Die Wölfe – wie üblich in angesagten Klamotten und gestylt bis zu den Ohrenspitzen – hatten schon ganz gierige Augen.

»Ich glaube, Jeffrey wird versuchen, das mit seinen Kumpels ganz allein aufzufressen«, flüsterte ich Brandon zu, aber er interessierte sich sowieso nur für die gerösteten Schilfröllchen, den Quark-Nuss-Strudel und den Weizengras-Shake auf dem anderen Tisch.

Es wurde immer voller in unserem Keller – manche Schüler waren in ihrer Menschengestalt gekommen, aber ich sah auch Leroy in seinem schwarz-weißen Pelzdress herumwackeln. Dorian schärfte seine Krallen hingebungsvoll an dem alten Flohmarktsofa, das frühere Schüler organisiert hatten, und ein Fuchs-Wandler aus dem zweiten Schuljahr war gerade dabei, sich das Maul mit Schinkenröllchen vollzustopfen. Die Knie wurden mir weich, als ich Lou entdeckte: Sie trug ein grün schimmerndes, ziemlich kurzes Kleid, hatte sich eine Lichterkette um die Schultern geschlungen und sah so wunderbar aus wie der aufgehende Mond. Aber das erwähnte ich nicht gegenüber Holly, die hätte mich bestimmt stundenlang damit aufgezogen.

So langsam kam die Party in Gang: Nimble begann, auf einem Keyboard herumzuhämmern. Neben ihm bearbeitete ein Mädchen aus dem dritten Schuljahr ihr Schlagzeug, als hätte es ihr was getan. Nell spielte auf ihrer mit bunten Aufklebern vollgekleisterten E-Gitarre. Immer mehr Leute tanzten. Holly kletterte als Rothörnchen rasant durch die Dekoration, um ein paar Bonbons zu pflücken, dann tanzte sie auf meiner Schulter zur Musik, während ich eine Hähnchenkeule futterte. Bis sie mich schließlich beim Ohr packte.

Los, tanz auch!, kommandierte sie. *Du verpasst was!*

Ich war entsetzt. »Aber ich weiß nicht, wie das geht!«

Ist doch pupsegal!, schrie Holly und tanzte noch ein bisschen wilder. Zum Glück auf meiner gesunden Schulter.

»Außerdem bin ich verletzt!«

Ach, stell dich nicht so an!

Also hüpfte ich ein bisschen herum – und das war auch gut so, denn so schaffte ich es eine Zeit lang, Andrew Millings Drohung zu vergessen, die mir nahezu pausenlos im Kopf herumspukte. Nur leider geht es nicht besonders gut, gleichzeitig herumzuhüpfen und eine Hähnchenkeule zu essen. Ich steckte mir das Hähnchen also in die Hosentasche, um es später zu verputzen. Taschen sind ein toller Teil des Menschseins – man kann Dinge *mitnehmen*, das ist genial.

Ich hatte gerade richtig Spaß beim Tanzen, als mir auffiel, dass Jeffrey, Cliff, Tikaani – heute ausnahmsweise im Kleid – und Bo mich beobachteten. Kein gutes Zeichen. Sie sahen aus, als ob sie was vorhätten. Wahrscheinlich stank es ihnen gewaltig, dass gerade alle über mich redeten und keiner über sie. Und das, obwohl sie schon zahllose Nikolauspäckchen beschlagnahmt hatten.

Aus den Augenwinkeln fing ich an, sie zu beobachten. Deshalb sah ich, dass Jeffrey seinem blonden, blauäugigen Muskelmann Cliff etwas zuflüsterte. Der setzte sich betont unauffällig in Bewegung und tanzte immer näher an mich heran. Was sollte denn das werden, wenn's fertig war?

Erst ein paar Sekunden, bevor sie losschlugen, kapierte ich, was sie vorhatten. Neben meinen Füßen tanzte Leroy, der Stinktier-Wandler, in seiner Tiergestalt. Soso! Die wollten mich geruchstechnisch matt setzen!

Jetzt hatte Cliff uns fast erreicht ... und dann versuchte er, mich anzurempeln. Gedankenschnell wich ich aus – und es war Cliff, der aus dem Gleichgewicht geriet und den armen Leroy versehentlich in die Seite kickte. Empört quiekte Leroy auf, hob den buschigen schwarz-weißen Schwanz ... und schoss eine Stinksalve ab!

»Aaaaah! Das brennt!« Cliff taumelte zurück, schlug die Hände vors Gesicht und stolperte durch den Keller. Dafür hatte er reichlich Platz, denn es war in Sekundenschnelle leer um ihn geworden. Puh, das stank unglaublich! Halb nach sehr gammeliger Beute und halb nach Kot.

»Iiih!«, rief Viola und wich Cliff aus. »Bleib bloß weg von mir!«

»Raus mir dir«, kommandierte Ethan, ein junger Elch-Wandler aus dem dritten Schuljahr, der seit Kurzem Schülersprecher war. »Ausgefeiert. Geh duschen!«

»Aber die Party ... ich wollte doch ...«, jaulte Cliff.

Duschen hilft leider nichts. Leroy klang nicht sehr mitleidig. *Aber keine Sorge, in ein paar Tagen geht der Geruch von alleine weg.*

Mit gerümpfter Nase und einem finsteren Blick in meine Richtung packte Jeffrey seinen Freund am Arm. »Komm mit, du Depp! Tikaani, Bo, los, wir gehen.«

Vor lauter Aufregung fiel Holly in die Bowle und ruderte darin herum, als wäre es ein kleines orangefarbenes Schwimmbad. Das tat ihr irgendwie nicht gut, denn nachdem ich sie am Nackenfell herausgezogen hatte, grölte sie triefend:

Heute bestellt der Berglöwe
sich 'ne gegrillte Zwergmöwe!

Das Lied ging noch weiter, aber es wurde nicht viel besser.

Bowle mit Hörnchen wollte keiner mehr trinken. Aber das war nicht schlimm, weil Brandon sich verwandelte, seine Bisonschnauze hineinsteckte und die ganze Schüssel alleine aussoff.

Ich setzte mir die umgedrehte Bowleschüssel auf den Kopf und pflückte mir einen Bonbon von der Wand. Klar, das Leben war nicht perfekt und ich hatte zum ersten Mal einen wirklich gefährlichen Feind, aber jetzt und hier war ich glücklich. Weil ich das Richtige getan hatte und mir so vieles klar geworden war in den letzten Wochen.

Ich war kein Mensch und würde nie einer sein.

Aber das fand ich nicht schlimm. Denn ein Woodwalker zu sein, machte tierisch Spaß!

Danksagung

Dieses Buch gäbe es nicht ohne Julia Röhlig – danke, dass du dem »Katzenjungen« eine Chance gegeben hast! Aber auch von meinen anderen Arena-Lektorinnen fühlte ich mich wunderbar betreut – von Kristina Knöchel und Helene Hillebrandt (leider nur kurz) sowie den Teamleitungen Stefanie Letschert und Malin Wegner. Wie immer Danke an meinen Agenten Gerd F. Rumler und Martina Kuscheck für ihren nimmermüden Einsatz. Auch mein Praktikant Henrik J. Nowak hat mich wunderbar unterstützt, danke! Wertvolle Hinweise haben mir meine Testleser und Testleserinnen gegeben – Lina Oppermann, Sonja Englert und Jesse Zacharo, die nie wieder ein Buch von mir testlesen kann. Ich werde dich vermissen, Jesse, und bin froh, dass wir ein paar Jahre lang befreundet sein konnten.

Das größte Dankeschön geht an Christian und Robin für so manches witzige Brainstorming am Frühstückstisch. Danke, Robin, du bist der beste Junior-Lektor der Welt!

Cressida Cowell
Drachenzähmen leicht gemacht

Drachenzähmen leicht gemacht

Auweia! An Thors Tag müssen alle Wikingerjungen die Reifeprüfung zum »Drachenmeister« ablegen, doch Hicks sieht schwarz für sich und seinen widerspenstigen Drachen Ohnezahn. Wird er nun aus dem Stamm der Räuberischen Raufbolde verbannt? Doch dann platzt mitten in die Feierlichkeiten ein monströser Seedrache ...

978-3-401-60230-1

Wilde Piraten voraus!

Ahoi, ihr Landratten! Plötzlich finden sich Wikingerjunge Hicks und sein Hausdrache Ohnezahn bei stürmischem Seegang mitten im Piraten-Ausbildungsprogramm der Räuberischen Raufbolde wieder. Eigentlich sollen die Piraten-Lehrlinge ja nur ihr erlerntes Wissen bei einer Schatzsuche in die Tat umsetzen, aber dann geht mit einem Mal alles drunter und drüber.

978-3-401-60231-8

Streng geheimes Drachenflüstern

Hilfe! Die Römer haben Hicks und seinen Freund Fischbein ins weit entfernte Fort Finstericum entführt! Und das Schlimmste: Auch Hicks' Drache Ohnezahn befindet sich in ihrer Gewalt. Doch die Römer haben ein Problem, denn im Gegensatz zu Hicks beherrschen sie die Drachensprache nur mangelhaft. Das kann im Umgang mit Drachen zu Missverständnissen führen ...

978-3-401-60232-5

Arena

Auch als E-Books erhältlich und als Hörbücher bei Arena audio

Jeder Band:
Ab 10 Jahren • Gebunden
www.arena-verlag.de
www.drachenzähmen.de

Katja Brandis
Woodwalkers

Fremde Wildnis

Feindliche Spuren

Ein Traum wird wahr! Carag, Holly, Brandon und Co reisen zu einem Schüleraustausch nach Costa Rica. Doch hier warten nicht nur liebenswerte Brüllaffen, geheimnisvolle Schnappschildkröten und turbulente Regenwaldausflüge auf die Schüler der Clearwater High. Von Jaguarwandler King erfahren sie, dass der gefährliche Andrew Milling auch in Mittelamerika sein Unwesen treibt. Was plant Carags Widersacher nur?

Zurück an der Clearwater High wartet ein neues Abenteuer auf Carag: Das Berufspraktikum vor den Abschlussprüfungen steht an und der Pumajunge schließt sich einem Ranger an. Dabei haben er und seine Freunde gerade ganz andere Sorgen. Widersacher Andrew Milling gewinnt immer mehr Anhänger in seinem Kampf gegen die Menschen. Um denen zu helfen, gründen Carag und seine Freunde kurzerhand einen Secret-Ranger-Club. Aber können sie Milling so wirklich aufhalten?

296 Seiten • Gebunden
ISBN 978-3-401-60199-1
Beide Bände auch als E-Books und als Hörbücher bei Arena audio erhältlich

320 Seiten • Gebunden
ISBN 978-3-401-60380-3
www.arena-verlag.de

Katja Brandis
Woodwalkers

Tag der Rache

Es ist so weit! In den Rocky Mountains ist Sommer und für Carag und seine Freunde stehen die Abschlussprüfungen an. Doch das Lernen fällt dem Pumajungen schwer, denn inzwischen ist klar, dass Millings Großer Tag der Rache unmittelbar bevorsteht. Verzweifelt versuchen Carag und seine Verbündeten, die Menschen zu schützen und sich ihrem Widersacher entgegenzustellen. Doch dadurch ahnt auch Carags Pflegefamilie, wer er wirklich ist. Für ihn, seine Menschenfamilie und die Clearwater High steht alles auf dem Spiel. Wird es den Verteidigern rechtzeitig gelingen, hinter Millings Geheimnis zu kommen und die gefährlichen Gegner zu stoppen?

Arena

Auch als E-Book und als Hörbuch
bei Arena audio erhältlich

Band 6
368 Seiten • Gebunden
ISBN 978-3-401-60397-1
www.arena-verlag.de

Katja Brandis
Seawalkers

Gefährliche Gestalten

Für den 14-jährigen Tiago ist es ein Schock, als er herausfindet, dass er ein Seawalker, eine Art Gestaltwandler, ist. Und was für einer: In seiner zweiten Gestalt als Tigerhai wird er sogar von seinesgleichen gefürchtet. Auch an der Blue Reef Highschool, einer Schule für Meereswandler, findet er nur schwer Anschluss. Einzig das fröhliche Delfinmädchen Shari hat keine Angst vor ihm. Während die beiden sich anfreunden, taucht plötzlich Puma-Wandler Carag mit einem Spezialauftrag an der Schule auf. Ein Notruf aus den Everglades hat ihn erreicht. Tiago und Shari sollen ihn auf der Suche nach den seltenen Florida Panthers begleiten. Ein Tigerhai und ein Puma in den gefährlichen Sümpfen? Ob das gut geht?

Arena

Band 1
296 Seiten • Gebunden
ISBN 978-3-401-60444-2
www.arena-verlag.de

Auch als E-Book und als Hörbuch
bei Arena audio erhältlich